《阿Q正传》评析

刘少影　主编

辽海出版社

图书在版编目（CIP）数据

《阿Q正传》评析／刘少影主编. －－沈阳：辽海出版社，2019．3

ISBN 978－7－5451－5265－4

Ⅰ．①阿… Ⅱ．①刘… Ⅲ．①鲁迅小说－小说评论 Ⅳ．①I210．97

中国版本图书馆CIP数据核字（2019）第039578号

责任编辑：柳海松
责任校对：顾　季
装帧设计：廖　海
成品尺寸：145mm×210mm
印　　张：8
字　　数：230千字
出版时间：2019年3月第1版
印刷时间：2019年3月第1次印刷

出　版　者：辽海出版社
印　刷　者：北京中振源印务有限公司

ISBN 978－7－5451－5265－4　　　　定　　价：38.00元

目　录

2

阿Q正传

第一章　序

　　我要给阿Q做正传,已经不止一两年了。但一面要做,一面又往回想,这足见我不是一个"立言"①的人,因为从来不朽之笔,须传不朽之人,于是人以文传,文以人传——究竟谁靠谁传,渐渐的不甚了然起来,而终于归结到传阿Q,仿佛思想里有鬼似的。

　　然而要做这一篇速朽的文章,才下笔,便感到万分的困难了。第一是文章的名目。孔子曰:"名不正则言不顺。"这原是应该极注意的。传的名目很繁多:列传、自传、内传、外传、别传、家传、小传……而可惜都不合。"列传"么,这一篇并非和许多阔人排在"正史"里;"自传"么,我又并非就是阿Q。说是"外传","内传"在哪里呢?倘用"内传",阿Q又决不是神仙。"别传"呢,阿Q实在未曾有大总统上谕宣付国史馆立"本传"——虽说英国正史上并无"博徒列传",而文豪迭更司②也做过《博徒别传》这一部书,但文豪则可,在我辈却不可的。其次是"家传",则我既不知与阿Q是否同宗,也未曾受他子孙的拜托;或"小传",则阿Q又更无别的"大传"了。总而言之,这一篇也便是"本传",但从我的文章着想,因为文体卑下,是"引车卖浆者流③"所用的话,所以不敢僭称④,便从不入三教九流的小说家所谓"闲话休题言归正传"这一句套话里,取出"正传"两个字来,作为名目,即使与古人

---

①　立言:我国古代认为人有"三件不朽的事业",即立德,立功,立言。

②　迭更司:即狄更斯,英国作家。

③　引车卖浆者流:即拉车卖豆腐浆的人,指平民百姓。

④　僭(jiàn)称:妄称。

所撰《书法正传》的"正传"字面上很相混,也顾不得了。

第二,立传的通例,开首大抵该是"某,字某,某地人也",而我并不知道阿Q姓什么。有一回,他似乎是姓赵,但第二日便模糊了。那是赵太爷的儿子进了秀才的时候,锣声镗镗的报到村里来,阿Q正喝了两碗黄酒,便手舞足蹈的说,这于他也很光采,因为他和赵太爷原本是本家,细细的排起来他还比秀才长三辈呢。其时几个旁听人倒也肃然的有些起敬了。哪知道第二天,地保便叫阿Q到赵太爷家里去;太爷一见,满脸溅朱,喝道:

"阿Q,你这浑小子!你说我是你的本家么?"

阿Q不开口。

赵太爷愈看愈生气了,抢进几步说:"你敢胡说!我怎么会有你这样的本家?你姓赵么?"

阿Q不开口,想往后退了;赵太爷跳过去,给了他一个嘴巴。

"你怎么会姓赵!——你那里配姓赵!"

阿Q并没有抗辩他确凿姓赵,只用手摸着左颊,和地保退出去了;外面又被地保训斥了一番,谢了地保二百文酒钱。知道的人都说阿Q太荒唐,自己去招打;他大约未必姓赵,即使真姓赵,有赵太爷在这里,也不该如此胡说的。此后便再没有人提起他的氏族来,所以我终于不知道阿Q究竟什么姓。

第三,我又不知道阿Q的名字是怎么写的。他活着的时候,人都叫他阿Quei,死了以后,便没有一个人再叫阿Quei了,那里还会有"著之竹帛①"的事。若论"著之竹帛",这篇文章要算第一次,所以先遇着了这第一个难关。我曾经仔细想:阿Quei,阿桂还是阿贵呢?倘使他号叫月亭,或者在八月间做过生日,那一定是阿桂了。而他既没有号——也许有号,只是没有人知道他——又未尝散过生日征文的帖子:写作阿桂,是武断的。又倘若他有一位老兄或令弟叫阿富,那一定是阿贵了;而他又只是一个人:写作阿贵,也没有佐证的。其余音Quei的偏僻字样,更加凑不上了。先前,我也曾问过赵太爷的儿子茂才先生,

---

① 著之竹帛:值得写成文字流传的事。

谁料博雅如此公,竟也茫然,但据结论说,是因为陈独秀办了《新青年》提倡洋字,所以国粹沦亡,无可查考了。我的最后的手段,只有托一个同乡去查阿Q犯事的案卷,八个月之后才有回信,说案卷里并无与阿Quei的声音相近的人。我虽不知道是真没有,还是没有查,然而也再没有别的方法了。生怕注音字母还未通行,只好用了"洋字",照英国流行的拼法写他为阿Quei,略作阿Q。这近于盲从《新青年》,自己也很抱歉,但茂才公尚且不知,我还有什么好办法呢?

第四,是阿Q的籍贯了。倘他姓赵,则据现在好称郡望①的老例,可以照《郡名百家姓》上的注解,说是"陇西天水人也",但可惜这姓是不甚可靠的,因此籍贯也就有些决不定。他虽然多住未庄,然而也常常宿在别处,不能说是未庄人,即使说是"未庄人也",也仍然有乖史法的。

我所聊以自慰的,是还有一个"阿"字非常正确,绝无附会假借的缺点,颇可以就正于通人。至于其余,却都非浅学所能穿凿,只希望有"历史癖与考据癖"的胡适之先生的门人们,将来或者能够寻出许多新端绪来,但是我这《阿Q正传》到那时却又怕早经消灭了。

以上可以算是序。

【评析:第一章是小说的序言,排列起来交代四个问题:小说的名目、阿Q无姓、无名、无籍贯,写阿Q的政治地位和他生活的社会环境。交代名目的来源时,从孔子的"名不正则言不顺"说起,批判了"正名论",顺便给主张保存"国粹"的遗老遗少们以讽刺。考察阿Q的姓时,通过赵太爷不准他姓赵这一可笑又可悲的情节,突出了阿Q连姓都被剥夺了的屈辱的政治地位,凶残横暴的统治者也粉墨登场了。考察阿Q的名,由"洋字"而涉及"国粹",又一次幽默地讽刺那些遗老遗少们。考察阿Q的籍贯时,讽刺了胡适的考据癖。序言告诉读者,他并不为名人作传,而要给一个不为世人所闻,连姓、名、籍贯都十分模糊的流浪雇农阿Q作传,表明他对穷人的态度;而顺笔讽刺当时的一些文人,则是近现代之交新旧文化交锋的常见现象。】

---

① 好称郡望:喜欢自称为名门望族的后代。

第二章　优胜记略

阿Q不独是姓名籍贯有些渺茫,连他先前的"行状"①也渺茫。因为未庄的人们之于阿Q,只要他帮忙,只拿他玩笑,从来没有留心他的"行状"的。而阿Q自己也不说,独有和别人口角的时候,间或瞪着眼睛道:

"我们先前——比你阔的多啦!你算是什么东西!"

阿Q没有家,住在未庄的土谷祠里;也没有固定的职业,只给人家做短工,割麦便割麦,春米②便春米,撑船便撑船。工作略长久时,他也或住在临时主人的家里,但一完就走了。所以,人们忙碌的时候,也还记起阿Q来,然而记起的是做工,并不是"行状";一闲空,连阿Q都早忘却,更不必说"行状"了。只是有一回,有一个老头子颂扬说:"阿Q真能做!"这时阿Q赤着膊,懒洋洋的瘦伶仃的正在他面前,别人也摸不着这话是真心还是讥笑,然而阿Q很喜欢。

阿Q又很自尊,所有未庄的居民,全不在他眼睛里,甚而至于对于两位"文童"也有以为不值一笑的神情。夫文童者,将来恐怕要变秀才者也;赵太爷钱太爷大受居民的尊敬,除有钱之外,就因为都是文童的爹爹,而阿Q在精神上独不表格外的崇奉,他想:我的儿子会阔得多啦!加以进了几回城,阿Q自然更自负,然而他又很鄙薄城里人,譬如用三尺长三寸宽的木板做成的凳子,未庄叫"长凳",他也叫"长凳",城里人却叫"条凳",他想:这是错的,可笑!油煎大头鱼,未庄都加上半寸长的葱叶,城里却加上切细的葱丝,他想:这也是错的,可笑!然而未庄人真是不见世面的可笑的乡下人呵,他们没有见过城里的煎鱼!

阿Q"先前阔",见识高,而且"真能做",本来几乎是一个"完人"了,但可惜他体质上还有一些缺点。最恼人的是在他头皮上,颇有几处不知起于何时的癞疮疤。这虽然也在他身上,而看阿Q

---

① 行状:叙述死者生平事迹的文章。

② 春(chōng)米:给稻谷去壳。

的意思，倒也似乎以为不足贵的，因为他讳说"癫"以及一切近于"赖"的音，后来推而广之，"光"也讳，"亮"也讳，再后来，连"灯""烛"都讳了。一犯讳，不问有心与无心，阿Q便全疤通红的发起怒来，估量了对手，口讷的他便骂，气力小的他便打；然而不知怎么一回事，总还是阿Q吃亏的时候多。于是他渐渐的变换了方针，大抵改为怒目而视了。

谁知道阿Q采用怒目主义之后，未庄的闲人们便愈喜欢玩笑他。一见面，他们便假作吃惊的说：

"唉，亮起来了。"

阿Q照例的发了怒，他怒目而视了。

"原来有保险灯在这里！"他们并不怕。

阿Q没有法，只得另外想出报复的话来：

"你还不配……"这时候，又仿佛在他头上的是一种高尚的光荣的癫头疮，并非平常的癫头疮了；但上文说过，阿Q是有见识的，他立刻知道和"犯忌"有点抵触，便不再往底下说。

闲人还不完，只撩他，于是终而至于打。阿Q在形式上打败了，被人揪住黄辫子，在壁上碰了四五个响头，闲人这才心满意足的得胜的走了，阿Q站了一刻，心里想，"我总算被儿子打了，现在的世界真不像样……"于是也心满意足的得胜的走了。

阿Q想在心里的，后来每每说出口来，所以凡有和阿Q玩笑的人们，几乎全知道他有这一种精神上的胜利法，此后每逢揪住他黄辫子的时候，人就先一着对他说：

"阿Q，这不是儿子打老子，是人打畜生。自己说：人打畜生！"

阿Q两只手都捏住了自己的辫根，歪着头，说道：

"打虫豸①，好不好？我是虫豸——还不放么？"

但虽然是虫豸，闲人也并不放，仍旧在就近什么地方给他碰了五六个响头，这才心满意足的得胜的走了，他们以为阿Q这回可遭了瘟。然而不到十秒钟，阿Q也心满意足的得胜的走了，他觉得他是第一个

———————————

① 虫豸(zhì)：小虫的通称。

能够自轻自贱的人，除了"自轻自贱"不算外，余下的就是"第一个"。状元不也是"第一个"么？"你算是什么东西"呢！？

阿Q以如是等等妙法克服怨敌之后，便愉快的跑到酒店里喝几碗酒，又和别人调笑一通，口角一通，又得了胜，愉快的回到土谷祠，放倒头睡着了。假使有钱，他便去押牌宝，一堆人蹲在地面上，阿Q即汗流满面的夹在这中间，声音他最响：

"青龙四百！"

"咳——开——啦！"桩家揭开盒子盖，也是汗流满面的唱。"天门啦——角回啦！——人和穿堂空在那里啦！——阿Q的铜钱拿过来！"——

"穿堂一百——百五十！"

阿Q的钱便在这样的歌吟之下，渐渐的输入别个汗流满面的人物的腰间。他终于只好挤出堆外，站在后面看，替别人着急，一直到散场，然后恋恋的回到土谷祠，第二天，肿着眼睛去工作。

但真所谓"塞翁失马安知非福"罢，阿Q不幸而赢了一回，他倒几乎失败了。

这是未庄赛神①的晚上。这晚上照例有一台戏，戏台左近，也照例有许多的赌摊。做戏的锣鼓，在阿Q耳朵里仿佛在十里之外；他只听得桩家的歌唱了。他赢而又赢，铜钱变成角洋，角洋变成大洋，大洋又成了叠。他兴高采烈得非常：

"天门两块！"

他不知道谁和谁为什么打起架来了。骂声打声脚步声，昏头昏脑的一大阵，他才爬起来，赌摊不见了，人们也不见了，身上有几处很似乎有些痛，似乎也挨了几拳几脚似的，几个人诧异的对他看。他如有所失的走进土谷祠，定一定神，知道他的一堆洋钱不见了。赶赛会的赌摊多不是本村人，还到那里去寻根柢呢？很白很亮的一堆洋钱！而且是他的——现在不见了！说是算被儿子拿去了罢，总还是忽忽不乐；说自己是虫豸罢，也还是忽忽不乐：他这回才有些感到失败的苦痛了。

---

① 赛神：迎神赛会，以仪仗、鼓乐和杂戏迎神出庙，巡游于街巷，以酬神祈福。

但他立刻转败为胜了。他擎起右手,用力的在自己脸上连打了两个嘴巴,热剌剌的有些痛;打完之后,便心平气和起来,似乎打的是自己,被打的是别一个自己,不久也就仿佛是自己打了别个一般——虽然还有些热剌剌——心满意足的得胜的躺下了。

他睡着了。

【评析:第二章是追述往事,刻画阿 Q 的性格特征:精神胜利法。描述阿 Q 的部分生活片断,突出了他的妄自尊大、自欺欺人。交代阿 Q 的经济地位,到处打短工的流浪雇农,是社会中被压迫、被污辱的最底层的人。接着连续写他的四个生活片断。他穷得娶不上老婆,却自吹“我的儿子会阔得多啦”;在精神上独不崇奉赵、钱两家,进过几回城,又讥笑未庄人的“不见世面”,这些都突出了阿 Q 妄自尊大的特点;“癞疮疤”的故事,写他被欺辱时由打人到怒目而视到自轻自贱;“押牌宝”事件,写他被欺辱后为取得精神上的胜利而进行自我摧残。以上便是阿 Q 精神胜利法的构成部分之一。】

第三章　续优胜记略

然而阿 Q 虽然常优胜,却直待蒙赵太爷打他嘴巴之后,这才出了名。

他付过地保二百文酒钱,忿忿的躺下了,后来想:“现在的世界太不成话,儿子打老子……”于是忽而想到赵太爷的威风,而现在是他的儿子了,便自己也渐渐的得意起来,爬起身,唱着《小孤孀上坟》到酒店去。这时候,他又觉得赵太爷高人一等了。

说也奇怪,从此之后,果然大家也仿佛格外尊敬他。这在阿 Q,或者以为因为他是赵太爷的父亲,而其实也不然。未庄通例,倘如阿七打阿八,或者李四打张三,向来本不算一件事,必须与一位名人如赵太爷者相关,这才载上他们的口碑。一上口碑,则打的既有名,被打的也就托庇有了名。至于错在阿 Q,那自然是不必说。所以者何?就因为赵太爷是不会错的。但他既然错,为什么大家又仿佛格外尊敬他呢?这可难解,穿凿起来说,或者因为阿 Q 说是赵太爷的本家,虽然挨了打,大家也还怕有些真,总不如尊敬一些稳当。否则,也如孔庙里的太牢①一般,虽然与猪羊一样,同是畜生,但既经圣人下箸,先儒们便不敢妄动了。

阿Q此后倒得意了许多年。

有一年的春天,他醉醺醺的在街上走,在墙根的日光下,看见王胡在那里赤着膊捉虱子,他忽然觉得身上也痒起来了。这王胡,又癞又胡,别人都叫他王癞胡,阿Q却删去了一个癞字,然而非常渺视他。阿Q的意思,以为癞是不足为奇的,只有这一部络腮胡子,实在太新奇,令人看不上眼。他于是并排坐下去了。倘是别的闲人们,阿Q本不敢大意坐下去。但这王胡旁边,他有什么怕呢?老实说:他肯坐下去,简直还是抬举他。

阿Q也脱下破夹袄来,翻检了一回,不知道因为新洗呢还是因为粗心,许多工夫,只捉到三四个。他看那王胡,却是一个又一个,两个又三个,只放在嘴里毕毕剥剥的响。

阿Q最初是失望,后来却不平了:看不上眼的王胡尚那么多,自己倒反这样少,这是怎样的大失体统的事呵!他很想寻一两个大的,然而竟没有,好容易才捉到一个中的,恨恨的塞在厚嘴唇里,狠命一咬,劈的一声,又不及王胡响。

他癞疮疤块块通红了,将衣服摔在地上,吐一口唾沫,说:

"这毛虫!"

"癞皮狗,你骂谁?"王胡轻蔑的抬起眼来说。

阿Q近来虽然比较的受人尊敬,自己也更高傲些,但和那些打惯的闲人们见面还胆怯,独有这回却非常武勇了。这样满脸胡子的东西,也敢出言无状么?

"谁认便骂谁!"他站起来,两手叉在腰间说。

"你的骨头痒了么?"王胡也站起来,披上衣服说。

阿Q以为他要逃了,抢进去就是一拳。这拳头还未达到身上,已经被他抓住了,只一拉,阿Q跄跄踉踉的跌进去,立刻又被王胡扭住了

———————

① 太牢:古代祭品,原指牛、羊、猪,后单指牛。

9

辫子,要拉到墙上照例去碰头。

"君子动口不动手!"阿Q歪着头说。

王胡似乎不是君子,并不理会,一连给他碰了五下,又用力的一推,至于阿Q跌出六尺多远,这才满足的去了。

在阿Q的记忆上,这大约要算是生平第一件的屈辱,因为王胡以络腮胡子的缺点,向来只被他奚落,从没有奚落他,更不必说动手了。而他现在竟动手,很意外,难道真如市上所说,皇帝已经停了考,不要秀才和举人了,因此赵家减了威风,因此他们也便小觑了他么?

阿Q无可适从的站着。

远远的走来了一个人,他的对头又到了。这也是阿Q最厌恶的一个人,就是钱太爷的大儿子。他先前跑上城里去进洋学堂,不知怎么又跑到东洋去了,半年之后他回到家里来,腿也直了,辫子也不见了,他的母亲大哭了十几场,他的老婆跳了三回井。后来,他的母亲到处说:"这辫子是被坏人灌醉了酒剪去的。本来可以做大官,现在只好等留长再说了。"然而阿Q不肯信,偏称他"假洋鬼子",也叫作"里通外国的人",一见他,一定在肚子里暗暗的咒骂。

阿Q尤其"深恶而痛绝之"的,是他的一条假辫子。辫子而至于假,就是没有了做人的资格;他的老婆不跳第四回井,也不是好女人。

这"假洋鬼子"近来了。

"秃儿。驴……"阿Q历来本只在肚子里骂,没有出过声,这回因为正气忿,因为要报仇,便不由的轻轻的说出来了。

不料这秃儿却拿着一支黄漆的棍子——就是阿Q所谓哭丧棒——大踏步走了过来。阿Q在这刹那,便知道大约要打了,赶紧抽紧筋骨,耸了肩膀等候着,果然,拍的一声,似乎确凿打在自己头上了。

"我说他!"阿Q指着近旁的一个孩子,分辩说。

拍!拍拍!

在阿Q的记忆上,这大约要算是生平第二件的屈辱。幸而拍拍的响了之后,于他倒似乎完结了一件事,反而觉得轻松些,而且"忘却"这一件祖传的宝贝也发生了效力,他慢慢的走,将到酒店门口,早已有些高兴了。

但对面走来了静修庵里的小尼姑。阿Q便在平时，看见伊也一定要唾骂，而况在屈辱之后呢？他于是发生了回忆，又发生了敌忾了。

"我不知道我今天为什么这样晦气，原来就因为见了你！"他想。

他迎上去，大声的吐一口唾沫：

"咳，呸！"

小尼姑全不睬，低了头只是走。阿Q走近伊身旁，突然伸出手去摩着伊新剃的头皮，呆笑着，说：

"秃儿！快回去，和尚等着你……"

"你怎么动手动脚……"尼姑满脸通红的说，一面赶快走。

酒店里的人大笑了。阿Q看见自己的勋业得了赏识，便愈加兴高采烈起来：

"和尚动得，我动不得？"他扭住伊的面颊。

酒店里的人大笑了。阿Q更得意，而且为满足那些赏鉴家起见，再用力的一拧，才放手。

他这一战，早忘却了王胡，也忘却了假洋鬼子，似乎对于今天的一切"晦气"都报了仇；而且奇怪，又仿佛全身比拍拍的响了之后更轻松，飘飘然的似乎要飞去了。

"这断子绝孙的阿Q！"远远地听得小尼姑的带哭的声音。

"哈哈哈！"阿Q十分得意的笑。

"哈哈哈！"酒店里的人也九分得意的笑。

【评析：第三章接第一章的情节，继续写阿Q的精神胜利法。阿Q被赵太爷打了之后，反而因此"得意了许多年"，原因就在于中国人从来如此，他们景仰强暴，视人压迫人为当然。作者入木三分地表现了当时人们的这种十分可悲的变态的奴性。这一章写了三个生活片断。竟然败在王胡手下，遭到"平生第一件的屈辱"；挨了假洋鬼子的"哭丧棒"，遭到"平生第二件的屈辱"；调戏小尼姑，为自己的屈辱报仇。三个片断，刻画了阿Q畏强凌弱的性格；阿Q与王胡比丑，说明他无聊到了极点；憎恶假洋鬼子，则表现他排斥异端；"赶紧抽紧筋骨"等待挨打，显出十足的奴性；调戏尼姑，更表现阿Q对女性态度上的肮脏灵魂。】

第四章　恋爱的悲剧

有人说：有些胜利者，愿意敌手如虎，如鹰，他才感得胜利的欢喜；假使如羊，如小鸡，他便反觉得胜利的无聊。又有些胜利者，当克服一切之后，看见死的死了，降的降了，"臣诚惶诚恐死罪死罪"，他于是没有了敌人，没有了对手，没有了朋友，只有自己在上，一个，孤另另，凄凉，寂寞，便反而感到了胜利的悲哀。然而我们的阿Q却没有这样乏，他是永远得意的：这或者也是中国精神文明冠于全球的一个证据了。

看哪，他飘飘然的似乎要飞去了！

然而这一次的胜利，却又使他有些异样。他飘飘然的飞了大半天，飘进土谷祠，照例应该躺下便打鼾。谁知道这一晚，他很不容易合眼，他觉得自己的大拇指和第二指有点古怪：仿佛比平常滑腻些。不知道是小尼姑的脸上有一点滑腻的东西粘在他指上，还是他的指头在小尼姑脸上磨得滑腻了？……

"断子绝孙的阿Q！"

阿Q的耳朵里又听到这句话。他想：不错，应该有一个女人，断子绝孙便没有人供一碗饭……应该有一个女人。夫"不孝有三无后为大"，而"若敖之鬼馁而"①，也是一件人生的大哀，所以他那思想，其实是样样合于圣经贤传的，只可惜后来有些"不能收其放心"了。

"女人，女人！……"他想。

"……和尚动得……女人，女人！……女人！"他又想。

我们不能知道这晚上阿Q在什么时候才打鼾。但大约他从此总觉得指头有些滑腻，所以他从此总有些飘飘然；"女……"他想。

即此一端，我们便可以知道女人是害人的东西。

中国的男人，本来大半都可以做圣贤，可惜全被女人毁掉了。商

---

①　若敖之鬼馁：典出《左传·宣公四年》，意思是若敖氏以后没有子孙祭祀，鬼神都挨饿。

是妲己闹亡的;周是褒姒①弄坏的;秦……虽然史无明文,我们也假定他因为女人,大约未必十分错;而董卓可是的确给貂蝉害死了。

阿Q本来也是正人,我们虽然不知道他曾蒙什么明师指授过,但他对于"男女之大防"却历来非常严;也很有排斥异端——如小尼姑及假洋鬼子之类——的正气。他的学说是:凡尼姑,一定与和尚私通;一个女人在外面走,一定想引诱野男人;一男一女在那里讲话,一定要有勾当了。为惩治他们起见,所以他往往怒目而视,或者大声说几句"诛心②"话,或者在冷僻处,便从后面掷一块小石头。

谁知道他将到"而立"之年,竟被小尼姑害得飘飘然了。这飘飘然的精神,在礼教上是不应该有的——所以女人真可恶,假使小尼姑的脸上不滑腻,阿Q便不至于被蛊③,又假使小尼姑的脸上盖一层布,阿Q便也不至于被蛊了——他五六年前,曾在戏台下的人丛中拧过一个女人的大腿,但因为隔一层裤,所以此后并不飘飘然——而小尼姑并不然,这也足见异端之可恶。

"女……"阿Q想。

他对于以为"一定想引诱野男人"的女人,时常留心看,然而伊并不对他笑。他对于和他讲话的女人,也时常留心听,然而伊又并不提起关于什么勾当的话来。哦,这也是女人可恶之一节:伊们全都要装"假正经"的。

这一天,阿Q在赵太爷家里舂了一天米,吃过晚饭,便坐在厨房里吸旱烟。倘在别家,吃过晚饭本可以回去的了,但赵府上晚饭早,虽说定例不准掌灯,一吃完便睡觉,然而偶然也有一些例外:其一,是赵大爷未进秀才的时候,准其点灯读文章;其二,便是阿Q来做短工的时候,准其点灯舂米。因为这一条例外,所以阿Q在动手舂米之前,还坐在厨房里吸旱烟。

吴妈,是赵太爷家里唯一的女仆,洗完了碗碟,也就在长凳上坐下

---

① 妲(dá)己、褒姒(bāo sì):分别是殷纣王、周幽王的妃子。

② 诛心:语出《后汉书·霍谞传》,指揭露、指责人的思想或用心。

③ 蛊(gǔ):传说中用来害人的毒虫。蛊惑:毒害,迷惑。

了,而且和阿Q谈闲天:

"太太两天没有吃饭哩,因为老爷要买一个小的……"

"女人……吴妈……这小孤孀……"阿Q想。

"我们的少奶奶是八月里要生孩子了……"

"女人……"阿Q想。

阿Q放下烟管,站了起来。

"我们的少奶奶……"吴妈还唠叨说。

"我和你困觉,我和你困觉!"阿Q忽然抢上去,对伊跪下了。

一刹时中很寂然。

"阿呀!"吴妈楞了一息,突然发抖,大叫着往外跑,且跑且嚷,似乎后来带哭了。

阿Q对了墙壁跪着也发楞,于是两手扶着空板凳,慢慢的站起来,仿佛觉得有些糟。他这时确也有些忐忑了,慌张的将烟管插在裤带上,就想去舂米。蓬的一声,头上着了很粗的一下,他急忙回转身去,那秀才便拿了一支大竹杠站在他面前。

"你反了,……你这……"

大竹杠又向他劈下来了。阿Q两手去抱头,拍的正打在指节上,这可很有一些痛。他冲出厨房门,仿佛背上又着了一下似的。

"忘八蛋!"秀才在后面用了官话这样骂。

阿Q奔入舂米场,一个人站着,还觉得指头痛,还记得"忘八蛋",因为这话是未庄的乡下人从来不用,专是见过官府的阔人用的,所以格外怕,而印象也格外深。但这时,他那"女……"的思想却也没有了。而且打骂之后,似乎一件事也已经收束,倒反觉得一无挂碍似的,便动手去舂米。舂了一会,他热起来了,又歇了手脱衣服。

脱下衣服的时候,他听得外面很热闹,阿Q生平本来最爱看热闹,便即寻声走出去了。寻声渐渐的寻到赵太爷的内院里,虽然在昏黄中,却辨得出许多人,赵府一家连两日不吃饭的太太也在内,还有间壁的邹七嫂,真正本家的赵白眼,赵司晨。

少奶奶正拖着吴妈走出下房来,一面说:

"你到外面来……不要躲在自己房里想……"

"谁不知道你正经……短见是万万寻不得的。"邹七嫂也从旁说。

吴妈只是哭,夹些话,却不甚听得分明。

阿Q想:"哼,有趣,这小孤孀不知道闹着什么玩意儿了?"他想打听,走近赵司晨的身边。这时他猛然间看见赵大爷向他奔来,而且手里捏着一支大竹杠。他看见这一支大竹杠,便猛然间悟到自己曾经被打,和这一场热闹似乎有点相关。他翻身便走,想逃回春米场,不图这支竹杠阻了他的去路,于是他又翻身便走,自然而然的走出后门,不多工夫,已在土谷祠内了。

阿Q坐了一会,皮肤有些起粟,他觉得冷了,因为虽在春季,而夜间颇有余寒,尚不宜于赤膊。他也记得布衫留在赵家,但倘若去取,又深怕秀才的竹杠。然而地保进来了。

"阿Q,你的妈妈的!你连赵家的佣人都调戏起来,简直是造反。害得我晚上没有觉睡,你的妈妈的!……"

如是云云的教训了一通,阿Q自然没有话。临末,因为在晚上,应该送地保加倍酒钱四百文,阿Q正没有现钱,便用一顶毡帽做抵押,并且订定了五条件:

一 明天用红烛——要一斤重的——一对,香一封,到赵府上去赔罪。

二 赵府上请道士被除缢鬼,费用由阿Q负担。

三 阿Q从此不准踏进赵府的门槛。

四 吴妈此后倘有不测,惟阿Q是问。

五 阿Q不准再去索取工钱和布衫。

阿Q自然都答应了,可惜没有钱。幸而已经春天,棉被可以无用,便质了二千大钱,履行条约。赤膊磕头之后,居然还剩几文,他也不再赎毡帽,统统喝了酒了。但赵家也并不烧香点烛,因为太太拜佛的时候可以用,留着了。那破布衫是大半做了少奶奶八月间生下来的孩子的衬尿布,那小半破烂的便都做了吴妈的鞋底。

【评析:第四章写阿Q拙劣的求爱经过和遭到的可悲结果,继续表现阿Q的地位和处境。作者在叙述中把阿Q的永远得意归咎于"中国精神文明冠于全球",指明了他的思想是受了封建文化、思想的影响而

15

产生的,这是阿Q严格遵循"男女之大防"和排斥异端的思想根源。而强调阿Q的"样样合于圣经贤传",以及他要找女人是唯恐"不孝有三无后为大",都说明阿Q全身浸润了封建思想的毒素,满脑子都是封建思想道德。而他去拧女人大腿,说"诛心话""掷一块小石头",留心想"引诱野男人的女人",又说明他前面的思想是虚伪而可憎的。年近三十的阿Q要求恋爱是正当的,但他的要求却触犯了封建礼教,因而遭到赵太爷父子的凶残迫害,他不仅挨打,而且连可怜的一点点家当也被榨取干净,断绝了活路。这一章,写了阿Q的可憎,更写了他的可怜,也写了统治者迫害人民的残暴。到此,情节发展又深入了一步。】

第五章　生计问题

阿Q礼毕之后,仍旧回到土谷祠,太阳下去了,渐渐觉得世上有些古怪。他仔细一想,终于省悟过来:其原因盖在自己的赤膊。他记得破夹袄还在,便披在身上,躺倒了,待张开眼睛,原来太阳又已经照在西墙上头了。他坐起身,一面说道:"妈妈的……"

他起来之后,也仍旧在街上逛,虽然不比赤膊之有切肤之痛,却又渐渐的觉得世上有些古怪了。仿佛从这一天起,未庄的女人们忽然都怕了羞,伊们一见阿Q走来,便个个躲进门里去。甚而至于将近五十岁的邹七嫂,也跟着别人乱钻,而且将十一岁的女儿都叫进去了。阿Q很以为奇,而且想:"这些东西忽然都学起小姐模样来了。这娼妇们……"

但他更觉得世上有些古怪,却是许多日以后的事。其一,酒店不肯赊欠了;其二,管土谷祠的老头子说些废话,似乎叫他走;其三,他虽然记不清多少日,但确乎有许多日,没有一个人来叫他做短工。酒店不赊,熬着也罢了;老头子催他走,噜苏一通也就算了;只是没有人来叫他做短工,却使阿Q肚子饿:这委实是一件非常"妈妈的"的事情。

阿Q忍不下去了,他只好到老主顾的家里去探问——但独不许踏进赵府的门槛——然而情形也异样:一定走出一个男人来,现了十分烦厌的相貌,像回复乞丐一般的摇手道:

"没有没有！你出去！"

阿Q愈觉得稀奇了。他想，这些人家向来少不了要帮忙，不至于现在忽然都无事，这总该有些蹊跷在里面的。他留心打听，才知道他们有事都去叫小Don。这小D，是一个穷小子，又瘦又乏，在阿Q的眼睛里，位置是在王胡之下的，谁料这小子竟谋了他的饭碗去。所以阿Q这一气，更与平常不同，当气愤愤的走着的时候，忽然将手一扬，唱道：

"我手执钢鞭将你打！……"

几天之后，他竟在钱府的照壁前遇见了小D。"仇人相见分外眼明"，阿Q便迎上去，小D也站住了。

"畜生！"阿Q怒目而视的说，嘴角上飞出唾沫来。

"我是虫豸，好么？……"小D说。

这谦逊反使阿Q更加愤怒起来，但他手里没有钢鞭，于是只得扑上去，伸手去拔小D的辫子。小D一手护住了自己的辫根，一手也来拔阿Q的辫子，阿Q便也将空着的一只手护住了自己的辫根。从先前的阿Q看来，小D本来是不足齿数的，但他近来挨了饿，又瘦又乏已经不下于小D，所以便成了势均力敌的现象，四只手拔着两颗头，都弯了腰，在钱家粉墙上映出一个蓝色的虹形，至于半点钟之久了。

"好了，好了！"看的人们说，大约是解劝的。

"好，好！"看的人们说，不知道是解劝，是颂扬，还是煽动。

然而他们都不听。阿Q进三步，小D便退三步，都站着；小D进三步，阿Q便退三步，又都站着。大约半点钟——未庄少有自鸣钟，所以很难说，或者二十分——他们的头里便都冒烟，额上便都流汗，阿Q的手放松了，在同一瞬间，小D的手也正放松了，同时直起，同时退开，都挤出人丛去。

"记着罢，妈妈的……"阿Q回过头去说。

"妈妈的，记着罢……"小D也回过头来说。

这一场"龙虎斗"似乎并无胜败，也不知道看的人可满足，都没有发什么议论，而阿Q却仍然没有人来叫他做短工。

有一日很温和，微风拂拂的颇有些夏意了，阿Q却觉得寒冷起来，但这还可担当,第一倒是肚子饿。棉被,毡帽,布衫,早已没有了,其次就卖了棉袄;现在有裤子,却万不可脱的;有破夹袄,又除了送人做鞋底之外,决定卖不出钱。他早想在路上拾得一注钱,但至今还没有见;他想在自己的破屋里忽然寻到一注钱,慌张的四顾,但屋内是空虚而且了然。于是他决计出门求食去了。

他在路上走着要"求食",看见熟识的酒店,看见熟识的馒头,但他都走过了,不但没有暂停,而且并不想要。他所求的不是这类东西了;他求的是什么东西,他自己不知道。

未庄本不是大村镇,不多时便走尽了。村外多是水田,满眼是新秧的嫩绿,夹着几个圆形的活动的黑点,便是耕田的农夫。阿Q并不赏鉴这田家乐,却只是走,因为他直觉的知道这与他的"求食"之道是很辽远的。但他终于走到静修庵的墙外了。

庵周围也是水田,粉墙突出在新绿里,后面的低土墙里是菜园。阿Q迟疑了一会,四面一看,并没有人。他便爬上这矮墙去,扯着何首乌藤,但泥土仍然簌簌的掉,阿Q的脚也索索的抖;终于攀着桑树枝,跳到里面了。里面真是郁郁葱葱,但似乎并没有黄酒馒头,以及此外可吃的之类。靠西墙是竹丛,下面许多笋,只可惜都是并未煮熟的,还有油菜早经结子,芥菜已将开花,小白菜也很老了。

阿Q仿佛文童落第似的觉得很冤屈,他慢慢走近园门去,忽而非常惊喜了,这分明是一畦老萝卜。他于是蹲下便拔,而门口突然伸出一个很圆的头来,又即缩回去了,这分明是小尼姑。小尼姑之流是阿Q本来视若草芥的,但世事须"退一步想",所以他便赶紧拔起四个萝卜,拧下青叶,兜在大襟里。然而老尼姑已经出来了。

"阿弥陀佛,阿Q,你怎么跳进园里来偷萝卜! ……阿呀,罪过呵,阿唷,阿弥陀佛! ……"

"我什么时候跳进你的园里来偷萝卜?"阿Q且看且走的说。

"现在……这不是?"老尼姑指着他的衣兜。

"这是你的? 你能叫得他答应么? 你……"

阿Q没有说完话,拔步便跑;追来的是一匹很肥大的黑狗。这本来在前门的,不知怎的到后园来了。黑狗哼而且追,已经要咬着阿Q

的腿,幸而从衣兜里落下一个萝卜来,那狗给一吓,略略一停,阿Q已经爬上桑树,跨到土墙,连人和萝卜都滚出墙外面了。只剩着黑狗还在对着桑树嗥,老尼姑念着佛。

阿Q怕尼姑又放出黑狗来,拾起萝卜便走,沿路又捡了几块小石头,但黑狗却并不再出现。阿Q于是抛了石块,一面走一面吃,而且想道,这里也没有什么东西寻,不如进城去……

待三个萝卜吃完时,他已经打定了进城的主意了。

【评析:第五章,写阿Q走投无路,揭示麻木的国民"吃人"的本相,再写阿Q的畏强凌弱。"恋爱"既成"悲剧",阿Q接下来遇到了"生计问题"。这一章写了三个生活片断。阿Q感到"世上有些古怪",做工被老主顾拒之门外而意识到生路被断绝。然而他并没有意识到断他生路的是赵太爷之流,而误以为是比他更弱小的小D"谋了他的饭碗去",便发生了"龙虎斗"。这既表现了阿Q的畏强凌弱的性格,又说明阿Q的不觉悟已经到了令人不可思议的地步。无路可走的阿Q去静修庵偷萝卜,是情节的必然发展。他视小尼姑如草芥,对老尼姑要无赖,亦是他畏强凌弱无赖霸道的表现。自己的不争气不觉悟,统治阶级的迫害,必然使他走上行窃之路。】

第六章 从中兴到末路

在未庄再看见阿Q出现的时候,是刚过了这年的中秋。人们都惊异,说是阿Q回来了,于是又回上去想道,他先前那里去了呢?阿Q前几回的上城,大抵早就兴高采烈的对人说,但这一次却并不,所以也没有一个人留心到。他或者也曾告诉过管土谷祠的老头子,然而未庄老例,只有赵太爷钱太爷和秀才大爷上城才算一件事。假洋鬼子尚且不足数,何况是阿Q:因此老头子也就不替他宣传,而未庄的社会上也就无从知道了。

但阿Q这回的回来,却与先前大不同,确乎很值得惊异。天色将黑,他睡眼朦胧的在酒店门前出现了,他走近柜台,从腰间伸出手来,满把是银的和铜的,在柜上一扔说:"现钱!打酒来!"穿的是新夹袄,看去腰间还挂着一个大搭连,沉钿钿的将裤带坠成了很弯很弯的弧线。未庄老例,看见略有些醒目的人物,是与其慢也宁敬的,现在虽然明知道是阿Q,但因为和破夹袄的阿Q有些两样了,古人云,"士别三日便当刮目相待",所以堂倌,掌柜,酒客,路人,便自然显出一种疑而且敬的形态来。掌柜既先之以点头,又继之以谈话:

"豁,阿Q,你回来了!"

"回来了。"

"发财发财,你是——在……"

"上城去了!"

这一件新闻,第二天便传遍了全未庄。人人都愿意知道现钱和新夹袄的阿Q的中兴史,所以在酒店里,茶馆里,庙檐下,便渐渐的探听出来了。这结果,是阿Q得了新敬畏。

据阿Q说,他是在举人老爷家里帮忙。这一节,听的人都肃然了。这老爷本姓白,但因为合城里只有他一个举人,所以不必再冠姓,说起举人来就是他。这也不独在未庄是如此,便是一百里方圆之内也都如此,人们几乎多以为他的姓名就叫举人老爷的了。在这人的府上帮忙,那当然是可敬的。但据阿Q又说,他却不高兴再帮忙了,因为这举人老爷实在太"妈妈的"了。这一节,听的人都叹息而且快意,因为阿Q本不配在举人老爷家里帮忙,而不帮忙是可惜的。

据阿Q说,他的回来,似乎也由于不满意城里人,这就在他们将长凳称为条凳,而且煎鱼用葱丝,加以最近观察所得的缺点,是女人的走路也扭得不很好。然而他偶有大可佩服的地方,即如未庄的乡下人不过打三十二张的竹牌,只有假洋鬼子能够叉"麻酱",城里却连小乌龟子都叉得精熟的。什么假洋鬼子,只要放在城里的十几岁的小乌龟子的手里,也就立刻是"小鬼见阎王"。这一节,听的人都赧然①了。

"你们可看见过杀头么?"阿Q说,"咳,好看。杀革命党。唉,好看好看……"他摇摇头,将唾沫飞在正对面的赵司晨的脸上。这一节,听的人都凛然了。但阿Q又四面一看,忽然扬起右手,照着伸长脖子

---

① 赧(nǎn)然:形容难为情的样子,羞愧的样子。

听得出神的王胡的后项窝上直劈下去道：

"嚓！"

王胡惊得一跳，同时电光石火似的赶快缩了头，而听的人又都悚然①而且欣然了。从此王胡瘟头瘟脑的许多日，并且再不敢走近阿Q的身边；别的人也一样。

阿Q这时在未庄人眼睛里的地位，虽不敢说超过赵太爷，但谓之差不多，大约也就没有什么语病的了。

然而不多久，这阿Q的大名忽又传遍了未庄的闺中。虽然未庄只有钱赵两姓是大屋，此外十之九都是浅闺，但闺中究竟是闺中，所以也算得一件神异。女人们见面时一定说，邹七嫂在阿Q那里买了一条蓝绸裙，旧固然是旧的，但只化了九角钱。还有赵白眼的母亲———一说是赵司晨的母亲，待考，——也买了一件孩子穿的大红洋纱衫，七成新，只用三百大钱九二串。于是伊们都眼巴巴的想见阿Q，缺绸裙的想问他买绸裙，要洋纱衫的想问他买洋纱衫，不但见了不逃避，有时阿Q已经走过了，也还要追上去叫住他，问道：

"阿Q，你还有绸裙么？没有？纱衫也要的，有罢？"

后来这终于从浅闺传进深闺里去了。因为邹七嫂得意之余，将伊的绸裙请赵太太去鉴赏，赵太太又告诉了赵太爷而且着实恭维了一番。赵太爷便在晚饭桌上，和秀才大爷讨论，以为阿Q实在有些古怪，我们门窗应该小心些；但他的东西，不知道可还有什么可买，也许有点好东西罢。加以赵太太也正想买一件价廉物美的皮背心。于是家族决议，便托邹七嫂即刻去寻阿Q，而且为此新辟了第三种的例外：这晚上也姑且特准点油灯。

油灯干了不少了，阿Q还不到。赵府的全眷都很焦急，打着呵欠，或恨阿Q太飘忽，或怨邹七嫂不上紧。赵太太还怕他因为春天的条件不敢来，而赵太爷以为不足虑；因为这是"我"去叫他的。果然，到底赵太爷有见识，阿Q终于跟着邹七嫂进来了。

"他只说没有没有，我说你自己当面说去，他还要说，我说……"邹

---

① 悚(sǒng)然：害怕的样子。

七嫂气喘吁吁的走着说。

"太爷!"阿Q似笑非笑的叫了一声,在檐下站住了。

"阿Q,听说你在外面发财。"赵太爷踱开去,眼睛打量着他的全身,一面说,"那很好,那很好的。这个,……听说你有些旧东西,……可以都拿来看一看,……这也并不是别的,因为我倒要……"

"我对邹七嫂说过了。都完了。"

"完了?"赵太爷不觉失声的说,"那里会完得这样快呢?"

"那是朋友的,本来不多。他们买了些,……"

"总该还有一点罢。"

"现在,只剩了一张门幕了。"

"就拿门幕来看看罢。"赵太太慌忙说。

"那么,明天拿来就是,"赵太爷却不甚热心了,"阿Q,你以后有什么东西的时候,你尽先送来给我们看,……"

"价钱决不会比别家出得少!"秀才说。秀才娘子忙一瞥阿Q的脸,看他感动了没有。

"我要一件皮背心。"赵太太说。

阿Q虽然答应着,却懒洋洋的出去了,也不知道他是否放在心上。这使赵太爷很失望,气愤而且担心,至于停止了打呵欠。秀才对于阿Q的态度也很不平,于是说,这忘八蛋要提防,或者竟不如吩咐地保,不许他住在未庄。但赵太爷以为不然,说这也怕要结怨,况且做这路生意的大概是"老鹰不吃窝下食",本村倒不必担心的;只要自己夜里警醒点就是了。秀才听了这"庭训",非常之以为然,便即刻撤消了驱逐阿Q的提议,而且叮嘱邹七嫂,请伊万不要向人提起这一段话。

但第二日,邹七嫂便将那蓝裙去染了皂,又将阿Q可疑之点传扬出去了,可是确没有提起秀才要驱逐他这一节。然而这已经于阿Q很不利。最先,地保寻上门了,取了他的门幕去,阿Q说是赵太太要看的,而地保也不还,并且要议定每月的孝敬钱。其次,全村人对于他的敬畏忽而变相了,虽然还不敢来放肆,却很有远避的神情,而这神情和先前的防他来"嚓"的时候又不同,颇混着"敬而远之"的分子了。

只有一班闲人们却还要寻根究底的去探阿Q的底细。阿Q也并不讳饰,傲然的说出他的经验来。从此他们才知道,他不过是一个小脚色,不但不能上墙,并且不能进洞,只站在洞外接东西。有一夜,他刚才接到一个包,正手再进去,不一会,只听得里面大嚷起来,他便赶紧跑,连夜爬出城,逃回未庄来了,从此不敢再去做。然而这故事却于阿Q更不利,村人对于阿Q的"敬而远之"者,本因为怕结怨,谁料他不过是一个不敢再偷的偷儿呢?这实在是"斯亦不足畏也矣"①。

【评析:第六章写阿Q由走投无路到短暂的"中兴",再被赵太爷逼到无路可走的经过。阿Q从城里回到未庄后,受到人们的"敬畏",不过因为他在城里给白举人家里帮过忙,手里有现钱,有些便宜货,还知道城里一些见闻。因此,掌柜、酒客、路人都对阿Q"刮目相待",王胡等人对阿Q也"肃然",妇女对有劣迹的阿Q也不再躲避,而是主动赶着要买他的东西。这一切深刻揭示了国民趋炎附势的本性。然而,当阿Q的底细被披露出来后,人们又由对他的"敬而远之"到"斯亦不足畏也矣",更说明了世态的炎凉,人们的愚昧无知。不由得使人发问,这样的国民,不改造行吗?阿Q的又一次走投无路成为必然。】

第七章　革　命

　　宣统三年九月十四日——即阿Q将搭连卖给赵白眼的这一天——三更四点,有一只大乌篷船到了赵府上的河埠头。这船从黑魆魆②中荡来,乡下人睡得熟,都没有知道;出去时将近黎明,却很有几个看见的了。据探头探脑的调查来的结果,知道那竟是举人老爷的船!

　　那船便将大不安载给了未庄,不到正午,全村的人心就很摇动。船的使命,赵家本来是很秘密的,但茶坊酒肆里却都说,革命党要进城,举人老爷到我们乡下来逃难了。惟有邹七嫂不以为然,说那不过是几口破衣箱,举人老爷想来寄存的,却已被赵太爷回复转去。其实

---

①　斯亦不足畏也矣:语出《论语·子罕》,指不值得惧怕了。

②　黑魆魆(xū):黑乎乎的。

举人老爷和赵秀才素不相能,在理本不能有"共患难"的情谊,况且邹七嫂又和赵家是邻居,见闻较为切近,所以大概该是伊对的。

然而谣言很旺盛,说举人老爷虽然似乎没有亲到,却有一封长信,和赵家排了"转折亲"。赵太爷肚里一轮,觉得于他总不会有坏处,便将箱子留下了,现就塞在太太的床底下。至于革命党,有的说是便在这一夜进了城,个个白盔白甲:穿着崇正皇帝的素。

阿Q的耳朵里,本来早听到过革命党这一句话,今年又亲眼见过杀掉革命党。但他有一种不知从那里来的意见,以为革命党便是造反,造反便是与他为难,所以一向是"深恶而痛绝之"的。殊不料这却使百里闻名的举人老爷有这样怕,于是他未免也有些"神往"了,况且未庄的一群鸟男女的慌张的神情,也使阿Q更快意。

"革命也好罢,"阿Q想,"革这伙妈妈的命,太可恶! 太可恨! ……便是我,也要投降革命党了。"

阿Q近来用度窘,大约略略有些不平;加以午间喝了两碗空肚酒,愈加醉得快,一面想一面走,便又飘飘然起来。不知怎么一来,忽而似乎革命党便是自己,未庄人却都是他的俘虏了。他得意之余,禁不住大声的嚷道:

"造反了! 造反了!"

未庄人都用了惊惧的眼光对他看。这一种可怜的眼光,是阿Q从来没有见过的,一见之下,又使他舒服得如六月里喝了雪水。他更加高兴的走而且喊道:

"好,……我要什么就是什么,我欢喜谁就是谁。

得得,锵锵!

悔不该,酒醉错斩了郑贤弟,

悔不该,呀呀呀……

得得,锵锵,得,锵令锵!

我手执钢鞭将你打……"

赵府上的两位男人和两个真本家,也正站在大门口论革命。阿Q没有见,昂了头直唱过去。

"得得,……"

24

"老 Q，"赵太爷怯怯的迎着低声的叫。

"锵锵，"阿 Q 料不到他的名字会和"老"字联结起来，以为是一句别的话，与己无干，只是唱。"得，锵，锵令锵，锵！"

"老 Q。"

"悔不该……"

"阿 Q！"秀才只得直呼其名了。

阿 Q 这才站住，歪着头问道："什么？"

"老 Q，……现在……"赵太爷却又没有话，"现在……发财么？"

"发财？自然。要什么就是什么……"

"阿……Q 哥，像我们这样穷朋友是不要紧的……"赵白眼惴惴的说，似乎想探革命党的口风。

"穷朋友？你总比我有钱。"阿 Q 说着自去了。

大家都怃然，没有话。赵太爷父子回家，晚上商量到点灯。赵白眼回家，便从腰间扯下搭连来，交给他女人藏在箱底里。

阿 Q 飘飘然的飞了一通，回到土谷祠，酒已经醒透了。这晚上，管祠的老头子也意外的和气，请他喝茶；阿 Q 便向他要了两个饼，吃完之后，又要了一支点过的四两烛和一个树烛台，点起来，独自躺在自己的小屋里。他说不出的新鲜而且高兴，烛火像元夜似的闪闪的跳，他的思想也迸跳起来了：——

"造反？有趣，……来了一阵白盔白甲的革命党，都拿着板刀，钢鞭，炸弹，洋炮，三尖两刃刀，钩镰枪，走过土谷祠，叫道：'阿 Q！同去同去！'于是一同去。……

"这时未庄的一伙鸟男女才好笑哩，跪下叫道，'阿 Q，饶命！'谁听他！第一个该死的是小 D 和赵太爷，还有秀才，还有假洋鬼子……留几条么？王胡本来还可留，但也不要了。……

"东西，……直走进去打开箱来：元宝，洋钱，洋纱衫，……秀才娘子的一张宁式床先搬到土谷祠，此外便摆了钱家的桌椅，——或者也就用赵家的罢。自己是不动手的了，叫小 D 来搬，要搬得快，搬得不快打嘴巴。……

"赵司晨的妹子真丑。邹七嫂的女儿过几年再说。假洋鬼子的老婆会和没有辫子的男人睡觉,吓,不是好东西! 秀才的老婆是眼胞上有疤的。……吴妈长久不见了,不知道在那里,——可惜脚太大。"

阿Q没有想得十分停当,已经发了鼾声,四两烛还只点去了小半寸,红焰焰的光照着他张开的嘴。

"荷荷!"阿Q忽而大叫起来,抬了头仓皇的四顾,待到看见四两烛,却又倒头睡去了。

第二天他起得很迟,走出街上看时,样样都照旧。他也仍然肚饿,他想着,想不起什么来;但他忽而似乎有了主意了,慢慢的跨开步,有意无意的走到静修庵。

庵和春天时节一样静,白的墙壁和漆黑的门。他想了一想,前去打门,一只狗在里面叫。他急急拾了几块断砖,再上去较为用力的打,打到黑门上生出许多麻点的时候,才听得有人来开门。

阿Q连忙捏好砖头,摆开马步,准备和黑狗来开战。但庵门只开了一条缝,并无黑狗从中冲出,望进去只有一个老尼姑。

"你又来什么事?"伊大吃一惊的说。

"革命了……你知道? ……"阿Q说得很含胡。

"革命革命,革过一革的……你们要革得我们怎么样呢?"老尼姑两眼通红的说。

"什么? ……"阿Q诧异了。

"你不知道,他们已经来革过了!"

"谁? ……"阿Q更其诧异了。

"那秀才和洋鬼子!"

阿Q很出意外,不由的一错愕;老尼姑见他失了锐气,便飞速的关了门,阿Q再推时,牢不可开,再打时,没有回答了。

那还是上午的事。赵秀才消息灵,一知道革命党已在夜间进城,便将辫子盘在顶上,一早去拜访那历来也不相能的钱洋鬼子。这是"咸与维新"的时候了,所以他们便谈得很投机,立刻成了情投意合的同志,也相约去革命。他们想而又想,才想出静修庵里有一块"皇帝万岁万万岁"的龙牌,是应该赶紧革掉的,于是又立刻同到庵里去革命。因为老尼姑来阻挡,说了三句话,他们便将伊当作满政府,在头上很给了不少的棍子和栗凿。尼姑待他们走后,定了神来检点,龙牌固然已经碎在地上了,而且又不见了观音娘娘座前的一个宣德炉。

这事阿Q后来才知道。他颇悔自己睡着,但也深怪他们不来招呼他。他又退一步想道:

"难道他们还没有知道我已经投降了革命党么?"

【评析:第七章写辛亥革命到来时各阶层对革命的态度,突出了阿Q的革命要求。在阿Q再一次被逼上末路时,辛亥革命的暴风雨来了。城里的"举人老爷"视革命如洪水猛兽,他要逃难了。未庄的"一群鸟男女"惊恐万状,误传革命军是为崇祯报仇的军队。阿Q则最具有代表性,由于他的思想深处的保守心理,使他对一切新生事物都持怀疑和否定的态度,所以起先对革命"深恶而痛绝之";但他又从自己的处境和感受出发,感到"革命也好罢",产生了"便是我,也要投降革命党"的要求,因此他高喊"造反了,造反了",表达了他革命的愿望。但他所理解的革命实质是什么呢?"要什么就是什么,欢喜谁就是谁"。这样的革命怎么能够成功?小说以形象的描写,从一个侧面反映辛亥革命失败的根源。再看阿Q的对立面,赵太爷父子在革命到来时吓得六神无主,低声下气地把一向不放在眼里的阿Q叫成"老Q",这时候的赵太爷和阿Q俨然换了一个位置。还是年轻一辈诡计多,赵秀才竟和假洋鬼子相约革命,革掉了静修庵里的一块龙牌,还顺手抄走了一个宣德炉。这就是当时非常普遍的混迹于革命中的假革命现象。】

第八章　不准革命

未庄的人心日见其安静了。据传来的消息,知道革命党虽然进了城,倒还没有什么大异样。知县大老爷还是原官,不过改称了什么,而且举人老爷也做了什么——这些名目,未庄人都说不明白——官,带兵的也还是先前的老把总。只有一件可怕的事是另有几个不好的革命党夹在里面捣乱,第二天便动手剪辫子,听说那邻村的航船七斤便着了道儿,弄得不像人样子了。但这却还不算大恐怖,因为未庄人本来少上城,即使偶有想进城的,也就立刻变了计,碰不着这危险。阿Q

本也想进城去寻他的老朋友，一得这消息，也只得作罢了。

但未庄也不能说是无改革。几天之后，将辫子盘在顶上的逐渐增加起来了，早经说过，最先自然是茂才公，其次便是赵司晨和赵白眼，后来是阿Q。倘在夏天，大家将辫子盘在头顶上或者打一个结，本不算什么稀奇事，但现在是暮秋，所以这"秋行夏令"的情形，在盘辫家不能不说是万分的英断，而在未庄也不能说无关于改革了。

赵司晨脑后空荡荡的走来，看见的人大嚷说，

"豁，革命党来了！"

阿Q听到了很羡慕。他虽然早知道秀才盘辫的大新闻，但总没有想到自己可以照样做，现在看见赵司晨也如此，才有了学样的意思定下实行的决心。他用一支竹筷将辫子盘在头顶上，迟疑多时，这才放胆的走去。

他在街上走，人也看他，然而不说什么话，阿Q当初很不快，后来便很不平。他近来很容易闹脾气了；其实他的生活，倒也并不比造反之前反艰难，人见他也客气，店铺也不说要现钱。而阿Q总觉得自己太失意；既然革了命，不应该只是这样的。况且有一回看见小D，愈使他气破肚皮了。

小D也将辫子盘在头顶上了，而且也居然用一支竹筷。阿Q万料不到他也敢这样做，自己也决不准他这样做！小D是什么东西呢？他很想即刻揪住他，拗断他的竹筷，放下他的辫子，并且批他几个嘴巴，聊且惩罚他忘了生辰八字，也敢来做革命党的罪。但他终于饶放了，单是怒目而视的吐一口唾沫道："呸！"

这几日里，进城去的只有一个假洋鬼子。赵秀才本也想靠着寄存箱子的渊源，亲身去拜访举人老爷的，但因为有剪辫的危险，所以也就中止了。他写了一封"黄伞格"①的信，托假洋鬼子带上城，而且托他给自己绍介绍介，去进自由党。假洋鬼子回来时，向秀才讨还了四块洋钱，秀才便有一块银桃子挂在大襟上了；未庄人都惊服，说这是柿油党的顶子，抵得一个翰林，赵太爷因此也骤然大阔，远过于他儿子隽秀

---

① 黄伞格：旧时一种写信格式。

28

才的时候,所以目空一切,见了阿 Q,也就很有些不放在眼里了。

阿 Q 正在不平,又时时刻刻感着冷落,一听得这银桃子的传说,他立即悟出自己之所以冷落的原因了:要革命,单说投降,是不行的;盘上辫子,也不行的;第一着仍然要和革命党去结识。他生平所知道的革命党只有两个,城里的一个早已"嚓"的杀掉了,现在只剩了一个假洋鬼子。他除却赶紧去和假洋鬼了商量之外,再没别的道路了。

钱府的大门正开着,阿 Q 便怯怯的躄①进去。他一到里面,很吃了惊,只见假洋鬼子正站在院子的中央,一身乌黑的大约是洋衣,身上也挂着一块银桃子,手里是阿 Q 曾经领教过的棍子,已经留到一尺多长的辫子都拆开了披在肩背上,蓬头散发的像一个刘海仙。对面挺直的站着赵白眼和三个闲人,正在必恭必敬的听说话。

阿 Q 轻轻的走近了,站在赵白眼的背后,心里想招呼,却不知道怎么说才好:叫他假洋鬼子固然是不行的了,洋人也不妥,革命党也不妥,或者就应该叫洋先生了罢。

洋先生却没有见他,因为白着眼睛讲得正起劲:

"我是性急的,所以我们见面,我总是说:洪哥!我们动手罢!他却总说道 No!——这是洋话,你们不懂的。否则早已成功了。然而这正是他做事小心的地方。他再三再四的请我上湖北,我还没有肯。谁愿意在这小县城里做事情。……"

"唔,……这个……"阿 Q 候他略停,终于用十二分的勇气开口了,但不知道因为什么,又并不叫他洋先生。

听着说话的四个人都吃惊的回顾他。洋先生也才看见:

"什么?"

"我……"

"出去!""我要投……"

"滚出去!"洋先生扬起哭丧棒来了。赵白眼和闲人们便都吆喝道:"先生叫你滚出去,你还不听么!"阿 Q 将手向头上一遮,不自觉的逃出门外;洋先生倒也没有追。他快跑了六十多步,这才慢慢的走,于

---

① 躄(bì):跛足,这里指走路如瘸腿一般,兼指小心翼翼。

是心里便涌起了忧愁:洋先生不准他革命,他再没有别的路;从此决不能望有白盔白甲的人来叫他,他所有的抱负,志向,希望,前程,全被一笔勾销了。至于闲人们传扬开去,给小D王胡等辈笑话,倒是还在其次的事。

他似乎从来没有经验过这样的无聊。他对于自己的盘辫子,仿佛也觉得无意味,要侮蔑;为报仇起见,很想立刻放下辫子来,但也没有竟放。他游到夜间,赊了两碗酒,喝下肚去,渐渐的高兴起来了,思想里才又出现白盔白甲的碎片。

有一天,他照例的混到夜深,待酒店要关门,才踱回土谷祠去。

拍,吧~~!

他忽而听得一种异样的声音,又不是爆竹。阿Q本来是爱看热闹,爱管闲事的,便在暗中直寻过去。似乎前面有些脚步声;他正听,猛然间一个人从对面逃来了。阿Q一看见,便赶紧翻身跟着逃。那人转弯,阿Q也转弯,既转弯,那人站住了,阿Q也站住。他看后面并无什么,看那人便是小D。

"什么?"阿Q不平起来了。

"赵……赵家遭抢了!"小D气喘吁吁的说。

阿Q的心怦怦的跳了。小D说了便走;阿Q却逃而又停的两三回。但他究竟是做过"这路生意"的人,格外胆大,于是躄出路角,仔细的听,似乎有些嚷嚷,又仔细的看,似乎许多白盔白甲的人,络绎的将箱子抬出了,器具抬出了,秀才娘子的宁式床也抬出了,但是不分明,他还想上前,两只脚却没有动。

这一夜没有月,未庄在黑暗里很寂静,寂静到像羲皇①时候一般太平。阿Q站着看到自己发烦,也似乎还是先前一样,在那里来来往往的搬,箱子抬出了,器具抬出了,秀才娘子的宁式床也抬出了……抬得他自己有些不信他的眼睛了。但他决计不再上前,却回到自己的祠里去了。

土谷祠里更漆黑;他关好大门,摸进自己的屋子里。他躺了好一会,这才定了神,而且发出关于自己的思想来:白盔白甲的人明明到

---

① 羲(xī)皇:即伏羲氏,三皇之一,《史记》中有记载。

了,并不来打招呼,搬了许多好东西,又没有自己的份——这全是假洋鬼子可恶,不准我造反,否则,这次何至于没有我的份呢? 阿Q越想越气,终于禁不住满心痛恨起来,毒毒的点一点头:"不准我造反,只准你造反? 妈妈的假洋鬼子——好,你造反! 造反是杀头的罪名呵,我总要告一状,看你抓进县里去杀头——满门抄斩——嚓! 嚓!"

【评析:第八章,写辛亥革命引起的未庄的变化,进一步刻画阿Q的性格。革命像一阵风一扫而过,并没有到达未庄,人心日见安定。政权落到投机钻营者手中。变化最大的不过是掀起了盘辫的风潮。赵秀才、假洋鬼子成了戴"银桃子"的革命党,未庄的政权仍在这些从前的压迫者手中。阿Q要投革命党,结果误投假洋鬼子门下不成,被"哭丧棒"赶出门。他被剥夺了革命的权利。同时写赵家遭抢,这就预示着阿Q的悲剧命运就要到来。】

第九章 大团圆

赵家遭抢之后,未庄人大抵很快意而且恐慌,阿Q也很快意而且恐慌。但四天之后,阿Q在半夜里忽被抓进县城里去了。那时恰是暗夜,一队兵,一队团丁,一队警察,五个侦探,悄悄地到了未庄,乘昏暗围住土谷祠,正对门架好机关枪;然而阿Q不冲出。许多时没有动静,把总焦急起来了,悬了二十千的赏,才有两个团丁冒了险,逾垣①进去,里应外合,一拥而入,将阿Q抓出来;直待擒出祠外面的机关枪左近,他才有些清醒了。

到进城,已经是正午,阿Q见自己被掇进一所破衙门,转了五六个弯,便推在一间小屋里。他刚刚一跄踉,那用整株的木料做成的栅栏门便跟着他的脚跟阖②上了,其余的三面都是墙壁,仔细看时,屋角上有两个人。

阿Q虽然有些忐忑,却并不很苦闷,因为他那土谷祠里的卧室,也

---

① 逾垣(yú yuán):翻越墙头。

② 阖(hé):关闭。

并没有比这间屋子更高明。那两个也仿佛是乡下人,渐渐和他兜搭起来了,一个说是举人老爷要追他祖父欠下来的陈租,一个不知道为了什么事。他们问阿Q,阿Q爽利的答道:"因为我想造反。"

他下半天便又被抓出栅栏门去了,到得大堂,上面坐着一个满头剃得精光的老头子。阿Q疑心他是和尚,但看见下面站着一排兵,两旁又站着十几个长衫人物,也有满头剃得精光像这老头子的,也有将一尺来长的头发披在背后像那假洋鬼子的,都是一脸横肉,怒目而视的看他;他便知道这人一定有些来历,膝关节立刻自然而然的宽松,便跪了下去了。

"站着说! 不要跪!"长衫人物都吆喝说。

阿Q虽然似乎懂得,但总觉得站不住,身不由己的蹲了下去,而且终于趁势改为跪下了。

"奴隶性! ……"长衫人物又鄙夷似的说,但也没有叫他起来。

"你从实招来罢,免得吃苦。我早都知道了。招了可以放你。"那光头的老头子看定了阿Q的脸,沉静的清楚的说。

"招罢!"长衫人物也大声说。

"我本来要……来投……"阿Q胡里胡涂的想了一通,这才断断续续的说。

"那么,为什么不来的呢?"老头子和气的问。

"假洋鬼子不准我!"

"胡说! 此刻说,也迟了。现在你的同党在那里?"

"什么? ……"

"那一晚打劫赵家的一伙人。"

"他们没有来叫我。他们自己搬走了。"阿Q提起来便愤愤。

"走到那里去了呢? 说出来便放你了。"老头子更和气了。

"我不知道,……他们没有来叫我……"

然而老头子使了一个眼色,阿Q便又被抓进栅栏门里了。他第二次抓出栅栏门,是第二天的上午。

大堂的情形都照旧。上面仍然坐着光头的老头子,阿Q也仍然下了跪。

老头子和气的问道:"你还有什么话说么?"

阿Q一想，没有话，便回答说："没有。"

于是一个长衫人物拿了一张纸，并一支笔送到阿Q的面前，要将笔塞在他手里。阿Q这时很吃惊，几乎"魂飞魄散"了：因为他的手和笔相关，这回是初次。他正不知怎样拿；那人却又指着一处地方教他画花押①。

"我……我……不认得字。"阿Q一把抓住了笔，惶恐而且惭愧的说。

"那么，便宜你，画一个圆圈！"

阿Q要画圆圈了，那手捏着笔却只是抖。于是那人替他将纸铺在地上，阿Q伏下去，使尽了平生的力画圆圈。他生怕被人笑话，立志要画得圆，但这可恶的笔不但很沉重，并且不听话，刚刚一抖一抖的几乎要合缝，却又向外一耸，画成瓜子模样了。

阿Q正羞愧自己画得不圆，那人却不计较，早已掣了纸笔去，许多人又将他第二次抓进栅栏门。

他第二次进了栅栏，倒也并不十分懊恼。他以为人生天地之间，大约本来有时要抓进抓出，有时要在纸上画圆圈的，惟有圈而不圆，却是他"行状"上的一个污点。但不多时也就释然了，他想：孙子才画得很圆的圆圈呢。于是他睡着了。

然而这一夜，举人老爷反而不能睡：他和把总呕了气了。举人老爷主张第一要追赃，把总主张第一要示众。把总近来很不将举人老爷放在眼里了，拍案打凳的说道："惩一儆百！你看，我做革命党还不上二十天，抢案就是十几件，全不破案，我的面子在那里？破了案，你来迂。不成！这是我管的！"举人老爷窘急了，然而还坚持，说是倘若不追赃，他便立刻辞了帮办民政的职务。而把总却道："请便罢！"于是举人老爷在这一夜竟没有睡，但幸而第二天倒也没有辞。

阿Q第三次抓出栅栏门的时候，便是举人老爷睡不着的那一夜的明天的上午了。他到了大堂，上面还坐着照例的光头老头子；阿Q也

---

① 画花押：旧时在公文、契约或供状上画记号或写"押"字、"十"字，表示认可。

照例的下了跪。

老头子很和气的问道:"你还有什么话么?"

阿 Q 一想,没有话,便回答说:"没有。"

许多长衫和短衫人物,忽然给他穿上一件洋布的白背心,上面有些黑字。阿 Q 很气苦;因为这很像是带孝,而带孝是晦气的。然而同时他的两手反缚了,同时又被一直抓出衙门外去了。

阿 Q 被抬上了一辆没有篷的车,几个短衣人物也和他同坐在一处。这车立刻走动了,前面是一班背着洋炮的兵们和团丁,两旁是许多张着嘴的看客,后面怎样,阿 Q 没有见。但他突然觉到了:这岂不是去杀头么?他一急,两眼发黑,耳朵里嗡的一声,似乎发昏。然而他又没有全发昏,有时虽然着急,有时却也泰然;他意思之间,似乎觉得人生天地间,大约本来有时也未免要杀头的。

他还认得路,于是有些诧异了:怎么不向着法场走呢?他不知道这是在游街,在示众。但即使知道也一样,他不过便以为人生天地间,大约本来有时也未免要游街要示众罢了。

他省悟了,这是绕到法场去的路,这一定是"嚓"的去杀头。他惘惘的向左右看,全跟着蚂蚁似的人,而在无意中,却在路旁的人丛中发见了一个吴妈。很久违,伊原来在城里做工了。阿 Q 忽然很羞愧自己没志气:竟没有唱几句戏。他的思想仿佛旋风似的在脑里一回旋:《小孤孀上坟》欠堂皇,《龙虎斗》里的"悔不该……"也太乏,还是"手执钢鞭将你打"罢。他同时想将手一扬,才记得这两手原来都捆着,于是"手执钢鞭"也不唱了。

"过了二十年又是一个……"阿 Q 在百忙中,"无师自通"的说出半句从来不说的话。

"好!!!"从人丛里,便发出豺狼的嗥叫①一般的声音来。

车子不住的前行,阿 Q 在喝采声中,轮转眼睛去看吴妈,似乎伊一向并没有见他,却只是出神的看着兵们背上的洋炮。

阿 Q 于是再看那些喝采的人们。

---

① 嗥(háo)叫:动物的嚎叫声。

这刹那中，他的思想又仿佛旋风似的在脑里一回旋了。四年之前，他曾在山脚下遇见一只饿狼，永是不近不远的跟定他，要吃他的肉。他那时吓得几乎要死，幸而手里有一柄斫^①柴刀，才得仗这壮了胆，支持到未庄；可是永远记得那狼眼睛，又凶又怯，闪闪的像两颗鬼火，似乎远远的来穿透了他的皮肉。而这回他又看见从来没有见过的更可怕的眼睛了，又钝又锋利，不但已经咀嚼了他的话，并且还要咀嚼他皮肉以外的东西，永是不远不近的跟他走。

这些眼睛们似乎连成一气，已经在那里咬他的灵魂。

"救命，……"

然而阿Q没有说。他早就两眼发黑，耳朵里嗡的一声，觉得全身仿佛微尘似的进散了。

至于当时的影响，最大的倒反在举人老爷，因为终于没有追赃，他全家都号啕了。其次是赵府，非特秀才因为上城去报官，被不好的革命党剪了辫子，而且又破费了二十千的赏钱，所以全家也号啕了。从这一天以来，他们便渐渐的都发生了遗老的气味。

至于舆论，在未庄是无异议，自然都说阿Q坏，被枪毙便是他的坏的证据；不坏又何至于被枪毙呢？而城里的舆论却不佳，他们多半不满足，以为枪毙并无杀头这般好看；而且那是怎样的一个可笑的死囚呵，游了那么久的街，竟没有唱一句戏：他们白跟一趟了。

一九二一年十二月

【评析：《阿Q正传》向我们展现了辛亥革命前后一个畸形的中国社会和一群畸形的中国人的真面貌。它的发表，有着特定的政治、经济和文化背景。鲁迅以思想家的冷静和深邃思考，以文学家的敏感和专注，观察、分析着所经历所思考的一切，感受着时代的脉搏，逐步认识自己所经历的革命、所处的社会和所接触的人们的精神状态。

《阿Q正传》继承我国小说的民族传统，用"传"的形式构成全篇。小说紧紧围绕阿Q而"传"，自始至终以阿Q的活动作为唯一线索，展开故事情节，写出阿Q短暂而可悲的一生。】

———————————

① 斫（zhuó）：用刀斧等砍。

秋 夜

《秋夜》一九二四年十二月一日初刊于《语丝》周刊第三期,后收入一九二七年七月北京北新书局出版的《野草》。

在我的后园,可以看见墙外有两株树,一株是枣树,还有一株也是枣树。

这上面的夜的天空,奇怪而高,我生平没有见过这样的奇怪而高的天空。他仿佛要离开人间而去,使人们仰面不再看见。然而现在却非常之蓝,闪闪地闪着几十个星星的眼,冷眼。他的口角上现出微笑,似乎自以为大有深意,而将繁霜洒在我的园里的野花草上。

我不知道那些花草真叫什么名字,人们叫他们什么名字。我记得有一种开过极细小的粉红花,现在还开着,但是更极细小了,她在冷的夜气中,瑟缩地做梦,梦见春的到来,梦见秋的到来,梦见瘦的诗人将眼泪擦在她最末的花瓣上,告诉她秋虽然来,冬虽然来,而此后接着还是春,蝴蝶乱飞,蜜蜂都唱起春词来了。她于是一笑,虽然颜色冻得红惨惨地,仍然瑟缩着。

枣树,他们简直落尽了叶子。先前,还有一两个孩子来打他们别人打剩的枣子,现在是一个也不剩了,连叶子也落尽了。他知道小粉红花的梦,秋后要有春;他也知道落叶的梦,春后还是秋。他简直落尽叶子,单剩干子,然而脱了当初满树是果实和叶子时候的弧形,欠伸得很舒服。但是,有几枝还低压着,护定他从打枣的竿梢所得的皮伤,而最直最长的几枝,却已默默地铁似的直刺着奇怪而高的天空,使天空闪闪地鬼䀹眼;直刺着天空中圆满的月亮,使月亮窘得发白。

鬼䀹眼的天空越加非常之蓝,不安了,仿佛想离去人间,避开枣树,只将月亮剩下。然而月亮也暗暗地躲到东边去了。而一无所有的干子,却仍然默默地铁似的直刺着奇怪而高的天空,一意要制他的死命,不管他各式各样地眨着许多蛊惑的眼睛。

哇的一声,夜游的恶鸟飞过了。

我忽而听到夜半的笑声,吃吃地,似乎不愿意惊动睡着的人,然而四围的空气都应和着笑。夜半,没有别的人,我即刻听出这声音就在我嘴里,我也即刻被这笑声所驱逐,回进自己的房。灯火的带子也即刻被我旋高了。

后窗的玻璃上丁丁地响,还有许多小飞虫乱撞。不多久,几个进来了,许是从窗纸的破孔进来的。他们一进来,又在玻璃的灯罩上撞得丁丁地响。一个从上面撞进去了,他于是遇到火,而且我以为这火是真的。两三个却休息在灯的纸罩上喘气。那罩是昨晚新换的罩,雪白的纸,折出波浪纹的叠痕,一角还画出一枝猩红色的栀子。

猩红的栀子开花时,枣树又要做小粉红花的梦,青葱地弯成弧形了⋯⋯我又听到夜半的笑声;我赶紧砍断我的心绪,看那老在白纸罩上的小青虫,头大尾小,向日葵子似的,只有半粒小麦那么大,遍身的颜色苍翠得可爱,可怜。

我打一个呵欠,点起一支纸烟,喷出烟来,对着灯默默地敬奠这些苍翠精致的英雄们。

一九二四年九月十五日

【评析:文章描写的是秋夜里一些有特征、有象征意义的事物,景物描写背后贯穿的是深沉含蓄的情感线索;在行文上,则以"我"的视点游动为转移。本文写秋夜的景物,看似很散,难以把握,但由于有感情的线索,散乱的景物就有机地组成一体了。

从表面看,处处写景,却处处有"我",处处在描写"我"眼中的景,表达"我"的观感。在"我"的眼里,枣树是他印象最深的景物,"一株是枣树,还有一株也是枣树",感觉如此单调,隐约反映他内心的孤独;夜的天空阴冷、阴险、阴毒,同时又虚张声势,色厉内荏。】

风　筝

《风筝》一九二五年二月二日初刊于《语丝》周刊第十二期,后收入一九二七年七月北京北新书局出版的《野草》。

北京的冬季,地上还有积雪,灰黑色的秃树枝丫杈于晴朗的天空中,而远处有一二风筝浮动,在我是一种惊异和悲哀。

故乡的风筝时节,是春二月,倘听到沙沙的风轮声,仰头便能看见一个淡墨色的蟹风筝或嫩蓝色的蜈蚣风筝。还有寂寞的瓦片风筝,没有风轮,又放得很低,伶仃地显出憔悴可怜模样。但此时地上的杨柳已经发芽,早的山桃也多吐蕾,和孩子们的天上的点缀相照应,打成一片春日的温和。我现在在那里呢?四面都还是严冬的肃杀,而久经诀别的故乡的久经逝去的春天,却就在这天空中荡漾了。

但我是向来不爱放风筝的,不但不爱,并且嫌恶他,因为我以为这是没出息孩子所做的玩艺。和我相反的是我的小兄弟,他那时大概十岁内外罢,多病,瘦得不堪,然而最喜欢风筝,自己买不起,我又不许放,他只得张着小嘴,呆看着空中出神,有时至于小半日。远处的蟹风筝突然落下来了,他惊呼;两个瓦片风筝的缠绕解开了,他高兴得跳跃。他的这些,在我看来都是笑柄,可鄙的。

【评析:这段话描写出小兄弟对风筝入迷的情态。"我""不爱"放风筝,"嫌恶"风筝,"不许"放风筝。而小兄弟"最"喜欢风筝。他没有风筝,就眼巴巴"呆看"着人家的风筝在空中飘游而"出神","有时至于小半日";他时而为人家的风筝突然跌落下来而失声"惊呼";他时而又为人家的风筝因"缠绕解开"而"高兴得跳跃……"多么美好的心灵,多么纯真的情感!作者把小兄弟入迷的情状描写得越如醉如痴,越能加重对剥夺他放风筝权利的封建家规的控诉力量,而小兄弟那时十岁内外,正是游戏的年龄,多病,瘦得不堪,正需要锻炼身体,而风筝

正是可以使他高兴使他强壮的一项运动。这些都为下文"我"蛮横毁坏小兄弟"苦心孤诣"而"偷做"风筝埋下伏笔。】

有一天,我忽然想起,似乎多日不很看见他了,但记得曾见他在后园拾枯竹。我恍然大悟似的,便跑向少有人去的一间堆积杂物的小屋去,推开门,果然就在尘封的什物堆中发现了他。他向着大方凳,坐在小凳上;便很惊惶地站了起来,失了色瑟缩着。大方凳旁靠着一个蝴蝶风筝的竹骨,还没有糊上纸,凳上是一对做眼睛用的小风轮,正用红纸条装饰着,将要完工了。我在破获秘密的满足中,又很愤怒他的瞒了我的眼睛,这样苦心孤诣地来偷做没出息孩子的玩艺。我即刻伸手折断了蝴蝶的一支翅骨,又将风轮掷在地下,踏扁了。论长幼,论力气,他是都敌不过我的,我当然得到完全的胜利,于是傲然走出,留他绝望地站在小屋里。后来他怎样,我不知道,也没有留心。

然而我的惩罚终于轮到了,在我们离别得很久之后,我已经是中年。我不幸偶尔看了一本外国的讲论儿童的书,才知道游戏是儿童最正当的行为,玩具是儿童的天使。于是二十年来毫不忆及的幼小时候对于精神的虐杀的这一幕,忽地在眼前展开,而我的心也仿佛同时变了铅块,很重很重的堕下去了。

但心又不竟堕下去而至于断绝,他只是很重很重地堕着,堕着。

我也知道补过的方法的:送他风筝,赞成他放,劝他放,我和他一同放。我们嚷着,跑着,笑着——然而他其时已经和我一样,早已有了胡子了。

我也知道还有一个补过的方法的:去讨他的宽恕,等他说:"我可是毫不怪你呵。"那么,我的心一定就轻松了,这确是一个可行的方法。有一回,我们会面的时候,是脸上都已添刻了许多"生"的辛苦的条纹,而我的心很沉重。我们渐渐谈起儿时的旧事来,我便叙述到这一节,自说少年时代的糊涂。

"我可是毫不怪你呵。"我想,他要说了,我即刻便受了宽恕,我的心从此也宽松了罢。

"有过这样的事么?"他惊异地笑着说,就像旁听着别人的故事一样。他什么也不记得了。

全然忘却,毫无怨恨,又有什么宽恕之可言呢?无怨地恕,说谎罢了。

我还能希求什么呢?我的心只得沉重着。

【评析:这几段描写当"我"怀着一颗"沉重"的心去讨小兄弟的宽恕时,小兄弟却"全然忘却"在"我"看来是"精神的虐杀"的一幕。听着往事反而"惊异地笑着":"有过这样的事么?"这段朴实无华的文字,展示了小兄弟身受"虐杀"却毫无怨恨。被虐杀者并不认为被虐杀,把兄长的行径视为合情合理,做风筝要偷着做,正说明自己也不认为游戏是"正当"的,一旦被兄长发现,自认该罚。被虐杀者的麻木使虐杀者可以恣意妄为,这是尤其令人悲哀的。所以鲁迅只觉得这世界一片肃杀和寒威。文章就落脚在这一点上,留下无尽的悲哀和发人深思的问号。】

现在,故乡的春天又在这异地的空中了,既给我久经逝去的儿时的回忆,而一并也带着无可把握的悲哀。我倒不如躲到肃杀的严冬中去罢——但是,四面又明明是严冬,正给我非常的寒气和冷气。

一九二五年一月二十四日

【评析:这是一篇回忆性的散文。文章以风筝为引线,对"我"粗暴对待小弟的言行,作了深刻的反思。同时对小弟这样的人的不觉悟表示出深深的悲哀。这无疑是对封建宗族制度摧残儿童的罪恶进行控诉。

叙述往事与抒情紧密结合是文章的突出特点。全文虽以叙事为主,但深深地融汇了作者的思想感情,在关键的地方,则又通过凝练的语言,作了画龙点睛的点染,使文章感情的表达更加明朗。】

阿长与《山海经》

《阿长与〈山海经〉》一九二六年三月二十五日初刊于《莽原》半月刊第一卷第六期,后收入一九二八年九月北京未名社出版的《朝花夕拾》。

长妈妈,已经说过,是一个一向带领着我的女工,说得阔气一点,就是我的保姆。我的母亲和许多别的人都这样称呼她,似乎略带些客气的意思。只有祖母叫她阿长。我平时叫她"阿妈",连"长"字也不带;但到憎恶她的时候,——例如知道了谋死我那隐鼠的却是她的时候,就叫她阿长。

我们那里没有姓长的;她生得黄胖而矮,"长"也不是形容词。又不是她的名字,记得她自己说过,她的名字是叫作什么姑娘的。什么姑娘,我现在已经忘却了;总之不是长姑娘;也终于不知道她姓什么。记得她也曾告诉过我这个名称的来历:先前的先前,我家有一个女工,身材生得很高大,这就是真阿长。后来她回去了,我那什么姑娘才来补她的缺,然而大家因为叫惯了,没有再改口,于是她从此也就成为长妈妈了。

【评析:这一部分主要介绍了不同人对长妈妈的称呼以及长妈妈名称的由来。"我"的家庭是一个等级森严的封建家庭,即使对一个保姆的称呼也是长幼有别的,祖母最长,所以叫她"阿长",母亲与阿长平辈,依着孩子称她为"长妈妈","我"是晚辈,则亲昵地叫她"阿妈"。文章第一句所谓的"已经说过"指的是作者已在《朝花夕拾》的首篇《狗·猫·鼠》中提到过长妈妈,那是一个害死隐鼠而又以谎言欺骗小主人的女工,给人的印象似乎并不太好。所以文章开篇,作者就在不经意间暗示了曾经有过的对长妈妈的不满情绪。

接着作者在文章第二小节介绍了"长妈妈"称呼的由来,"长妈妈"的称号原来是顶替了"我家"先前一个女工的绰号而来。这真让我们感到她比孔乙己还要可悲,人们毕竟知道孔乙己还有个属于自己的姓,而长妈妈连自己姓什么也不为人知,直至三十年后鲁迅写作本文的时候仍不知长妈妈姓什名谁,可见长妈妈的地位是何等的卑微。鲁迅曾说过,旧中国的妇女,数千年来没有争得做人的地位,她们"连羊还不如"。连姓名都被人忘却的长妈妈不正是千千万万旧中国农村妇女的典型代表!】

虽然背地里说人长短不是好事情,但倘使要我说句真心话,我可只得说:我实在不大佩服她。最讨厌的是常喜欢切切察察,向人们低声絮说些什么事,还竖起第二个手指,在空中上下摇动,或者点着对手或自己的鼻尖。我的家里一有些小风波,不知怎的我总疑心和这"切切察察"有些关系。又不许我走动,拔一株草,翻一块石头,就说我顽皮,要告诉我的母亲去了。一到夏天,睡觉时她又伸开两脚两手,在床中间摆成一个"大"字,挤得我没有余地翻身,久睡在一角的席子上,又已经烤得那么热。推她呢,不动;叫她呢,也不闻。

"长妈妈生得那么胖,一定很怕热罢?晚上的睡相,怕不见得很好罢?……"

母亲听到我多回诉苦之后,曾经这样地问过她。我也知道这意思是要她多给我一些空席。她不开口。但到夜里,我热得醒来的时候,却仍然看见满床摆着一个"大"字,一条臂膊还搁在我的颈子上。我想,这实在是无法可想了。

但是她懂得许多规矩:这些规矩,也大概是我所不耐烦的。一年中最高兴的时节,自然要数除夕了。辞岁之后,从长辈得到压岁钱,红纸包着,放在枕边,只要过一宵,便可以随意使用。睡在枕上,看着红包,想到明天买来的小鼓,刀枪,泥人,糖菩萨……。然而她进来,又将一个福橘放在床头了。

"哥儿,你牢牢记住!"她极其郑重地说。"明天是正月初一,清早一睁开眼睛,第一句话就得对我说:'阿妈,恭喜恭喜!'记得么?你要记着,这是一年的运气的事情。不许说别的话!说过之后,还得吃一点福橘。"她又拿起那橘子来在我的眼前摇了两摇,"那么,一年到头,

43

顺顺流流……"

梦里也记得元旦的,第二天醒得特别早,一醒,就要坐起来。她却立刻伸出臂膊,一把将我按住。我惊异地看她时,只见她惶急地看着我。

她又有所要求似的,摇着我的肩。我忽而记得了——

"阿妈,恭喜……"

"恭喜恭喜!大家恭喜!真聪明!恭喜恭喜!"她于是十分喜欢似的,笑将起来,同时将一点冰冷的东西,塞在我的嘴里。我大吃一惊之后,也就忽而记得,这就是所谓福橘,元旦辟头的磨难,总算已经受完,可以下床玩耍去了。

她教给我的道理还很多,例如说人死了,不该说死掉,必须说"老掉了";死了人,生了孩子的屋子里,不应该走进去;饭粒落在地上,必须拣起来,最好是吃下去;晒裤子用的竹竿底下,是万不可钻过去的……。此外,现在大抵忘却了,只有元旦的古怪仪式记得最清楚。总之:都是些烦琐之至,至今想起来还觉得非常麻烦的事情。

【评析:这一层次主要写烦长妈妈的许多"规矩"和"道理",重点写的是过年的规矩。从压岁钱说到祝福语再到吃福橘,写得非常详尽。这些在小时的"我"看来是太烦了,但在读者特别是外国读者看来,就要当民俗来欣赏了。鲁迅曾对日本友人增田涉说,在他的《朝花夕拾》里,"有关中国风俗及琐事太多,不加注释恐怕不易了解"。鲁迅这样对中国特有的源远流长、神秘奇异的民风民俗的描写,使作品产生了特有的魅力。】

然而我有一时也对她发生过空前的敬意。她常常对我讲"长毛"。她之所谓"长毛"者,不但洪秀全军,似乎连后来一切土匪强盗都在内,但除却革命党,因为那时还没有。她说得长毛非常可怕,他们的话就听不懂。她说先前长毛进城的时候,我家全都逃到海边去了,只留一个门房和年老的煮饭老妈子看家。后来长毛果然进门来了,那老妈子便叫他们"大王",——据说对长毛就应该这样叫,——诉说自己的饥饿。

长毛笑道:"那么,这东西就给你吃了罢!"将一个圆圆的东西掷了

44

过来,还带着一条小辫子,正是那门房的头。煮饭老妈子从此就骇破了胆,后来一提起,还是立刻面如土色,自己轻轻地拍着胸脯道:"啊呀,骇死我了,骇死我了……"

我那时似乎倒并不怕,因为我觉得这些事和我毫不相干的,我不是一个门房。但她大概也即觉到了,说道:"像你似的小孩子,长毛也要掳的,掳去做小长毛。还有好看的姑娘,也要掳。"

"那么,你是不要紧的。"我以为她一定最安全了,既不做门房,又不是小孩子,也生得不好看,况且颈子上还有许多灸疮疤。

"那里的话?!"她严肃地说。"我们就没有用么? 我们也要被掳去。城外有兵来攻的时候,长毛就叫我们脱下裤子,一排一排地站在城墙上,外面的大炮就放不出来;再要放,就炸了!"

这实在是出于我意想之外的,不能不惊异。我一向只以为她满肚子是麻烦的礼节罢了,却不料她还有这样伟大的神力。从此对于她就有了特别的敬意,似乎实在深不可测;夜间的伸开手脚,占领全床,那当然是情有可原的了,倒应该我退让。

这种敬意,虽然也逐渐淡薄起来,但完全消失,大概是在知道她谋害了我的隐鼠之后。那时就极严重地诘问,而且当面叫她阿长。我想我又不真做小长毛,不去攻城,也不放炮,更不怕炮炸,我惧惮她什么呢!

但当我哀悼隐鼠,给它复仇的时候,一面又在渴慕着绘图的《山海经》了。这渴慕是从一个远房的叔祖惹起来的。

他是一个胖胖的,和蔼的老人,爱种一点花木,如珠兰,茉莉之类,还有极其少见的,据说从北边带回去的马缨花,他的太太却正相反,什么也莫名其妙,曾将晒衣服的竹竿搁在珠兰的枝条上,枝折了,还要愤愤地咒骂道:"死尸!"这老人是个寂寞者,因为无人可谈,就很爱和孩子们往来,有时简直称我们为"小友"。在我们聚族而居的宅子里,只有他书多,而且特别。

制艺和试帖诗,自然也是有的;但我却只在他的书斋里,看见过陆玑的《毛诗草木鸟兽虫鱼疏》,还有许多名目很生的书籍。我那时最爱看的是《花镜》,上面有许多图。他说给我听,曾经有过一部绘图的《山海经》，画着人面的兽，九头的蛇，三脚的鸟，生着翅膀的人，没有头而以两乳当作眼睛的怪物……可惜现在不知道放在哪里了。

我很愿意看看这样的图画，但不好意思力逼他去寻找，他是很疏懒的。问别人呢，谁也不肯真实地回答我。压岁钱还有几百文，买罢，又没有好机会。有书买的大街离我家远得很，我一年中只能在正月间去玩一趟，那时候，两家书店都紧紧地关着门。

玩的时候倒是没有什么的，但一坐下，我就记得绘图的《山海经》。

大概是太过于念念不忘了，连阿长也来问《山海经》是怎么一回事。这是我向来没有和她说过的，我知道她并非学者，说了也无益；但既然来问，也就都对她说了。

过了十多天，或者一个月罢，我还很记得，是她告假回家以后的四五天，她穿着新的蓝布衫回来了，一见面，就将一包书递给我，高兴地说道："哥儿，有画儿的'三哼经'，我给你买来了!"我似乎遇着了一个霹雳，全体都震悚起来；赶紧去接过来，打开纸包，是四本小小的书，略略一翻，人面的兽，九头的蛇……果然都在内。

这又使我发生新的敬意了，别人不肯做，或不能做的事，她却能够做成功。她确有伟大的神力。谋害隐鼠的怨恨，从此完全消灭了。

这四本书，乃是我最初得到，最为心爱的宝书。

书的模样，到现在还在眼前。可是从还在眼前的模样来说，却是一部刻印都十分粗拙的本子。纸张很黄；图像也很坏，甚至于几乎全用直线凑合，连动物的眼睛也都是长方形的。但那是我最为心爱的宝书，看起来，确是人面的兽；九头的蛇；一脚的牛；袋子似的帝江；没有头而"以乳为目，以脐为口"，还要"执干戚而舞"的刑天。

【评析：这第二次敬意的缘由是远房祖叔对《山海经》的生动介绍，那"人面的兽，九头的蛇，三脚的鸟，生着翅膀的人，没有头而以两乳当作眼睛的怪物……"对幼时的"我"该有多大的诱惑啊！就在"我"想一睹为快时，祖叔却不知这本书"放在哪里了"，因为祖叔很"疏懒"，"我"又不好意思逼他去找；向别人询问，别人又"不肯真实地回答我"；想自己用压岁钱去买，书店离家又很远，即使去了，书店又关着门；长妈妈来问《山海经》是怎么一回事，"我"虽对她说了，但"我""知道她并非学者"，所以，"我"认为"说了也无益"。可就在"我"几乎完全无望的时候，长妈妈却给"我"买来了《山海经》。这一部分的蓄势是非常充足的，这就使得长妈妈《山海经》的到来不同寻常。"我"不仅"似乎遇着了一个霹雳，全体都震悚起来"，而且要满怀感激地说："别人不肯做，或不能做的事，她却能够做成功。"慨叹长妈妈"确有伟大的神力"。如果说，前面写长妈妈脱裤子挡大炮的"神力"不免含有难以全信的嘲讽之意的话，那么，这里用"确有"来修饰"伟大的神力"就完完全全表达了"我"的感激和佩服之情了。

由此可见，《山海经》一事在"我"与长妈妈的交往中具有着极其重要的意义，它彻底颠覆了"我"原先对长妈妈的一切不好的印象，"我"终于由"厌"长妈妈、"烦"长妈妈到"敬"长妈妈。发生这种转变的根本原因就是《山海经》，现在，我们就不难理解作者为什么要在众多事件中选择《山海经》与"阿长"一起放在文题中了。】

此后我就更其搜集绘图的书，于是有了石印的《尔雅音图》和《毛诗品物图考》，又有了《点石斋丛画》和《诗画舫》。《山海经》也另买了一部石印的，每卷都有图赞，绿色的画，字是红的，比那木刻的精致得多了。这一部直到前年还在，是缩印的郝懿行疏。木刻的却已经记不清是什么时候失掉了。

我的保姆，长妈妈即阿长，辞了这人世，大概也有了三十年了罢。我终于不知道她的姓名，她的经历；仅知道有一个过继的儿子，她大约是青年守寡的孤孀。

【评析：行文至此，作者对长妈妈的感激和敬重之情溢于言表，他终于不自觉地用"阔气一点"的"我的保姆"来称呼长妈妈了。接着用看似平实的语言交代了三件事，一是长妈妈辞世已三十年了，说明时光流逝之快；二是表示自己对最敬重的长妈妈的姓名和经历至今仍然一无所知，表达了一种深深的遗憾之情；三是从仅知道的长妈妈只有一个过继的儿子，猜测长妈妈是个年青守寡的孤孀，表现了对长妈妈不幸身世遭际的同情。】

仁厚黑暗的地母呵,愿在你怀里永安她的魂灵!

三月十日

【评析:《阿长与山海经》选自鲁迅先生的回忆性散文集《朝花夕拾》,也是该书以写人为主的三篇散文中的一篇(另两篇为《藤野先生》和《范爱农》)。《藤野先生》记的是老师,《范爱农》记的是朋友,而《阿长与山海经》记的则是儿时的保姆长妈妈——一个无名无姓、年轻守寡、淳朴善良、始终给儿时的鲁迅以深切关怀的农妇形象。】

记念刘和珍君

《记念刘和珍君》一九二六年四月十二日初刊于《语丝》周刊第七十四期,后收入一九二七年五月北京北新书局出版的《华盖集续编》。

一

中华民国十五年三月二十五日,就是国立北京女子师范大学为十八日在段祺瑞执政府前遇害的刘和珍杨德群两君开追悼会的那一天,我独在礼堂外徘徊,遇见程君,前来问我道:"先生可曾为刘和珍写了一点什么没有?"我说"没有"。她就正告我,"先生还是写一点罢;刘和珍生前就很爱看先生的文章。"

这是我知道的,凡我所编辑的期刊,大概是因为往往有始无终之故罢,销行一向就甚为寥落,然而在这样的生活艰难中,毅然预定了《莽原》全年的就有她。我也早觉得有写一点东西的必要了,这虽然于死者毫不相干,但在生者,却大抵只能如此而已。倘使我能够相信真有所谓"在天之灵",那自然可以得到更大的安慰——但是,现在,却只能如此而已。

可是我实在无话可说。我只觉得所住的并非人间。四十多个青年的血,洋溢在我的周围,使我艰于呼吸视听,那里还能有什么言语?长歌当哭,是必须在痛定之后的。而此后几个所谓学者文人的阴险的论调,尤使我觉得悲哀。我已经出离愤怒了。我将深味这非人间的浓黑的悲凉;以我的最大哀痛显示于非人间,使它们快意于我的苦痛,就将这作为后死者的菲薄的祭品,奉献于逝者的灵前。

二

真的猛士,敢于直面惨淡的人生,敢于正视淋漓的鲜血。

这是怎样的哀痛者和幸福者？然而造化又常常为庸人设计，以时间的流逝，来洗涤旧迹，仅使留下淡红的血色和微漠的悲哀。在这淡红的血色和微漠的悲哀中，又给人暂得偷生，维持着这似人非人的世界。我不知道这样的世界何时是一个尽头！

我们还在这样的世上活着；我也早觉得有写一点东西的必要了。离三月十八日也已有两星期，忘却的救主快要降临了罢，我正有写一点东西的必要了。

三

在四十余被害的青年之中，刘和珍君是我的学生。学生云者，我向来这样想，这样说，现在却觉得有些踌躇了，我应该对她奉献我的悲哀与尊敬。她不是"苟活到现在的我"的学生，是为了中国而死的中国的青年。

她的姓名第一次为我所见，是在去年夏初杨荫榆女士做女子师范大学校长，开除校中六个学生自治会职员的时候。其中的一个就是她；但是我不认识。直到后来，也许已经是刘百昭率领男女武将，强拖出校之后了，才有人指着一个学生告诉我，说：这就是刘和珍。其时我才能将姓名和实体联合起来，心中却暗自诧异。我平素想，能够不为势利所屈，反抗一广有羽翼的校长的学生，无论如何，总该是有些桀骜锋利的，但她却常常微笑着，态度很温和。待到偏安于宗帽胡同，赁屋授课之后，她才始来听我的讲义，于是见面的回数就较多了，也还是始终微笑着，态度很温和。待到学校恢复旧观，往日的教职员以为责任已尽，准备陆续引退的时候，我才见她虑及母校前途，黯然至于泣下。此后似乎就不相见。

总之，在我的记忆上，那一次就是永别了。

四

我在十八日早晨，才知道上午有群众向执政府请愿的事；下午便得到噩耗，说卫队居然开枪，死伤至数百人，而刘和珍君即在遇害者之列。但我对于这些传说，竟至于颇为怀疑。我向来是不惮以最坏的恶意，来推测中国人的，然而我还不料，也不信竟会下劣凶残到这地步。

况且始终微笑着的和蔼的刘和珍君,更何至于无端在府门前喋血呢?

然而即日证明是事实了,作证的便是她自己的尸骸。还有一具,是杨德群君的。而且又证明着这不但是杀害,简直是虐杀,因为身体上还有棍棒的伤痕。但段政府就有令,说她们是"暴徒"!但接着就有流言,说她们是受人利用的。

惨相,已使我目不忍视了;流言,尤使我耳不忍闻。我还有什么话可说呢?我懂得衰亡民族之所以默无声息的缘由了。沉默呵,沉默呵!不在沉默中爆发,就在沉默中灭亡。

五

但是,我还有要说的话。

我没有亲见;听说,她,刘和珍君,那时是欣然前往的。自然,请愿而已,稍有人心者,谁也不会料到有这样的罗网。但竟在执政府前中弹了,从背部入,斜穿心肺,已是致命的创伤,只是没有便死。同去的张静淑君想扶起她,中了四弹,其一是手枪,立仆;同去的杨德群君又想去扶起她,也被击,弹从左肩入,穿胸偏右出,也立仆。但她还能坐起来,一个兵在她头部及胸部猛击两棍,于是死掉了。

始终微笑的和蔼的刘和珍君确是死掉了,这是真的,有她自己的尸骸为证;沉勇而友爱的杨德群君也死掉了,有她自己的尸骸为证;只有一样沉勇而友爱的张静淑君还在医院里呻吟。当三个女子从容地转辗于文明人所发明的枪弹的攒射中的时候,这是怎样的一个惊心动魄的伟大呵!中国军人的屠戮妇婴的伟绩,八国联军的惩创学生的武功,不幸全被这几缕血痕抹杀了。

但是中外的杀人者却居然昂起头来,不知道个个脸上有着血污……

六

时间永是流逝,街市依旧太平,有限的几个生命,在中国是不算什么的,至多,不过供无恶意的闲人以饭后的谈资,或者给有恶意的闲人作"流言"的种子。至于此外的深的意义,我总觉得很寥寥,因为这实在不过是徒手的请愿。人类的血战前行的历史,正如煤的形成,当时用大量的木材,结果却只是一小块,但请愿是不在其中的,更何况是徒手。

然而既然有了血痕了,当然不觉要扩大。至少,也当浸渍了亲族,师友,爱人的心,纵使时光流逝,洗成绯红,也会在微漠的悲哀中永存微笑的和蔼的旧影。陶潜说过:"亲戚或余悲,他人亦已歌,死去何所道,托体同山阿。"倘能如此,这也就够了。

七

我已经说过:我向来是不惮以最坏的恶意来推测中国人的。但这回却很有几点出乎我的意料。一是当局者竟会这样地凶残,一是流言家竟至如此之下劣,一是中国的女性临难竟能如是之从容。

我目睹中国女子的办事,是始于去年的,虽然是少数,但看那干练坚决,百折不回的气概,曾经屡次为之感叹。至于这一回在弹雨中互相救助,虽殒身不恤的事实,则更足为中国女子的勇毅,虽遭阴谋诡计,压抑至数千年,而终于没有消亡的明证了。倘要寻求这一次死伤者对于将来的意义,意义就在此罢。

苟活者在淡红的血色中,会依稀看见微茫的希望;真的猛士,将更奋然而前行。

呜呼,我说不出话,但以此记念刘和珍君!

四月一日

【评析:鲁迅在本文中通过对刘和珍等死难烈士的悼念,深刻地揭露了帝国主义和封建军阀相勾结屠杀爱国群众的滔天罪行',有力地痛斥了帮凶文人的卑鄙行径,热情地颂扬了中国妇女的勇毅不屈精神,激励革命者继续战斗。因此,本文不是一般的悼念文章,而是歌颂"为了中国而死的中国青年"的悲壮战歌,是讨伐帝国主义者及其走狗的战斗檄文,也是鼓舞青年奋勇斗争的革命号角。在段祺瑞反动政府的通缉声中,鲁迅不怕牺牲,坚决站在爱国群众一边,以最大的悲愤写了本文和有关"三·一八"惨案的一系列杂文,揭露反动派的卑劣凶残,鼓舞革命群众进行斗争,发挥了巨大的战斗作用。】

一　觉

《一觉》一九二六年四月十九日初刊于《语丝》周刊第七十五期,后收入一九二七年七月北京北新书局出版的《野草》。

飞机负了掷下炸弹的使命,像学校的上课似的,每日上午在北京城上飞行。每听得机件搏击空气的声音,我常觉到一种轻微的紧张,宛然目睹了"死"的袭来,但同时也深切地感着"生"的存在。

隐约听到一二爆发声以后,飞机嗡嗡地叫着,冉冉地飞去了。也许有人死伤了罢,然而天下却似乎更显得太平。窗外的白杨的嫩叶,在日光下发乌金光;榆叶梅也比昨日开得更烂漫。收拾了散乱满床的日报,拂去昨夜聚在书桌上的苍白的微尘,我的四方的小书斋,今日也依然是所谓"窗明几净"。

【评析:本段承接上段"生"的存在叙述作者在军阀飞机飞去后找得了似乎更显太平的宁静。白杨嫩叶发着乌金光,榆叶梅更烂漫。"我"收拾着日报,拂去着微尘,进入了"窗明几净"的四方书斋。作者在一种看似平静的环境里开始了自己的战斗生活。】

因为或一种原因,我开手编校那历来积压在我这里的青年作者的文稿;我要全都给一个清理。我照作品的年月看下去,这些不肯涂脂抹粉的青年们的魂灵便依次屹立在我眼前。他们是绰约的,是纯真的——阿,然而他们苦恼了,呻吟了,愤怒,而且终于粗暴了,我的可爱的青年们!

魂灵被风沙打击得粗暴,因为这是人的魂灵,我爱这样的魂灵;我愿意在无形无色的鲜血淋漓的粗暴上接吻。漂渺的名园中,奇花盛开着,红颜的静女正在超然无事地逍遥,鹤唳一声,白云郁然而起……这自然使人神往的罢,然而我总记得我活在人间。

【评析:本段作者高度赞扬了青年的觉醒奋争。作者对被风沙打击得粗暴的灵魂即斗士的战斗精神是深爱的,他愿在"无形无色的鲜血淋漓的粗暴上接吻。"他觉得那青年们直面惨淡人生的灵魂才是人的灵魂。做人就应有这种灵魂。作者为了更鲜明地表现自己对粗暴灵魂即"人的灵魂"的崇尚,又用一组具体形象给我们对比展示了另一种生活:"缥渺的名园中,奇花盛开着,红颜的静女正在超然无事地逍遥,鹤唳一声,白云郁然而起……。"这是一种超然闲适的生活,作者也是神往的。战斗的生活与超然闲适的生活,作者更欣赏那战斗的精神。作者清醒地认识到自己还身处在人间即在黑暗的现实中,在黑暗未去之时,现实还不容许他去过那种安逸的闲适生活。觉醒的斗士肩扛着民族的希望。】

　　我忽然记起一件事:两三年前,我在北京大学的教员预备室里,看见进来了一个并不熟识的青年,默默地给我一包书,便出去了,打开看时,是一本《浅草》。就在这默默中,使我懂得了许多话。阿,这赠品是多么丰饶呵! 可惜那《浅草》不再出版了,似乎只成了《沉钟》的前身。那《沉钟》就在这风沙汹涌中,深深地在人海的底里寂寞地鸣动。

　　野蓟经了几乎致命的摧折,还要开一朵小花,我记得托尔斯泰曾受了很大的感动,因此写出一篇小说来。但是,草木在旱干的沙漠中间,拼命伸长他的根,吸取深地中的水泉,来造成碧绿的林莽,自然是为了自己的"生"的,然而使疲劳枯竭的旅人,一见就怡然觉得遇到了暂时息肩之所,这是如何的可以感激,而且可以悲哀的事!?

　　【评析:本段用托尔斯泰小说《哈泽·穆拉特》中的一个"野蓟经了几乎致命的摧折,还要开一朵小花"的细节,来赞美青年们不屈不挠、坚毅不摧的反抗精神。并指出青年们这种反抗,可以使人感激同时又使人悲哀。使人感激,是因为毕竟有一定的效应,使人悲哀,是因为青年们的力量还太弱小,在整个大社会中还没有造成大片的碧绿的林莽。如果所有青年都起来斗争,正义反抗的力量壮大了,就不会有什么悲哀了。】

　　《沉钟》的《无题》——代启事——说:"有人说:我们的社会是一片沙漠——如果当真是一片沙漠,这虽然荒漠一点也还静肃;虽然寂寞一点也还会使你感觉苍茫。何至于像这样的混沌,这样的阴沉,而且这样的离奇变幻!"

【评析:本段引述《沉钟》的《无题》中的一段话,明白地指出今天的社会是混沌、阴沉、离奇变幻的。】

是的,青年的魂灵屹立在我眼前,他们已经粗暴了,或者将要粗暴了,然而我爱这些流血和隐痛的魂灵,因为他使我觉得是在人间,是在人间活着。

【评析:这段指出身处这样混沌、阴沉、离奇变幻的沙漠般的社会中,能有热血青年起来抗争,这就是令人欣喜的一件事。因此作者在此怀着热情洋溢地唱出了对一代觉醒的青年发自内心的颂歌:"是的,青年的魂灵屹立在我眼前,他们已经粗暴了,或者将要粗暴了,然而我爱这些流血和隐痛的魂灵,因为他使我觉得是在人间,是在人间活着。"这里的"使我觉得是在人间,是在人间活着"的意思,即青年的精神光辉,给了鲁迅以希望和力量,促使鲁迅更加执着地在充满黑暗的人间社会里生活和战斗。】

在编校中夕阳居然西下,灯火给我接续的光。各样的青春在眼前一一驰去了,身外但有昏黄环绕。我疲劳着,捏着纸烟,在无名的思想中静静地合了眼睛,看见很长的梦。忽而惊觉,身外也还是环绕着昏黄;烟篆任不动的空气中上升,如几片小小夏云,徐徐幻出难以指名的形象。

一九二六年四月十日

【评析:总体来看,《一觉》这篇文章既是作者对觉醒青年的歌颂,又是对作者自己人格精神的再肯定。这篇文章实际上表现了作者对当时理想人格精神的追求,作者在呼唤着一种直面现实改造社会现实的力量。】

从百草园到三味书屋

《从百草园到三味书屋》一九二六年十月十日初刊于《莽原》半月刊第一卷第十九期,后收入一九二八年九月北京未名社出版的《朝花夕拾》。

我家的后面有一个很大的园,相传叫作百草园。现在是早已并屋子一起卖给朱文公的子孙了,连那最末次的相见也已经隔了七八年,其中似乎确凿只有一些野草;但那时却是我的乐园。

不必说碧绿的菜畦,光滑的石井栏,高大的皂荚树,紫红的桑葚;也不必说鸣蝉在树叶里长吟,肥胖的黄蜂伏在菜花上,轻捷的叫天子(云雀)忽然从草间直窜向云霄里去了。单是周围的短短的泥墙根一带,就有无限趣味。油蛉在这里低唱,蟋蟀们在这里弹琴。翻开断砖来,有时会遇见蜈蚣;还有斑蝥,倘若用手指按住它的脊梁,便会啪的一声,从后窍喷出一阵烟雾。何首乌藤和木莲藤缠络着,木莲有莲房一般的果实,何首乌有臃肿的根。有人说,何首乌根是有像人形的,吃了便可以成仙,我于是常常拔它起来,牵连不断地拔起来,也曾因此弄坏了泥墙,却从来没有见过有一块根像人样。如果不怕刺,还可以摘到覆盆子,像小珊瑚珠攒成的小球,又酸又甜,色味都比桑葚要好得远。

长的草里是不去的,因为相传这园里有一条很大的赤练蛇。

长妈妈曾经讲给我一个故事听:先前,有一个读书人住在古庙里用功,晚间,在院子里纳凉的时候,突然听到有人在叫他。答应着,四面看时,却见一个美女的脸露在墙头上,向他一笑,隐去了。他很高兴;但竟给那走来夜谈的老和尚识破了机关。说他脸上有些妖气,一定遇见"美女蛇"了;这是人首蛇身的怪物,能唤人名,倘一答应,夜间便要来吃这人的肉的。他自然吓得要死,而那老和尚却道无妨,给他一个小盒子，说只要放在枕边，便可高枕而卧。他虽然照样办，却总是睡不着，——当然睡不着的。到半夜，果然来了，沙沙沙！门外像是风雨声。他正抖作一团时，却听得豁的一声，一道金光从枕边飞出，外面便什么声音也没有了，那金光也就飞回来，敛在盒子里。后来呢？后来，老和尚说，这是飞蜈蚣，它能吸蛇的脑髓，美女蛇就被它治死了。

结末的教训是：所以倘有陌生的声音叫你的名字，你万不可答应他。

这故事很使我觉得做人之险，夏夜乘凉，往往有些担心，不敢去看墙上，而且极想得到一盒老和尚那样的飞蜈蚣。走到百草园的草丛旁边时，也常常这样想。但直到现在，总还是没有得到，但也没有遇见过赤练蛇和美女蛇。叫我名字的陌生声音自然是常有的，然而都不是美女蛇。

冬天的百草园比较的无味；雪一下，可就两样了。拍雪人（将自己的全形印在雪上）和塑雪罗汉需要人们鉴赏，这是荒园，人迹罕至，所以不相宜，只好来捕鸟。薄薄的雪，是不行的；总须积雪盖了地面一两天，鸟雀们久已无处觅食的时候才好。扫开一块雪，露出地面，用一枝短棒支起一面大的竹筛来，下面撒些秕谷，棒上系一条长绳，人远远地牵着，看鸟雀下来啄食，走到竹筛底下的时候，将绳子一拉，便罩住了。但所得的是麻雀居多，也有白颊的"张飞鸟"，性子很躁，养不过夜的。

这是闰土的父亲所传授的方法，我却不大能用。明明见它们进去了，拉了绳，跑去一看，却什么都没有，费了半天力，捉住的不过三四只。闰土的父亲是小半天便能捕获几十只，装在叉袋里叫着撞着的。我曾经问他得失的缘由，他只静静地笑道：你太性急，来不及等它走到中间去。

我不知道为什么家里的人要将我送进书塾里去了，而且还是全城中称为最严厉的书塾。也许是因为拔何首乌毁了泥墙罢，也许是因为将砖头抛到间壁的梁家去了罢，也许是因为站在石井栏上跳了下来罢……都无从知道。总而言之：我将不能常到百草园了。Ade，我的蟋蟀们！Ade，我的覆盆子们和木莲们！……

出门向东，不上半里，走过一道石桥，便是我的先生的家了。从一扇黑油的竹门进去,第三间是书房。中间挂着一块匾道:三味书屋;匾下面是一幅画,画着一只很肥大的梅花鹿伏在古树下。没有孔子牌位,我们便对着那匾和鹿行礼。

第一次算是拜孔子,第二次算是拜先生。

第二次行礼时,先生便和蔼地在一旁答礼。他是一个高而瘦的老人,须发都花白了,还戴着大眼镜。我对他很恭敬,因为我早听到,他是本城中极方正,质朴,博学的人。

不知从哪里听来的,东方朔也很渊博,他认识一种虫,名曰"怪哉",冤气所化,用酒一浇,就消释了。我很想详细地知道这故事,但阿长是不知道的,因为她毕竟不渊博。现在得到机会了,可以问先生。

"先生,'怪哉'这虫,是怎么一回事?……"我上了生书,将要退下来的时候,赶忙问。

"不知道!"他似乎很不高兴,脸上还有怒色了。

我才知道做学生是不应该问这些事的,只要读书,因为他是渊博的宿儒,决不至于不知道,所谓不知道者,乃是不愿意说。年纪比我大的人,往往如此,我遇见过好几回了。

我就只读书,正午习字,晚上对课。先生最初这几天对我很严厉,后来却好起来了,不过给我读的书渐渐加多,对课也渐渐地加上字去,从三言到五言,终于到七言。

三味书屋后面也有一个园,虽然小,但在那里也可以爬上花坛去折蜡梅花,在地上或桂花树上寻蝉蜕。最好的工作是捉了苍蝇喂蚂蚁,静悄悄地没有声音。然而同窗们到园里的太多,太久,可就不行了,先生在书房里便大叫起来:"人都到哪里去了!"

人们便一个一个陆续走回去;一同回去,也不行的。他有一条戒尺,但是不常用,也有罚跪的规则,但也不常用,普通总不过瞪几眼,大声道:——"读书!"

于是大家放开喉咙读一阵书,真是人声鼎沸。有念"仁远乎哉我欲仁斯仁至矣"的,有念"笑人齿缺曰狗窦大开"的,有念"上九潜龙勿用"的,有念"厥土下上上错厥贡苞茅橘柚"的……先生自己也念书。后来,我们的声音便低下去,静下去了,只有他还大声朗读着:"铁如意,指挥倜傥,一座皆惊呢……;金叵罗,颠倒淋漓意,千杯未醉嗬…………"

我疑心这是极好的文章,因为读到这里,他总是微笑起来,而且将头仰起,摇着,向后面拗过去,拗过去。

先生读书入神的时候,于我们是很相宜的。有几个便用纸糊的盔甲套在指甲上做戏。我是画画儿,用一种叫作"荆川纸"的,蒙在小说的绣像上一个个描下来,像习字时候的影写一样。读的书多起来,画的画也多起来;书没有读成,画的成绩却不少了,最成片段的是《荡寇志》和《西游记》的绣像,都有一大本。后来,因为要钱用,卖给一个有钱的同窗。他的父亲是开锡箔店的;听说现在自己已经做了店主,而且快要升到绅士的地位了。这东西早已没有了罢。

九月十八日

【评析:《从百草园到三味书屋》是鲁迅于1926年写的一篇童年妙趣生活的回忆性散文,此文被收入《朝花夕拾》。全文描述了色调不同,情韵各异的两大景象:百草园和三味书屋。作者写百草园,以"乐"为中心,采用白描手法,以简约生动的文字,描绘了一个奇趣无穷的儿童乐园,其间穿插"美女蛇"的传说和冬天雪地捕鸟的故事,动静结合,详略得当,趣味无穷。三味书屋则是一个完全不同的世界,作者逼真地写出了三味书屋的陈腐味,说它是"全城中称为最严厉的书塾",儿童在那里受到规矩的束缚。但作者并未将三味书屋写得死气沉沉,而是通过课间学生溜到后园嬉耍,老私塾先生在课堂上入神读书学生乘机偷乐两个小故事的叙述,使三味书屋充满了谐趣,表现了儿童不可压抑的快乐天性。】

父亲的病

《父亲的病》一九二六年十一月十日初刊于《莽原》半月刊第一卷第二十一期,后收入一九二八年九月北京未名社出版的《朝花夕拾》。

大约十多年前罢,S城中曾经盛传过一个名医的故事:他出诊原来是一元四角,特拔十元,深夜加倍,出城又加倍。有一夜,一家城外人家的闺女生急病,来请他了,因为他其时已经阔得不耐烦,便非一百元不去。他们只得都依他。待去时,却只是草草地一看,说道"不要紧的",开一张方,拿了一百元就走。那病家似乎很有钱,第二天又来请了。他一到门,只见主人笑面承迎,道:"昨晚服了先生的药,好得多了,所以再请你来复诊一回。"仍旧引到房里,老妈子便将病人的手拉出帐外来。他一按,冷冰冰的,也没有脉,于是点点头道,"唔,这病我明白了。"从从容容走到桌前,取了药方纸,提笔写道:

"凭票付英洋壹百元正。"下面是署名,画押。

"先生,这病看来很不轻了,用药怕还得重一点罢。"主人在背后说。

"可以。"他说。于是另开了一张方:

"凭票付英洋贰佰元正。"下面仍是署名,画押。

这样,主人就收了药方,很客气地送他出来了。我曾经和这名医周旋过两整年,因为他隔日一回,来诊我的父亲的病。那时虽然已经很有名,但还不至于阔得这样不耐烦;可是诊金却已经是一元四角。现在的都市上,诊金一次十元并不算奇,可是那时是一元四角已是巨款,很不容易张罗的了;又何况是隔日一次。他大概的确有些特别,据舆论说,用药就与众不同。我不知道药品,所觉得的,就是"药引"的难得,新方一换,就得忙一大场。先买药,再寻药引。"生姜"两片,竹叶十片去尖,他是不用的了。起码是芦根,须到河边去掘;一到经霜三年的甘蔗,便至少也得搜寻两三天。可是说也奇怪,大约后来总没有购求不到的。

据舆论说,神妙就在这地方。先前有一个病人,百药无效;待到遇见了什么叶天士先生,只在旧方上加了一味药引:梧桐叶。只一服,便霍然而愈了。"医者,意也。"其时是秋天,而梧桐先知秋气。其先百药不投,今以秋气动之,以气感气,所以……。我虽然并不了然,但也十分佩服,知道凡有灵药,一定是很不容易得到的,求仙的人,甚至于还要拼了性命,跑进深山里去采呢。

这样有两年,渐渐地熟识,几乎是朋友了。父亲的水肿是逐日厉害,将要不能起床;我对于经霜三年的甘蔗之流也逐渐失了信仰,采办药引似乎再没有先前一般踊跃了。正在这时候,他有一天来诊,问过病状,便极其诚恳地说:"我所有的学问,都用尽了。这里还有一位陈莲河先生,本领比我高。我荐他来看一看,我可以写一封信。可是,病是不要紧的,不过经他的手,可以格外好得快……。"

这一天似乎大家都有些不欢,仍然由我恭敬地送他上轿。进来时,看见父亲的脸色很异样,和大家谈论,大意是说自己的病大概没有希望的了;他因为看了两年,毫无效验,脸又太熟了,未免有些难以为情,所以等到危急时候,便荐一个生手自代,和自己完全脱了干系。但另外有什么法子呢?本城的名医,除他之外,实在也只有一个陈莲河了。明天就请陈莲河。

【评析:名医——这个反面人物坏在"瞒"病人。不告诉病人具体症状,只是模棱两可地说他明白了,其实也说不出一个所以然。病人已经没有脉了,他还是从从容容地,只能说明他是一个惯骗。他还自己为自己造"传说"(总不可能是病家造的传说吧?),造舆论;把自己和真正的名医叶天士先生相提并论,只为了给大家造成错觉。实在没辙治好周伯宜的病之后,便拉陈莲河来替罪,自己脱身了,如文中所说:"他因为看了两年,毫无效验,脸又太熟了,未免有些难为情,所以等到危急时候,便荐一个生手自代,和自己完全脱

了干系。"】

陈莲河的诊金也是一元四角。但前回的名医的脸是圆而胖的，他却长而胖了：这一点颇不同。还有用药也不同，前回的名医是一个人还可以办的，这一回却是一个人有些办不妥帖了，因为他一张药方上，总兼有一种特别的丸散和一种奇特的药引。

芦根和经霜三年的甘蔗，他就从来没有用过。最平常的是"蟋蟀一对"，旁注小字道："要原配，即本在一窠中者。"似乎昆虫也要贞节，续弦或再醮，连做药资格也丧失了。但这差使在我并不为难，走进百草园，十对也容易得，将它们用线一缚，活活地掷入沸汤中完事。然而还有"平地木十株"呢，这可谁也不知道是什么东西了，问药店，问乡下人，问卖草药的，问老年人，问读书人，问木匠，都只是摇摇头，临末才记起了那远房的叔祖，爱种一点花木的老人，跑去一问，他果然知道，是生在山中树下的一种小树，能结红子如小珊瑚珠的，普遍都称为"老弗大"。

"踏破铁鞋无觅处，得来全不费工夫。"药引寻到了，然而还有一种特别的丸药：败鼓皮丸。这"败鼓皮丸"就是用打破的旧鼓皮做成；水肿一名鼓胀，一用打破的鼓皮自然就可以克伏他。清朝的刚毅因为憎恨"洋鬼子"，预备打他们，练了些兵称作"虎神营"，取虎能食羊，神能伏鬼的意思，也就是这道理。可惜这一种神药，全城中只有一家出售的，离我家就有五里，但这却不像平地木那样，必须暗中摸索了，陈莲河先生开方之后，就恳切详细地给我们说明。

"我有一种丹，"有一回陈莲河先生说，"点在舌上，我想一定可以见效。因为舌乃心之灵苗……。价钱也并不贵，只要两块钱一盒……。"

我父亲沉思了一会，摇摇头。

"我这样用药还会不大见效，"有一回陈莲河先生又说，"我想，可以请人看一看，可有什么冤愆……。医能医病，不能医命，对不对？自然，这也许是前世的事……。"

我的父亲沉思了一会，摇摇头。

凡国手，都能够起死回生的，我们走过医生的门前，常可以看见这样的匾额。现在是让步一点了，连医生自己也说道："西医长于外科，中医长于内科。"但是 S 城那时不但没有西医，并且谁也还没有想到天下有所谓西医，因此无论什么，都只能由轩辕岐伯的嫡派门徒包办。轩辕时候是巫医不分的，所以直到现在，他的门徒就还见鬼，而且觉得"舌乃心之灵苗"。这就是中国人的"命"，连名医也无从医治的。

不肯用灵丹点在舌头上，又想不出"冤愆"来，自然，单吃了一百多天的"败鼓皮丸"有什么用呢？依然打不破水肿，父亲终于躺在床上喘气了。还请一回陈莲河先生，这回是特拔，大洋十元。他仍旧泰然的开了一张方，但已停止败鼓皮丸不用，药引也不很神妙了，所以只消半天，药就煎好，灌下去，却从口角上回了出来。

从此我便不再和陈莲河先生周旋，只在街上有时看见他坐在三名轿夫的快轿里飞一般抬过；听说他现在还康健，一面行医，一面还做中医什么学报，正在和只长于外科的西医奋斗哩。

【评析：陈莲河——原名何廉臣，鲁迅先生为了表达对他的恨意，把名字颠倒，说明这个人颠倒黑白不分是非。这个反面人物就是一个实实在在的江湖骗子。周伯宜生命垂危之际仍旧泰然，说明这种情况也不是第一次了。他"巧妙"地使用连环套诈骗周家，第一套药引，蟋蟀也就罢了，还是什么"原配"，岂不是可笑至极？第二套药丸：鲁迅先生小时候也不知道这药丸的"精妙"，因为这本身就不能拿来治病。第三套：点在舌尖的"神丹"，其实也没有什么神奇，到这里，周伯宜已经开始怀疑陈莲河的医术了，摇头是因为实在太贵。第四套：前世的事。这完全就是瞎扯了，公然的欺骗。周伯宜可以看出已经不再信任陈莲河了，于是摇了摇头。】

中西的思想确乎有一点不同。听说中国的孝子们，一到将要"罪孽深重祸延父母"的时候，就买几斤人参，煎汤灌下去，希望父母多喘几天气，即使半天也好。我的一位教医学的先生却教给我医生的职务道：可医的应该给他医治，不可医的应该给他死得没有痛苦——但这先生自然是西医。

父亲的喘气颇长久，连我也听得很吃力，然而谁也不能帮助他。

我有时竟至于电光一闪似的想道:"还是快一点喘完了罢……"立刻觉得这思想就不该,就是犯了罪;但同时又觉得这思想实在是正当的,我很爱我的父亲。便是现在,也还是这样想。

早晨,住在一门里的衍太太进来了。她是一个精通礼节的妇人,说我们不应该空等着。于是给他换衣服;又将纸锭和一种什么《高王经》烧成灰,用纸包了给他捏在拳头里……【评析:衍太太——为了得到周伯宜死后的一份遗产而不惜教唆少年鲁迅迫害自己的长辈,一个毒辣的女人。鲁迅却不得不听从,因为宗法家庭的规矩就是:晚辈必须听从长辈的话,没有商量。】

"叫呀,你父亲要断气了。快叫呀!"衍太太说。

"父亲!父亲!"我就叫起来。

"大声!他听不见。还不快叫?!"

"父亲!!!父亲!!!"

他已经平静下去的脸,忽然紧张了,将眼微微一睁,仿佛有一些苦痛。

"叫呀!快叫呀!"她催促说。

"父亲!!!"

"什么呢?……不要嚷。……不……。"他低低地说,又较急地喘着气,好一会,这才复了原状,平静下去了。

"父亲!!!"我还叫他,一直到他咽了气。

我现在还听到那时的自己的这声音,每听到时,就觉得这却是我对于父亲的最大的错处。

十月七日

【评析:《父亲的病》回忆儿时为父亲延医治病的情景,描述了几位"名医"的行医态度、作风、开方等种种表现,揭示了这些人巫医不分、故弄玄虚、勒索钱财、草菅人命的实质。记述鲁迅儿童时期在故乡的生活片段,展现了当时的人情世态和社会风貌,是了解少年鲁迅的可贵篇章。】

藤野先生

《藤野先生》一九二六年十二月十日初刊于《莽原》半月刊第一卷第二十三期，后收入一九二八年九月北京未名社出版的《朝花夕拾》。

东京也无非是这样。上野的樱花烂漫的时节，望去确也像绯红的轻云，但花下也缺不了成群结队的"清国留学生"的速成班，头顶上盘着大辫子，顶得学生制帽的顶上高高耸起，形成一座富士山。也有解散辫子，盘得平的，除下帽来，油光可鉴，宛如小姑娘的发髻一般，还要将脖子扭几扭。实在标致极了。

中国留学生会馆的门房里有几本书买，有时还值得去一转；倘在上午，里面的几间洋房里倒也还可以坐坐的。但到傍晚，有一间的地板便常不免咚咚咚地响得震天，兼以满房烟尘斗乱；问问精通时事的人，答道，"那是在学跳舞。"

到别的地方去看看，如何呢？

我就往仙台的医学专门学校去。从东京出发，不久便到一处驿站，写道：日暮里。不知怎地，我到现在还记得这名目。其次却只记得水户了，这是明的遗民朱舜水先生客死的地方。仙台是一个市镇，并不大；冬天冷得厉害；还没有中国的学生。

大概是物以稀为贵吧。北京的白菜运往浙江，便用红头绳系住菜根，倒挂在水果店头，尊为"胶菜"；福建野生着的芦荟，一到北京就请进温室，且美其名曰"龙舌兰"。我到仙台也颇受了这样的优待，不但学校不收学费，几个职员还为我的食宿操心。我先是住在监狱旁边一个客店里的，初冬已经颇冷，蚊子却还多，后来用被盖了全身，用衣服包了头脸，只留两个鼻孔出气。在这呼吸不息的地方，蚊子竟无从插嘴，居然睡安稳了。饭食也不坏。但一位先生却以为这客店也包办囚人的饭食，我住在那里不相宜，几次三番，几次三番地说。我虽然觉得客店兼办囚人的饭食和我不相干,然而好意难却,也只得别寻相宜的住处了。于是搬到别一家,离监狱也很远,可惜每天总要喝难以下咽的芋梗汤。

从此就看见许多陌生的先生,听到许多新鲜的讲义。解剖学是两个教授分任的。最初是骨学。其时进来的是一个黑瘦的先生,八字须,戴着眼镜,挟着一叠大大小小的书。一将书放在讲台上,便用了缓慢而很有顿挫的声调,向学生介绍自己道:"我就是叫作藤野严九郎的……。"

后面有几个人笑起来了。他接着便讲述解剖学在日本发达的历史,那些大大小小的书,便是从最初到现今关于这一门学问的著作。起初有几本是线装的;还有翻刻中国译本的,他们的翻译和研究新的医学,并不比中国早。

那坐在后面发笑的是上学年不及格的留级学生,在校已经一年,掌故颇为熟悉的了。他们便给新生讲演每个教授的历史。这藤野先生,据说是穿衣服太模糊了,有时竟会忘记带领结;冬天是一件旧外套,寒颤颤的,有一回上火车去,致使管车的疑心他是扒手,叫车里的客人大家小心些。

他们的话大概是真的,我就亲见他有一次上讲堂没有带领结。

过了一星期,大约是星期六,他使助手来叫我了。到得研究室,见他坐在人骨和许多单独的头骨中间,——他其时正在研究着头骨,后来有一篇论文在本校的杂志上发表出来。

"我的讲义,你能抄下来么?"他问。

"可以抄一点。"

"拿来我看!"

我交出所抄的讲义去,他收下了,第二三天便还我,并且说,此后每一星期要送给他看一回。我拿下来打开看时,很吃了一惊,同时也感到一种不安和感激。原来我的讲义已经从头到末,都用红笔添改过了,不但增加了许多脱漏的地方,连文法的错误,也都一一订正。这样一直继续到教完了他所担任的功课:骨学,血管学,神经学。

可惜我那时太不用功,有时也很任性。还记得有一回藤野先生将我叫到他的研究室里去,翻出我那讲义上的一个图来,是下臂的血管,指着,向我和蔼的说道:"你看,你将这条血管移了一点位置了。——

自然,这样一移,的确比较的好看些,然而解剖图不是美术,实物是那么样的,我们没法改换它。现在我给你改好了,以后你要全照着黑板上那样的画。"

但是我还不服气,口头答应着,心里却想道:"图还是我画的不错;至于实在的情形,我心里自然记得的。"学年试验完毕之后,我便到东京玩了一夏天,秋初再回学校,成绩早已发表了,同学一百余人之中,我在中间,不过是没有落第。这回藤野先生所担任的功课,是解剖实习和局部解剖学。

解剖实习了大概一星期,他又叫我去了,很高兴地,仍用了极有抑扬的声调对我说道:"我因为听说中国人是很敬重鬼的,所以很担心,怕你不肯解剖尸体。现在总算放心了,没有这回事。"

但他也偶有使我很为难的时候。他听说中国的女人是裹脚的,但不知道详细,所以要问我怎么裹法,足骨变成怎样的畸形,还叹息道:"总要看一看才知道。究竟是怎么一回事呢?"

【评析:文章通过对藤野先生的外貌描写和有关掌故的介绍,刻画出了藤野先生是个生活俭朴,治学严谨的好老师。文中具体写了四件事:1.主动关心"我"的学习,认真为"我"改讲义。这件事表现了藤野先生自始至终认真负责的精神。2.为"我"改正解剖图。这里体现了藤野先生对学生的严格要求和循循善诱。3.关心解剖实习。从这件事可以看出,藤野先生一直关心"我"的学习,一直惦记着"我"的解剖实习。4.向"我"了解中国女人裹脚这件事表现了他对骨学的兴趣和求实精神。这四件事,从不同的侧面表现了藤野先生的高贵品质。】

有一天,本级的学生会干事到我寓里来了,要借我的讲义看。我检出来交给他们,却只翻检了一通,并没有带走。但他们一走,邮差就送到一封很厚的信,拆开看时,第一句是:"你改悔罢!"

这是《新约》上的句子罢,但经托尔斯泰新近引用过的。其时正值日俄战争,托老先生便写了一封给俄国和日本的皇帝的信,开首便是这一句。日本报纸上很斥责他的不逊,爱国青年也愤然,然而暗地里却早受了他的影响了。其次的话,大略是说上年解剖学试验的题目,是藤野先生在讲义上做了记号,我预先知道的,所以能有这样的成绩。

末尾是匿名。

我这才回忆到前几天的一件事。因为要开同级会，干事便在黑板上写广告，末一句是"请全数到会勿漏为要"，而且在"漏"字旁边加了一个圈。我当时虽然觉得圈得可笑，但是毫不介意，这回才悟出那字也在讥刺我了，犹言我得了教员漏泄出来的题目。

我便将这事告知了藤野先生；有几个和我熟识的同学也很不平，一同去诘责干事托辞检查的无礼，并且要求他们将检查的结果，发表出来。终于这流言消灭了，干事却又竭力运动，要收回那一封匿名信去。结末是我便将这托尔斯泰式的信退还了他们。

【评析：作者通过日本的"爱国青年"，这些有着狭隘民族偏见的日本学生，因怀疑是藤野先生漏了题，鲁迅才考及格的，就写了封匿名信给鲁迅，学生干事还托词检查鲁迅先生的讲义，严重伤害了鲁迅先生的民族自尊心。文章在这里通过"爱国青年"，从反面衬托藤野先生毫无民族偏见的高尚品质。】

中国是弱国，所以中国人当然是低能儿，分数在六十分以上，便不是自己的能力了：也无怪他们疑惑。但我接着便有参观枪毙中国人的命运了。第二年添教霉菌学，细菌的形状是全用电影来显示的，一段落已完而还没有到下课的时候，便影几片时事的片子，自然都是日本战胜俄国的情形。但偏有中国人夹在里边：给俄国人做侦探，被日本军捕获，要枪毙了，围着看的也是一群中国人；在讲堂里的还有一个我。

"万岁！"他们都拍掌欢呼起来。

这种欢呼，是每看一片都有的，但在我，这一声却特别听得刺耳。此后回到中国来，我看见那些闲看枪毙犯人的人们，他们也何尝不酒醉似的喝彩，——呜呼，无法可想！但在那时那地，我的意见却变化了。

到第二学年的终结，我便去寻藤野先生，告诉他我将不学医学，并且离开这仙台。他的脸色仿佛有些悲哀，似乎想说话，但竟没有说。

"我想去学生物学，先生教给我的学问，也还有用的。"其实我并没有决意要学生物学，因为看得他有些凄然，便说了一个安慰他的谎话。

"为医学而教的解剖学之类，怕于生物学也没有什么大帮助。"他叹息说。将走的前几天，他叫我到他家里去，交给我一张照相，后面写

68

着两个字道："惜别"，还说希望将我的也送他。但我这时适值没有照相了；他便叮嘱我将来照了寄给他，并且时时通信告诉他此后的状况。

我离开仙台之后，就多年没有照过相，又因为状况也无聊，说起来无非使他失望，便连信也怕敢写了。经过的年月一多，话更无从说起，所以虽然有时想写信，却又难以下笔，这样的一直到现在，竟没有寄过一封信和一张照片。从他那一面看起来，是一去之后，杳无消息了。

但不知怎地，我总还时时记起他，在我所认为我师的之中，他是最使我感激，给我鼓励的一个。有时我常常想：他的对于我的热心的希望，不倦的教诲，小而言之，是为中国，就是希望中国有新的医学；大而言之，是为学术，就是希望新的医学传到中国去。他的性格，在我的眼里和心里是伟大的，虽然他的姓名并不为许多人所知道。

【评析：像藤野先生这样一位生活简朴，治学严谨，正直热忱，毫无民族偏见的好老师，在鲁迅先生心里是"他的性格，在我的眼里和心里是伟大的，虽然他的姓名并不为许多人所知道。"】

他所改正的讲义，我曾经订成三厚本，收藏着的，将作为永久的纪念。不幸七年前迁居的时候，中途毁坏了一口书箱，失去半箱书，恰巧这讲义也遗失在内了。责成运送局去找寻，寂无回信。只有他的照相至今还挂在我北京寓居的东墙上，书桌对面。每当夜间疲倦，正想偷懒时，仰面在灯光中瞥见他黑瘦的面貌，似乎正要说出抑扬顿挫的话来，便使我忽又良心发现，而且增加勇气了，于是点上一支烟，再继续写些为"正人君子"之流所深恶痛疾的文字。

十月十二日

【评析：《藤野先生》是现代文学家鲁迅于 1926 年在厦门大学时所写的一篇回忆性散文。这篇散文作者通过对留学日本生活时的回忆，以深切怀念之情，热烈赞颂藤野先生辛勤治学、诲人不倦的精神及其严谨踏实的作风，特别是他对中国人民的诚挚的友谊；同时，也表现了作者强烈的爱国主义思想以及同帝国主义势力斗争的战斗精神。】

范爱农

《范爱农》一九二六年十二月二十五日初刊于《莽原》半月刊第一卷第二十四期,后收入一九二八年九月北京未名社出版的《朝花夕拾》。

在东京的客店里,我们大抵一起来就看报。学生所看的多是《朝日新闻》和《读卖新闻》,专爱打听社会上琐事的就看《二六新闻》。一天早晨,辟头就看见一条从中国来的电报,大概是:

"安徽巡抚恩铭被 Jo Shiki Rin 刺杀,刺客就擒。"

大家一怔之后,便容光焕发地互相告语,并且研究这刺客是谁,汉字是怎样三个字。但只要是绍兴人,又不专看教科书的,却早已明白了。这是徐锡麟,他留学回国之后,在做安徽候补道,办着巡警事务,正合于刺杀巡抚的地位。大家接着就预测他将被极刑,家族将被连累。不久,秋瑾姑娘在绍兴被杀的消息也传来了,徐锡麟是被挖了心,给恩铭的亲兵炒食净尽。人心很愤怒。有几个人便秘密地开一个会,筹集川资;这时用得着日本浪人了,撕乌贼鱼下酒,慷慨一通之后,他便登程去接徐伯荪的家属去。

照例还有一个同乡会,吊烈士,骂满洲;此后便有人主张打电报到北京,痛斥满政府的无人道。会众即刻分成两派:一派要发电,一派不要发。我是主张发电的,但当我说出之后,即有一种钝滞的声音跟着起来:

"杀的杀掉了,死的死掉了,还发什么屁电报呢。"

这是一个高大身材,长头发,眼球白多黑少的人,看人总像在渺视。他蹲在席子上,我发言大抵就反对;我早觉得奇怪,注意着他的了,到这时才打听别人:说这话的是谁呢,有那么冷? 认识的人告诉我说:他叫范爱农,是徐伯荪的学生。我非常愤怒了,觉得他简直不是人,自己的先生被杀了,连打一个电报还害怕,于是便坚执地主张要发电,同他争起来。

结果是主张发电的居多数,他屈服了。其次要推出人来拟电稿。

"何必推举呢?自然是主张发电的人啰。"他说。我觉得他的话又在针对我,无理倒也并非无理的。但我便主张这一篇悲壮的文章必须深知烈士生平的人做,因为他比别人关系更密切,心里更悲愤,做出来就一定更动人。于是又争起来。结果是他不做,我也不做,不知谁承认做去了;其次是大家走散,只留下一个拟稿的和一两个干事,等候做好之后去拍发。

从此我总觉得这范爱农离奇,而且很可恶。天下可恶的人,当初以为是满人,这时才知道还在其次;第一倒是范爱农。中国不革命则已,要革命,首先就必须将范爱农除去。

然而这意见后来似乎逐渐淡薄,到底忘却了,我们从此也没有再见面。直到革命的前一年,我在故乡做教员,大概是春末时候罢,忽然在熟人的客座上看见了一个人,互相熟视了不过两三秒钟,我们便同时说:

"哦哦,你是范爱农!"

"哦哦,你是鲁迅!"

不知怎地我们便都笑了起来,是互相的嘲笑和悲哀。他眼睛还是那样,然而奇怪,只这几年,头上却有了白发了,但也许本来就有,我先前没有留心到。他穿着很旧的布马褂,破布鞋,显得很寒素。谈起自己的经历来,他说他后来没有了学费,不能再留学,便回来了。回到故乡之后,又受着轻蔑,排斥,迫害,几乎无地可容。现在是躲在乡下,教着几个小学生糊口。但因为有时觉得很气闷,所以也乘了航船进城来。他又告诉我现在爱喝酒,于是我们便喝酒。从此他每一进城,必定来访我,非常熟了。我们醉后常谈些愚不可及的疯话,连母亲偶然听到了也发笑。一天我忽而记起在东京开同乡会时的旧事,便问他:

"那一天你专门反对我,而且故意似的,究竟是什么缘故呢?"

"你还不知道?我一向就讨厌你的,——不但我,我们。"

"你那时之前,早知道我是谁么?"

"怎么不知道。我们到横滨,来接的不就是子英和你么?你看不起我们,摇摇头,你自己还记得么?"

我略略一想，记得的，虽然是七八年前的事。那时是子英来约我的，说到横滨去接新来留学的同乡。汽船一到，看见一大堆，大概一共有十多人，一上岸便将行李放到税关上去候查检，关吏在衣箱中翻来翻去，忽然翻出一双绣花的弓鞋来，便放下公事，拿着仔细地看。我很不满，心里想，这些鸟男人，怎么带这东西来呢。自己不注意，那时也许就摇了摇头。检验完毕，在客店小坐之后，即须上火车。不料这一群读书人又在客车上让起坐位来了，甲要乙坐在这位子，乙要丙去坐，揖让未终，火车已开，车身一摇，即刻跌倒了三四个。我那时也很不满，暗地里想：连火车上的坐位，他们也要分出尊卑来……

　　自己不注意，也许又摇了摇头。然而那群雍容揖让的人物中就有范爱农，却直到这一天才想到。岂但他呢，说起来也惭愧，这一群里，还有后来在安徽战死的陈伯平烈士，被害的马宗汉烈士；被囚在黑狱里，到革命后才见天日而身上永带着匪刑的伤痕的也还有一两人。而我都茫无所知，摇着头将他们一并运上东京了。徐伯荪虽然和他们同船来，却不在这车上，因为他在神户就和他的夫人坐车走了陆路了。

　　我想我那时摇头大约有两回，他们看见的不知道是那一回。让座时喧闹，检查时幽静，一定是在税关上的那一回了，试问爱农，果然是的。

　　"我真不懂你们带这东西做什么？是谁的？"

　　"还不是我们师母的？"他瞪着他多白的眼。

　　"到东京就要假装大脚，又何必带这东西呢？"

　　"谁知道呢？你问她去。"

　　到冬初，我们的景况更拮据了，然而还喝酒，讲笑话。忽然是武昌起义，接着是绍兴光复。第二天爱农就上城来，戴着农夫常用的毡帽，那笑容是从来没有见过的。"老迅，我们今天不喝酒了。我要去看看光复的绍兴。我们同去。"

　　我们便到街上去走了一通，满眼是白旗。然而貌虽如此，内骨子是依旧的，因为还是几个旧乡绅所组织的军政府，什么铁路股东是行政司长，钱店掌柜是军械司长……。这军政府也到底不长久，几个少年一嚷，王金发带兵从杭州进来了，但即使不嚷或者也会来。他进来以后，也就

73

被许多闲汉和新进的革命党所包围,大做王都督。在衙门里的人物,穿布衣来的,不上十天也大概换上皮袍子了,天气还并不冷。评析:这句话描写了"光复绍兴"后,衙门里人的着装,非常华贵,一句"天气还并不冷"表达了鲁迅先生讽刺那些在未光复绍兴时,畏畏缩缩,根本不敢站出来说话的人,连钱店掌柜都是军械司长,现在光复了,就知道穿大袍子了,这句话也在一定程度上表达了作者对死难者的同情与身上肩负的责任。】

　　我被摆在师范学校校长的饭碗旁边,王都督给了我校款二百元。爱农做监学,还是那件布袍子,但不大喝酒了,也很少有工夫谈闲天。他办事,兼教书,实在勤快得可以。【评析:"实在勤快得可以"表现了革命后的范爱农心情愉快的一面。但范爱农心里产生的希望越大,失望也就越大,鲁迅其后又用了很多笔墨写光复后绍兴的现实,其实就是在探讨造成他的朋友悲剧命运的原因。】

　　"情形还是不行,王金发他们。"一个去年听过我的讲义的少年来访问我,慷慨地说,"我们要办一种报来监督他们。不过发起人要借用先生的名字。还有一个是子英先生,一个是德清先生。为社会,我们知道你决不推却的。"

　　我答应他了。两天后便看见出报的传单,发起人诚然是三个。五天后便见报,开首便骂军政府和那里面的人员;此后是骂都督,都督的亲戚,同乡,姨太太……

　　这样地骂了十多天,就有一种消息传到我的家里来,说都督因为你们诈取了他的钱,还骂他,要派人用手枪来打死你们了。

　　别人倒还不打紧,第一个着急的是我的母亲,叮嘱我不要再出去。但我还是照常走,并且说明,王金发是不来打死我们的,他虽然绿林大学出身,而杀人却不很轻易。况且我拿的是校款,这一点他还能明白的,不过说说罢了。

　　果然没有来杀。写信去要经费,又取了二百元。但仿佛有些怒意,同时传令道:再来要,没有了!

　　不过爱农得到了一种新消息,却使我很为难。原来所谓"诈取"者,并非指学校经费而言,是指另有送给报馆的一笔款。报纸上骂了几天之后,王金发便叫人送去了五百元。于是乎我们的少年们便开起会议来,第一个问题是:收不收?决议曰:收。第二个问题是:收了之后骂不骂?决议曰:骂。理由是:收钱之后,他是股东;股东不好,自然要骂。

我即刻到报馆去问这事的真假。

都是真的。略说了几句不该收他钱的话,一个名为会计的便不高兴了,质问我道:

"报馆为什么不收股本?"

"这不是股本……"

"不是股本是什么?"

我就不再说下去了,这一点世故是早已知道的,倘我再说出连累我们的话来,他就会面斥我太爱惜不值钱的生命,不肯为社会牺牲,或者明天在报上就可以看见我怎样怕死发抖的记载。

然而事情很凑巧,季茀写信来催我往南京了。

爱农也很赞成,但颇凄凉,说:

"这里又是那样,住不得。你快去罢……"

我懂得他无声的话,决计往南京。先到都督府去辞职,自然照准,派来了一个拖鼻涕的接收员,我交出账目和余款一角又两铜元,不是校长了。后任是孔教会会长傅力臣。

报馆案是我到南京后两三个星期了结的,被一群兵们捣毁。子英在乡下,没有事;德清适值在城里,大腿上被刺了一尖刀。他大怒了。自然,这是很有些痛的,怪他不得。他大怒之后,脱下衣服,照了一张照片,以显示一寸来宽的刀伤,并且做一篇文章叙述情形,向各处分送,宣传军政府的横暴。我想,这种照片现在是大约未必还有人收藏着,尺寸太小,刀伤缩小到几乎等于无,如果不加说明,看见的人一定以为是带些疯气的风流人物的裸体照片,倘遇见孙传芳大帅,还怕要被禁止的。

我从南京移到北京的时候,爱农的学监也被孔教会会长的校长设法去掉了。他又成了革命前的爱农。我想为他在北京寻一点小事做,这是他非常希望的,然而没有机会。他后来便到一个熟人的家里去寄食,也时时给我信,景况愈困穷,言辞也愈凄苦。终于又非走出这熟人的家不可,便在各处飘浮。不久,忽然从同乡那里得到一个消息,说他已经掉在水里,淹死了。

　　我疑心他是自杀。因为他是凫水的好手,不容易淹死的。夜间独坐在会馆里,十分悲凉,又疑心这消息并不确,但无端又觉得这是极其可靠的,虽然并无证据。一点法子都没有,只做了四首诗,后来曾在一种日报上发表,现在是将要忘记完了。只记得一首里的六句,起首四句是:"把酒论天下,先生小酒人。大圜犹酩酊,微醉合沉沦。"中间忘掉两句,末了是:"旧朋云散尽,余亦等轻尘。"

　　后来我回故乡去,才知道一些较为详细的事。爱农先是什么事也没得做,因为大家讨厌他。他很困难,但还喝酒,是朋友请他的。他已经很少和人们来往,常见的只剩下几个后来认识的较为年青的人了,然而他们似乎也不愿意多听他的牢骚,以为不如讲笑话有趣。

　　"也许明天就收到一个电报,拆开来一看,是鲁迅来叫我的。"他时常这样说。

　　一天,几个新的朋友约他坐船去看戏,回来已过夜半,又是大风雨,他醉着,却偏要到船舷上去小解。大家劝阻他,也不听,自己说是不会掉下去的。但他掉下去了,虽然能凫水,却从此不起来。

　　第二天打捞尸体,是在菱荡里找到的,直立着。我至今不明白他究竟是失足还是自杀。

　　他死后一无所有,遗下一个幼女和他的夫人。有几个人想集一点钱作他女孩将来的学费的基金,因为一经提议,即有族人来争这笔款的保管权——其实还没有这笔款——大家觉得无聊,便无形消散了。

　　现在不知他唯一的女儿景况如何? 倘在上学,中学已该毕业了罢。

十一月十八日

　　【评析:《范爱农》是现代文学家鲁迅于1926年所写的一篇回忆性散文,作者通过追叙自己在日本留学时和回国后与范爱农接触的几个生活片段,描述了范爱农在革命前不满黑暗社会、追求革命,辛亥革命后又备受迫害的遭遇,表现了作者对旧民主革命的失望和对这位正直倔强的爱国者的同情和悼念。全文语言朴素,感情真挚。】

《野草》题辞

《〈野草〉题辞》一九二七年七月二日初刊于《语丝》周刊第一三八期，后收入一九二七年七月北京北新书局出版的《野草》。

当我沉默着的时候，我觉得充实；我将开口，同时感到空虚。

过去的生命已经死亡。我对于这死亡有大欢喜，因为我借此知道它曾经存活。死亡的生命已经朽腐。我对于这朽腐有大欢喜，因为我借此知道它还非空虚。生命的泥委弃在地面上，不生乔木，只生野草，这是我的罪过。

【评析：写鲁迅先生以不断革命的观点看待自己"过去的生命"从而点出作为"过去的生命"的记录的"野草"。此时的鲁迅，世界观开始发生质变，由于他在思想上不断革命，严格要求自己，为投入新的战斗继续前进，所以他对于自己"过去的生命"的"死亡"和"朽腐"并不惋惜，而"大欢喜"。但同时，鲁迅先生也没有完全抹煞过去。所谓借"过去的生命"的"死亡"、"朽腐"可以知道它"曾经存活"、"还非空虚"。就是说，他过去在北洋军阀统治时期，曾与帝国主义、封建势力及其走狗文人进行过激烈的战斗，并没有虚耗岁月，《野草》就是他用自己的生命培育出来的作品。就是记录这一战斗的业绩之一。】

野草，根本不深，花叶不美，然而吸取露，吸取水，吸取陈死人的血和肉，各各夺取它的生存。当生存时，还是将遭践踏，将遭删刈，直至于死亡而朽腐。

但我坦然，欣然。我将大笑，我将歌唱。

我自爱我的野草，但我憎恶这以野草作装饰的地面。

地火在地下运行，奔突；熔岩一旦喷出，将烧尽一切野草，以及乔木，于是并且无可朽腐。

但我坦然，欣然。我将大笑，我将歌唱。【评析：写鲁迅先生对革命高潮必将到来的更大欢欣。鲁迅珍视发挥了战斗作用的"野草"，也憎恶这产生"野草"的黑暗的社会现实。"装饰"一词正写出了敌人的虚伪和狡狯，"以野草作装饰"不过是在压抑不了进步势力崛起时玩弄的手法而已。装出一副"公平""开明"的面孔，用以欺骗人民，实则暗中在对进步势力进行扼杀。但鲁迅先生并没有被黑暗淹没，被屠刀吓倒。从英勇奋战的革命人民身上，他看到了希望，看到了"地火在地下运行，奔突"，看到了中国共产党领导的潜在的巨大革命力量在推动历史前进。因而，他坚信革命高潮必将到来，为此，他更热烈地欢呼，纵声歌唱，表现出了一个真正的革命者从黑暗中看到光明的无比乐观情绪。】

天地有如此静穆，我不能大笑而且歌唱。天地即不如此静穆，我或者也将不能。我以这一丛野草，在明与暗，生与死，过去与未来之际，献于友与仇，人与兽，爱者与不爱者之前作证。

为我自己，为友与仇，人与兽，爱者与不爱者，我希望这野草的死亡与腐朽，火速到来。要不然，我先就未曾生存，这实在比死亡与腐朽更其不幸。

去罢，野草，连着我的题辞！

一九二七年四月二十六日，鲁迅记于广州之白云楼上

【评析：这篇《题辞》写于1927年4月26日的广州，正当蒋介石背叛革命，发动"四·一二"反革命政变和广州"四·一二"大屠杀之后。这时无数共产党人和革命群众惨遭杀戮，到处笼罩一片白色恐怖，鲁迅先生的处境十分险恶，随时有被反动派逮捕和杀害的可能，但他坚持革命立场，毫不畏惧。对中山大学被捕的进步学生，他极力进行营救，营救无效，愤然辞去中山大学所任一切职务。在这篇《题辞》中，更是写下了他满腔的悲愤。】

忆刘半农君

《忆刘半农君》一九三四年十月初刊于上海《青年界》月刊第六卷第三期;后收入一九三五年未经作者亲自编定,一九三七年七月上海三味书屋出版的《且介亭杂文》。

这是小峰出给我的一个题目。

这题目并不出得过分。半农去世,我是应该哀悼的,因为他也是我的老朋友。但是,这是十来年前的话了,现在呢,可难说得很。

我已经忘记了怎么和他初次会面,以及他怎么能到了北京。他到北京,恐怕是在《新青年》投稿之后,由蔡子民先生或陈独秀先生去请来的,到了之后,当然更是《新青年》里的一个战士。他活泼,勇敢,很打了几次大仗。譬如罢,答王敬轩的双镗,"她"字和"牠"字的创造,就都是的。

这两件,现在看起来,自然是琐屑得很,但那是十多年前,单是提倡新式标点,就会有一大群人"若丧考妣",恨不得"食肉寝皮"的时候,所以的确是"大仗"。现在的二十左右的青年,大约很少有人知道三十年前,单是剪下辫子就会坐牢或杀头的了。然而这曾经是事实。

但半农的活泼,有时颇近于草率,勇敢也有失之无谋的地方。但是,要商量袭击敌人的时候,他还是好伙伴,进行之际,心口并不相应,或者暗暗的给你一刀,他是绝不会的。倘若失了算,那是因为没有算好的缘故。

《新青年》每出一期,就开一次编辑会,商定下一期的稿件。其时最惹我注意的是陈独秀和胡适之。假如将韬略比作一间仓库罢,独秀先生的是外面竖一面大旗,大书道:"内皆武器,来者小心!"但那门却开着的,里面有几支枪,几把刀,一目了然,用不着提防。适之先生的是紧紧的关着门,门上粘一条小纸条道:"内无武器,请勿疑虑。"这自然可以是真的,但有些人——至少是我这样的人——有时总不免要侧着头想一想。

半农却是令人不觉其有"武库"的一个人,所以我佩服陈胡,却亲近半农。

所谓亲近,不过是多谈闲天,一多谈,就露出了缺点。几乎有一年多,他没有消失掉从上海带来的才子必有"红袖添香夜读书"的艳福的思想,好容易才给我们骂掉了。但他好像到处都这么地乱说,使有些"学者"皱眉。有时候,连到《新青年》投稿都被排斥。他很勇于写稿,但试去看旧报去,很有几期是没有他的。那些人们批评他的为人,是:浅。

不错,半农确是浅。但他的浅,却如一条清溪,澄澈见底,纵有多少沉渣和腐草,也不掩其大体的清。倘使装的是烂泥,一时就看不出它的深浅来了;如果是烂泥的深渊呢,那就更不如浅一点的好。

但这些背后的批评,大约是很伤了半农的心的,他的到法国留学,我疑心大半就为此。我最懒于通信,从此我们就疏远起来了。他回来时,我才知道他在外国钞古书,后来也要标点《何典》,我那时还以老朋友自居,在序文上说了几句老实话,事后,才知道半农颇不高兴了,"驷不及舌",也没有法子。另外还有一回关于《语丝》的彼此心照的不快活。五六年前,曾在上海的宴会上见过一回面,那时候,我们几乎已经无话可谈了。

近几年,半农渐渐地据了要津,我也渐渐的更将他忘却;但从报章上看见他禁称"蜜斯"之类,却很起了反感:我以为这些事情是不必半农来做的。从去年来,又看见他不断地做打油诗,弄烂古文,回想先前的交情,也往往不免长叹。

我想,假如见面,而我还以老朋友自居,不给一个"今天天气……哈哈哈"完事,那就也许会弄到冲突的罢。

不过,半农的忠厚,是还使我感动的。我前年曾到北平,后来有人通知我,半农是要来看我的,有谁恐吓了他一下,不敢来了。这使我很惭愧,因为我到北平后,实在未曾有过访问半农的心思。

现在他死去了,我对于他的感情,和他生时也并无变化。

我爱十年前的半农,而憎恶他的近几年。

【评析:"我爱十年前的半农,而憎恶他的近几年",这简直可以理解为这篇散文的文眼,作者即扣住这句话,以此立意铺染全篇,他从"初次会面"到"他死去",娓娓细说,侃侃而谈,叙优点,论缺点,信笔写去,一鼓作气,顺流直下。优点中寓缺点,缺点中说优点,这种褒贬交杂而谈的铺排,使文章避免平板枯燥,而气韵横出,其味无穷。】这憎恶是朋友的憎恶,因为我希望他常是十年前的半农,他的为战士,即使"浅"罢,却于中国更为有益。我愿以愤火照出他的战绩,免使一群陷沙鬼将他先前的光荣和死尸一同拖入烂泥的深渊。

八月一日

【评析:刘半农是"五四"文学革命时期一员闯将,他倡新诗、搞格言、写论文。为白话文学运动立下过汗马功劳。1920 年往欧洲留学,从英转法,研究语言,获得博士学位。1925 年回国,1930 年任国立北平大学女子学院院长,1934 年 6 月与同仁往西北一带调查方言,7 月回北平因患回归热病逝,终年 44 岁。北大曾举行隆重追悼会,各地报刊均发表消息和悼念文章。

《忆刘半农君》作于同年 8 月,离半农的死仅一月有余,是鲁迅应李小峰的要求所写的悼文。

鲁迅以一分为二的评价缅怀刘半农,就为的反其道而行之,免使一些"陷沙鬼"是非不分,将其歪曲陷入烂泥。显然,鲁迅写这篇悼文是为了战斗,作者的"愤火"是燃烧于整篇,尖刻讽刺的语意即产生于此。】

我的第一个师父

《我的第一个师父》一九三六年四月初刊于《作家》月刊第一卷第一期；后收入作者生前开始编集，后经许广平编定，一九三七年七月上海三味书屋出版的《且介亭杂文末编》。

不记得是那一部旧书上看来的了，大意说是有一位道学先生，自然是名人，一生拼命辟佛，却名自己的小儿子为"和尚"。有一天，有人拿这件事来质问他。他回答道："这正是表示轻贱呀！"那人无话可说而退去。

其实，这位道学先生是诡辩。名孩子为"和尚"，其中是含有迷信的。中国有许多妖魔鬼怪，专喜欢杀害有出息的人，尤其是孩子；要下贱，他们才放手，安心。和尚这一种人，从和尚的立场看来，会成佛——但也不一定，——固然高超得很，而从读书人的立场一看，他们无家无室，不会做官，却是下贱之流。读书人意中的鬼怪，那意见当然和读书人相同，所以也就不来搅扰了。这和名孩子为阿猫阿狗，完全是一样的意思：容易养大。

还有一个避鬼的法子，是拜和尚为师，也就是舍给寺院了的意思，然而并不放在寺院里。我生在周氏是长男，"物以稀为贵"，父亲怕我有出息，因此养不大，不到一岁，便领到长庆寺里去，拜了一个和尚为师了。拜师是否要贽见礼，或者布施什么的呢，我完全不知道。只知道我却由此得到一个法名叫作"长庚"，后来我也偶尔用作笔名，并且在《在酒楼上》这篇小说里，赠给了恐吓自己的侄女的无赖；还有一件百家衣，就是"衲衣"，论理，是应该用各种破布拼成的，但我的却是橄榄形的各色小绸片所缝就，非喜庆大事不给穿；还有一条称为"牛绳"的东西，上挂零星小件，如历本，镜子，银筛之类，据说是可以避邪的。

这种布置，好像也真有些力量：我至今没有死。

不过，现在法名还在，那两件法宝却早已失去了。前几年回北平去，母亲还给了我婴儿时代的银篩，是那时的惟一的纪念。仔细一看，原来那篩子圆径不过寸余，中央一个太极图，上面一本书，下面一卷画，左右缀着极小的尺，剪刀，算盘，天平之类。我于是恍然大悟，中国的邪鬼，是怕斩钉截铁，不能含糊的东西的。因为探究和好奇，去年曾经去问上海的银楼，终于买了两面来，和我的几乎一式一样，不过缀着的小东西有些增减。奇怪得很，半世纪有余了，邪鬼还是这样的性情，避邪还是这样的法宝。然而我又想，这法宝成人却用不得，反而非常危险的。

　　但因此又使我记起了半世纪以前的最初的先生。我至今不知道他的法名，无论谁，都称他为“龙师父”，瘦长的身子，瘦长的脸，高颧细眼，和尚是不应该留须的，他却有两绺下垂的小胡子。对人很和气，对我也很和气，不教我念一句经，也不教我一点佛门规矩；他自己呢，穿起袈裟来做大和尚，或者戴上毗卢帽放焰口，“无祀孤魂，来受甘露味”的时候，是庄严透顶的，平常可也不念经，因为是住持，只管着寺里的琐屑事，其实——自然是由我看起来——他不过是一个剃光了头发的俗人。

　　【评析：如果前面说的从平凡的小事出发生发开去带有作者个人的艺术想象加工的话，那么还人物以原貌则是完全从人物的实际出发，把人物本来的面貌客观地呈现出来。比如在“龙师傅”的塑造上，这样秉笔直书的写法写出了龙师傅身上的丰富性和复杂性，而这种丰富性和复杂性又与时代、社会环境息息相关，让人感到作者对人物的情感体验真实可信。】

　　因此我又有一位师母，就是他的老婆。论理，和尚是不应该有老婆的，然而他有。我家的正屋的中央，供着一块牌位，用金字写着必须绝对尊敬和服从的五位：“天地君亲师”。我是徒弟，他是师，决不能抗议，而在那时，也决不想到抗议，不过觉得似乎有点古怪。但我是很爱我的师母的，在我的记忆上，见面的时候，她已经大约有四十岁了，是一位胖胖的师母，穿着玄色纱衫裤，在自己家里的院子里纳凉，她的孩子们就来和我玩耍。有时还有水果和点心吃，——自然，这也是我所以爱她的一个大原因;用高洁的陈源教授的话来说,便是所谓"有奶便是娘",在人格上是很不足道的。

不过我的师母在恋爱故事上,却有些不平常。"恋爱",这是现在的术语,那时我们这偏僻之区只叫作"相好"。《诗经》云:"式相好矣,毋相尤矣",起源是算得很古,离文武周公的时候不怎么久就有了的,然而后来好像并不算十分冠冕堂皇的好话。这且不管它罢。总之,听说龙师父年轻时,是一个很漂亮而能干的和尚,交际很广,认识各种人。有一天,乡下做社戏了,他和戏子相识,便上台替他们去敲锣,精光的头皮,簇新的海青,真是风头十足。乡下人大抵有些顽固,以为和尚是只应该念经拜忏的,台下有人骂了起来。师父不甘示弱,也给他们一个回骂。于是战争开幕,甘蔗梢头雨点似的飞上来,有些勇士,还有进攻之势,"彼众我寡",他只好退走,一面退,一面一定追,逼得他又只好慌张的躲进一家人家去。而这人家,又只有一位年青的寡妇。以后的故事,我也不甚了然了,总而言之,她后来就是我的师母。

【评析:这里突显了师傅和世人之间的矛盾,师傅要过常人的日常生活和情感生活,而世人对师傅的行为做出了极端的抗议和干涉。在这场冲突中,师傅不甘外来的压制,敢于对世人的横加指责说不,师傅身上闪烁着那股诱人的人性光环。这种人性的光环还在"不以成败论英雄"的师母那边得到了助燃料,让它愈燃愈烈,形成了一炬火焰,在世人铺设的黑暗包围中,愈发夺目。】

自从《宇宙风》出世以来,一向没有拜读的机缘,近几天才看见了"春季特大号"。其中有一篇铢堂先生的《不以成败论英雄》,使我觉得很有趣,他以为中国人的"不以成败论英雄","理想是不能不算崇高"的,"然而在人群的组织上实在要不得。抑强扶弱,便是永远不愿意有强。崇拜失败英雄,便是不承认成功的英雄"。"近人有一句流行话,说中国民族富于同化力,所以辽金元清都并不曾征服中国。其实无非是一种惰性,对于新制度不容易接收罢了"。我们怎样来改悔这"惰性"呢,现在姑且不谈,而且正在替我们想法的人们也多得很。

我只要说那位寡妇之所以变了我的师母,其弊病也就在"不以成败论英雄"。乡下没有活的岳飞或文天祥,所以一个漂亮的和尚在如

84

雨而下的甘蔗梢头中，从戏台逃下，也就是一个货真价实的失败的英雄。她不免发现了祖传的"惰性"，崇拜起来，对于追兵，也像我们的祖先的对于辽金元清的大军似的，"不承认成功的英雄"了。在历史上，这结果是正如铢堂先生所说："乃是中国的社会不树威是难得帖服的"，所以活该有"扬州十日"和"嘉定三屠"。但那时的乡下人，却好像并没有"树威"，走散了，自然，也许是他们料不到躲在家里。

因此我有了三个师兄，两个师弟。大师兄是穷人的孩子，舍在寺里，或是卖在寺里的；其余的四个，都是师父的儿子，大和尚的儿子做小和尚，我那时倒并不觉得怎么稀奇。大师兄只有单身；二师兄也有家小，但他对我守着秘密，这一点，就可见他的道行远不及我的师父，他的父亲了。而且年龄都和我相差太远，我们几乎没有交往。

三师兄比我恐怕要大十岁，然而我们后来的感情是很好的，我常常替他担心。还记得有一回，他要受大戒了，他不大看经，想来未必深通什么大乘教理，在剃得精光的囟门上，放上两排艾绒，同时烧起来，我看是总不免要叫痛的，这时善男信女，多数参加，实在不大雅观，也失了我做师弟的体面。这怎么好呢？每一想到，十分心焦，仿佛受戒的是我自己一样。然而我的师父究竟道力高深，他不说戒律，不谈教理，只在当天大清早，叫了我的三师兄去，厉声吩咐道："拼命熬住，不许哭，不许叫，要不然，脑袋就炸开，死了！"这一种大喝，实在比什么《妙法莲花经》或《大乘起信论》还有力，谁高兴死呢，于是仪式很庄严的进行，虽然两眼比平时水汪汪，但到两排艾绒在头顶上烧完，的确一声也不出。我嘘一口气，真所谓"如释重负"，善男信女们也个个"合十赞叹，欢喜布施，顶礼而散"了。

出家人受了大戒，从沙弥升为和尚，正和我们在家人行过冠礼，由童子而为成人相同。成人愿意"有室"，和尚自然也不能不想到女人。以为和尚只记得释迦牟尼或弥勒菩萨，乃是未曾拜和尚为师，或与和尚为友的世俗的谬见。

寺里也有确在修行，没有女人，也不吃荤的和尚，例如我的大师兄即是其一，然而他们孤僻，冷酷，看不起人，好像总是郁郁不乐，他们的一把扇或一本书，你一动他就不高兴，令人不敢亲近他。所以我所熟识的，都是有女人，或声明想女人，吃荤，或声明想吃荤的和尚。

我那时并不诧异三师兄在想女人，而且知道他所理想的是怎样的女人。人也许以为他想的是尼姑罢，并不是的，和尚和尼姑"相好"，加倍的不便当。他想的乃是千金小姐或少奶奶；而作这"相思"或"单相思"——即今之所谓"单恋"也——的媒介的是"结"。我们那里的阔人家，一有丧事，每七日总要做一些法事，有一个七日，是要举行"解结"的仪式的，因为死人在未死之前，总不免开罪于人，存着冤结，所以死后要替他解散。方法是在这天拜完经忏的傍晚，灵前陈列着几盘东西，是食物和花，而其中有一盘，是用麻线或白头绳，穿上十来文钱，两头相合而打成蝴蝶式，八结式之类的复杂的，颇不容易解开的结子。一群和尚便环坐桌旁，且唱且解，解开之后，钱归和尚，而死人的一切冤结也从此完全消失了。这道理似乎有些古怪，但谁都这样办，并不为奇，大约也是一种"惰性"。

不过解结是并不如世俗人的所推测，个个解开的，倘有和尚以为打得精致，因而生爱，或者故意打得结实，很难解散，因而生恨的，便能暗暗的整个落到僧袍的大袖里去，一任死者留下冤结，到地狱里去吃苦。这种宝结带回寺里，便保存起来，也时时鉴赏，恰如我们的或亦不免偏爱看看女作家的作品一样。当鉴赏的时候，当然也不免想到作家，打结子的是谁呢，男人不会，奴婢不会，有这种本领的，不消说是小姐或少奶奶了。和尚没有文学界人物的清高，所以他就不免睹物思人，所谓"时涉遐想"起来，至于心理状态，则我虽曾拜和尚为师，但究竟是在家人，不大明白底细。只记得三师兄曾经不得已而分给我几个，有些实在打得精奇，有些则打好之后，浸入水，还用剪刀柄之类砸实，使和尚无法解散。解结，是替死人设法的，现在却和和尚为难，我真不知道小姐或少奶奶是什么意思。这疑问直到二十年后，学了一点医学，才明白原来是给和尚吃苦，颇有一点虐待异性的病态的。深闺的怨恨，会无线电似的报在佛寺的和尚身上，我看道学先生可还没有料到这一层。

后来，三师兄也有了老婆，出身是小姐，是尼姑，还是"小家碧玉"呢，我不明白，他也严守秘密，道行远不及他的父亲了。这时我也长大起来,不知道从那里,听到了和尚应守清规之类的古老话,还用这话来嘲笑他,本意是在要他受窘。不料他竟一点不窘,立刻用"金刚怒目"式,向我大喝一声道:"和尚没有老婆,小菩萨那里来!?"

【评析:三师兄有世人的爱欲,还勇敢地承认自己的正当追寻,"和尚没有老婆,小菩萨那里来!?"他那种对世俗生活的执着追寻与他的父亲当年的行为如出一辙。】

这真是所谓"狮吼",使我明白了真理,哑口无言,我的确早看见寺里有丈余的大佛,有数尺或数寸的小菩萨,却从未想到他们为什么有大小。经此一喝,我才彻底地省悟了和尚有老婆的必要,以及一切小菩萨的来源,不再发生疑问。但要找寻三师兄,从此却艰难了一点,因为这位出家人,这时就有了三个家了:一是寺院,二是他的父母的家,三是他自己和女人的家。

我的师父,在约略四十年前已经去世;师兄弟们大半做了一寺的住持;我们的交情是依然存在的,却久已彼此不通消息。但我想,他们一定早已各有一大批小菩萨,而且有些小菩萨又有小菩萨了。

四月一日

【评析:《我的第一个师傅》为鲁迅于一九三六年四月一日所作,收入鲁迅杂文集《且介亭杂文》中,以天马行空和自由洒脱的创作回忆了自己年少时拜为师傅的和尚,书写了"明子式的娶妻生子的出家人形象",追忆中流露出对所叙人、事的温情感,也流露出对师傅生活状态的认同感。】

随感录·二十五

《随感录·二十五》一九一八年九月十五日初刊于《新青年》第五卷第三号，署名唐俟；后收入一九二五年十一月北京北新书局出版的《热风》。

我一直从前曾见严又陵在一本什么书上发过议论，书名和原文都忘记了。大意是："在北京道上，看见许多孩子，辗转于车轮马足之间，很怕把他们碰死了，又想起他们将来怎样得了，很是害怕。"其实别的地方，也都如此，不过车马多少不同罢了。【评析：引出文章要说的主题：孩子。本文主要强调了对孩子教育的重要性】现在到了北京，这情形还未改变，我也时时发起这样的忧虑；一面又佩服严又陵究竟是"做"过赫胥黎《天演论》的，的确与众不同：是一个十九世纪末年中国感觉敏锐的人。

穷人的孩子蓬头垢面的在街上转，阔人的孩子妖形妖势娇声娇气的在家里转。转得大了，都昏天黑地的在社会上转，同他们的父亲一样，或者还不如。所以看十来岁的孩子，便可以逆料二十年后中国的情形；看二十多岁的青年——他们大抵有了孩子，尊为爹爹了——便可以推测他儿子孙子，晓得五十年后七十年后中国的情形。

中国的孩子，只要生，不管他好不好，只要多，不管他才不才。生他的人，不负教他的责任。虽然"人口众多"这一句话，很可以闭了眼睛自负，然而这许多人口，便只在尘土中辗转，小的时候，不把他当人，大了以后，也做不了人。

中国娶妻早是福气，儿子多也是福气。所有小孩，只是他父母福气的材料，并非将来的"人"的萌芽，所以随便辗转，没人管他，因为无论如何，数目和材料的资格，总还存在。即使偶尔送进学堂，然而社会和家庭的习惯，尊长和伴侣的脾气，却多与教育反背，仍然使他与新时代不合。大了以后,幸而生存,也不过"仍旧贯如之何",照例是制造孩子的家伙,不是"人"的父亲,他生了孩子,便仍然不是"人"的萌芽。

【评析:孩子只是父母的"材料",而不是"人"的萌芽,这样的孩子将来长大了,也做不了"人",而也只是"制造孩子的家伙"。这里所谓的"人"是指受过教育的能够"合于新时代"的有着新思想的并且有意识的承担对子女实施教育责任的人】

最看不起女人的奥国人华宁该尔(Otto Weininger)曾把女人分成两大类:一是"母妇",一是"娼妇"。照这分法,男人便也可以分作"父男"和"嫖男"两类了。但这父男一类,却又可以分成两种:其一是孩子之父,其一是"人"之父。第一种只会生,不会教,还带点嫖男的气息。第二种是生了孩子,还要想怎样教育,才能使这生下来的孩子,将来成一个完全的人。

【评析:此段是对上文意思的延伸,并点出本文主要思想:"生了孩子,还要想怎样教育,才能使这生下来的孩子,将来成一个完全的人。"】

前清末年,某省初开师范学堂的时候,有一位老先生听了,很为诧异,便发愤说:"师何以还须受教,如此看来,还该有父范学堂了!"这位老先生,便以为父的资格,只要能生。能生这件事,自然便会,何须受教呢。却不知中国现在,必须父范学堂;这位先生便须编入初等第一年级。

因为我们中国所多的是孩子之父,所以以后是只要"人"之父!

【评析:鲁迅不仅是一名文学家、思想家、革命家,他也是位教育家。尤其是对于子女的教育,有着自己独到的见解,有句俗语说"是人不用管,管死不成人"。大致意思是说,人都是不用管的,他要是好的,不用管也都是好的;他要是不好,无论怎样管都无济于事。依据鲁迅先生的观点看来这句话是错误的。其实这句话本身就是过于极端的。孩子,着实是要管的,但是也要掌握科学的方式和方法。】

随感录·三十八

《随感录·三十八》一九一八年十一月十五日初刊于《新青年》第五卷第五号，署名迅；后收入一九二五年十一月北京北新书局出版的《热风》。

中国人向来有点自大——只可惜没有"个人的自大"，都是"合群的爱国的自大"。这便是文化竞争失败之后，不能再见振拔改进的原因。

【评析：点出文章要说的主题："合群的爱国的自大"，点明其危害的严重性，以唤醒人们注意】

"个人的自大"，就是独异，是对庸众宣战。除精神病学上的夸大狂外，这种自大的人，大抵有几分天才——照 Nordau 等说，也可说就是几分狂气。他们必定自己觉得思想见识高出庸众之上，又为庸众所不懂，所以愤世嫉俗，渐渐变成厌世家，或"国民之敌"。但一切新思想，多从他们出来，政治上宗教上道德上的改革，也从他们发端。所以多有这"个人的自大"的国民，真是多福气！多幸运！

"合群的自大"，"爱国的自大"，是党同伐异，是对少数的天才宣战——至于对别国文明宣战，却尚在其次。他们自己毫无特别才能，可以夸示于人，所以把这国拿来做个影子；他们把国里的习惯制度抬得很高，赞美的了不得；他们的国粹，既然这样有荣光，他们自然也有荣光了！倘若遇见攻击，他们也不必自去应战，因为这种蹲在影子里张目摇舌的人，数目极多，只需用 mob 的长技，一阵乱嘈，便可制胜。胜了，我是一群中的人，自然也胜了；若败了时，一群中有许多人，未必是我受亏：大凡聚众滋事时，多具这种心理，也就是他们的心理。他们举动，看似猛烈，其实却很卑怯。至于所生结果，则复古，尊王，扶清灭洋等等，已领教得多了。所以多有这"合群的爱国的自大"的国民，真是可哀,真是不幸!

不幸中国偏只多这一种自大:古人所作所说的事,没一件不好,遵行还怕不及,怎敢说到改革? 这种爱国的自大的意见,虽各派略有不同,根柢总是一致,计算起来,可分作下列五种:

甲云:"中国地大物博,开化最早;道德天下第一。"这是完全自负。

乙云:"外国物质文明虽高,中国精神文明更好。"

丙云:"外国的东西,中国都已有过,某种科学,即某子所说的云云",这两种都是"古今中外派"的支流;依据张之洞的格言,以"中学为体西学为用"的人物。

丁云:"外国也有叫花子——(或云)也有草舍——娼妓——臭虫。"这是消极的反抗。

戊云:"中国便是野蛮的好。"又云:"你说中国思想昏乱,那正是我民族所造成的事业的结晶。从祖先昏乱起,直要昏乱到子孙;从过去昏乱起,直要昏乱到未来……(我们是四万万人,)你能把我们灭绝么?"这比"丁"更进一层,不去拖人下水,反以自己的丑恶骄人;至于口气的强硬,却很有《水浒传》中牛二的态度。

五种之中,甲乙丙丁的话,虽然已很荒谬,但同戊比较,尚觉情有可原,因为他们还有一点好胜心存在。譬如衰败人家的子弟,看见别家兴旺,多说大话,摆出大家架子;或寻求人家一点破绽,聊给自己解嘲。这虽然极是可笑,但比那一种掉了鼻子,还说是祖传老病,夸示于众的人,总要算略高一步了。

【评析:此段是对以上五种"表现形式"的总的分析评价,点明其自欺欺人的虚荣心理,进而将前四种归为一类和第五种通过形象的比喻进行对比,强调了第五种程度更严重,危害更大,后文做进一步分析说明。】

戊派的爱国论最晚出,我听了也最寒心;这不但因其居心可怕,实因他所说的更为实在的缘故。

【评析:说明"最寒心"的具体原因,此处所谓"实在",就是存在于中国历史和当下的无法驳斥的客观事实,后文做进一步阐释】

昏乱的祖先,养出昏乱的子孙,正是遗传的定理。民族根性造成之后,无论好坏,改变都不容易的。法国 G. LeBon 著《民族进化的心理》中,说及此事道(原文已忘,今但举其大意)——"我们一举一动,虽似自主,其实多受死鬼的牵制。将我们一代的人,和先前几百代的鬼比较起来,数目上就万不能敌了。"我们几百代的祖先里面,昏乱的人,定然不少:有讲道学的儒生,也有讲阴阳五行的道士,有静坐炼丹的仙人,也有打脸打把子的戏子。所以我们现在虽想好好做"人",难保血管里的昏乱分子不来作怪,我们也不由自主,一变而为研究丹田脸谱的人物:这真是大可寒心的事。

【评析:照应此段第一句"戊派的爱国论最晚出,我听了也最寒心",后文转为对此的解决办法的探讨】但我总希望这昏乱思想遗传的祸害,不至于有梅毒那样猛烈,竟至百无一免。即使同梅毒一样,现在发明了六百零六,肉体上的病,既可医治;我希望也有一种七百零七的药,可以医治思想上的病。这药原来也已发明,就是"科学"一味。只希望那班精神上掉了鼻子的朋友,不要又打着"祖传老病"的旗号来反对吃药,中国的昏乱病,便也总有痊愈的一天。祖先的势力虽大,但如从现代起,立意改变:扫除了昏乱的心思,和助成昏乱的物事(儒道两派的文书),再用了对症的药,即使不能立刻奏效,也可把那病毒略略屡淡。

如此几代之后待我们成了祖先的时候,就可以分得昏乱祖先的若干势力,那时便有转机,LeBon 所说的事,也不足怕了。

以上是我对于"不长进的民族"的疗救方法;至于"灭绝"一条,那是全不成话,可不必说。"灭绝"这两个可怕的字,岂是我们人类应说的? 只有张献忠这等人曾有如此主张,至今为人类唾骂;而且于实际上发生出什么效验呢? 但我有一句话,要劝戊派诸公。"灭绝"这句话,只能吓人,却不能吓倒自然。他是毫无情面:他看见有自向灭绝这条路走的民族;便请他们灭绝,毫不客气。我们自己想活,也希望别人都活;不忍说他人的灭绝,又怕他们自己走到灭绝的路上,把我们带累了也灭绝,所以在此着急。倘使不改现状,反能兴旺,能得真实自由的幸福生活,那就是做野蛮也很好——但可有人敢答应说"是"么?

【评析:鲁迅(随感录三十八)写于 1918 年,当时新文化思潮已经涌动,新、旧文化的代表人物开始交锋;次年五四运动爆发。】

随感录·四十八

《随感录·四十八》一九一九年二月十五日初刊于《新青年》第六卷第二号，署名俟；后收入一九二五年十一月北京北新书局出版的《热风》。

中国人对于异族，历来只有两样称呼：一样是禽兽，一样是圣上。从没有称他朋友，说他也同我们一样的。

古书里的弱水，竟是骗了我们：闻所未闻的外国人到了；交手几回，渐知道"子曰诗云"似乎无用，于是乎要维新。维新以后，中国富强了，用这学来的新，打出外来的新，关上大门，再来守旧。

可惜维新单是皮毛，关门也不过一梦。外国的新事理，却愈来愈多，愈优胜，"子曰诗云"也愈挤愈苦，愈看愈无用。于是从那两样旧称呼以外，别想了一样新号："西哲"，或曰"西儒"。

他们的称号虽然新了，我们的意见却照旧。因为"西哲"的本领虽然要学，"子曰诗云"也更要昌明。换几句话，便是学了外国本领，保存中国旧习。本领要新，思想要旧。要新本领旧思想的新人物，驮了旧本领旧思想的旧人物，请他发挥多年经验的老本领。一言以蔽之：前几年谓之"中学为体，西学为用"，这几年谓之"因时制宜，折中至当"。

其实世界上决没有这样如意的事。即使一头牛，连生命都牺牲了，尚且祀了孔便不能耕田，吃了肉便不能搾乳。何况一个人先须自己活着，又要驮了前辈先生活着；活着的时候，又须恭听前辈先生的折中：早上打拱，晚上握手；上午"声光化电"，下午"子曰诗云"呢？

社会上最迷信鬼神的人，尚且只能在赛会这一日抬一回神舆。不知那些学"声光化电"的"新进英贤"，能否驮着山野隐逸，海滨遗老，折中一世？

"西哲"易卜生盖以为不能,以为不可。所以借了 Brand 的嘴说: "All or nothing!"'

【评析:鲁迅先生是新文化运动的领头人。他领导广大知识分子拨开封建思想的迷雾,带领国人一步步走向光明。在这篇文章的开头鲁迅先生毫不避讳地说出了千年封建政治对于国民个性和国家文化的摧残。

在接下来的几段中,鲁迅先生为我们阐述了他的观点。用一句古话来说,即鱼与熊掌不可兼得也。几千年封建文化的沉积,与工业革命后先进的外国技术,国人既不想推翻他们祖先所立下的制度,又渴望与欧洲大国平起平坐,不管是普通国人,还是那些改革者,都渴望找到一个契合点,他们努力着。可鲁迅先生跳出了这个圆圈,他站在一个新的高度,明确地说,不可能!就是可以,也不过是用先进的技术服务于落后的制度,不过是统治者的工具,最终实现不了富强。

最后,鲁迅先生引用易卜生的话说,落后的封建思想最终不可能与先进的技术并存,思想必定统治技术,国人仍旧无法摆脱被奴役的地位,中国亦无法实现真正的富强。如果两种并存,我们不如用我们的双手去推翻落后的制度,建立一个新的社会,虚心向外国学习,真正实现国之富强。】

忽然想到·四

《忽然想到·四》初刊于一九二五年二月二十日《京报副刊》，后收入一九二六年六月北京北新书局出版的《华盖集》。

先前，听到二十四史不过是"相斫书"，是"独夫的家谱"一类的话，便以为诚然。后来自己看起来，明白了：何尝如此。

【评析：首先点明史书不仅仅是"相斫书"和"独夫的家谱"那么简单，后文做进一步说明】

历史上都写着中国的灵魂，指示着将来的命运，只因为涂饰太厚，废话太多，所以很不容易察出底细来。正如通过密叶投射在莓苔上面的月光，只看见点点的碎影。但如看野史和杂记，可更容易了然了，因为他们究竟不必太摆史官的架子。

秦汉远了，和现在的情形相差已多，且不道。元人著作寥寥。至于唐宋明的杂史之类，则现在多有。试将记五代，南宋，明末的事情的，和现今的状况一比较，就当惊心动魄于何其相似之甚，仿佛时间的流逝，独与我们中国无关。现在的中华民国也还是五代，是宋末，是明季。

【评析：此段列举实例说明史书"指示着将来的命运"，由此可推导得出结论：现在的中华民国也还是五代，是宋末，是明季。】

以明末例现在，则中国的情形还可以更腐败，更破烂，更凶酷，更残虐，现在还不算达到极点。但明末的腐败破烂也还未达到极点，因为李自成张献忠闹起来了。而张李的凶酷残虐也还未达到极点，因为满洲兵进来了。

【评析：此段从明末到清到中华民国这段历史"腐败、破烂、凶酷、残虐"愈演愈烈的趋势，加以推导得出结论：现在的中华民国是历史上最"腐败、破烂、凶酷、残虐"的时期。】

难道所谓国民性者，真是这样地难于改变的么？倘如此，将来的命运便大略可想了,也还是一句烂熟的话:古已有之。【评析:此段由上文推导历史的方法,推导"中国将来的命运",虽未明说,但其实也暗示了中国将来仍然是历史的重演】伶俐人实在伶俐,所以,决不攻难古人,摇动古例的。古人做过的事,无论什么,今人也都会做出来。而辩护古人,也就是辩护自己。况且我们是神州华胄,敢不"绳其祖武"么?

【评析:此段由上文推导历史的方法,来解释何以"伶俐人""决不攻难古人,摇动古例"反而提倡"复古""保存国粹"的原因:因为"古即为今",所以"辩护古人,也就是辩护自己"。这些人不仅因其"伶俐"而左右逢源,而且成为阻碍社会改良的主要因素。】

幸而谁也不敢十分决定说:国民性是决不会改变的。在这"不可知"中,虽可有破例——即其情形为从来所未有——的灭亡的恐怖,也可以有破例的复生的希望,这或者可作改革者的一点慰藉罢。

但这一点慰藉,也会勾销在许多自诩古文明者流的笔上,淹死在许多诬告新文明者流的嘴上,扑灭在许多假冒新文明者流的言动上,因为相似的老例,也是"古已有之"的。

其实这些人是一类,都是伶俐人,也都明白,中国虽完,自己的精神是不会苦的——因为都能变出合式的态度来。倘有不信,请看清朝的汉人所做的颂扬武功的文章去,开口"大兵",闭口"我军",你能料得到被这"大兵""我军"所败的就是汉人的么?你将以为汉人带了兵将别的一种什么野蛮腐败民族歼灭了。

【评析:此段是通过实例阐释"伶俐人能变出合式的态度"的具体表现,并揭露其无操守、无羞耻、卖国求荣的实质。】

然而这一流人是永远胜利的,大约也将永久存在。在中国,惟他们最适于生存,而他们生存着的时候,中国便永远免不掉反复着先前的运命。

"地大物博,人口众多",用了这许多好材料,难道竟不过老是演一出轮回把戏而已么?

【评析:最后总结全文,抒发感想,"难道"、"竟"、"不过"、"老是"、"而已"等字眼表达了作者对沉痛惋惜之情和对中国未来深切的忧虑。】

二月十六日

看镜有感

《看镜有感》一九二五年三月二日初刊于《语丝》周刊第十六期，后收入一九二七年三月北京未名社出版的《坟》。

因为翻衣箱，翻出几面古铜镜子来，大概是民国初年初到北京时候买在那里的，"情随事迁"，全然忘却，宛如见了隔世的东西了。

一面圆径不过二寸，很厚重，背面满刻蒲陶，还有跳跃的鼯鼠，沿边是一圈小飞禽。古董店家都称为"海马葡萄镜"。

但我的一面并无海马，其实和名称不相当。记得曾见过另一面，是有海马的，但贵极，没有买。这些都是汉代的镜子；后来也有模造或翻沙者，花纹可造粗拙得多了。汉武通大宛安息，以致天马葡萄，大概当时是视为盛事的，所以便取作什器的装饰。古时，于外来物品，每加海字，如海榴，海红花，海棠之类。海即现在之所谓洋，海马译成今文，当然就是洋马。镜鼻是一个蛤蟆，则因为镜如满月，月中有蟾蜍之故，和汉事不相干了。

遥想汉人多少闳放，新来的动植物，即毫不拘谨，来充装饰的花纹。唐人也还不算弱，例如汉人的墓前石兽，多是羊虎，天禄，辟邪，而长安的昭陵上，却刻着带箭的骏马，还有一匹驼鸟，则办法简直前无古人。现今在坟墓上不待言，即平常的绘画，可有人敢用一朵洋花一只洋鸟，即私人的印章，可有人肯用一个草书一个俗字么？许多雅人，连记年月也必是甲子，怕用民国纪元。不知道是没有如此大胆的艺术家；还是虽有而民众都加迫害，他于是乎只得萎缩，死掉了？

宋的文艺，现在似的国粹气味就熏人。然而辽金元陆续进来了，这消息很耐寻味。汉唐虽然也有边患，但魄力究竟雄大，人民具有不至于为异族奴隶的自信心，或者竟毫未想到，凡取用外来事物的时候，就如将被俘来一样，自由驱使，绝不介怀。一到衰敝陵夷之际，神经可就衰弱过敏了，每遇外国东西，便觉得仿佛彼来俘我一样，推拒，惶恐，退缩，逃避，抖成一团，又必想一篇道理来掩饰，而国粹遂成为屠王和屠奴的宝贝。

无论从那里来的，只要是食物，壮健者大抵就无需思索，承认是吃的东西。惟有衰病的，却总常想到害胃，伤身，特有许多禁条，许多避忌；还有一大套比较厉害而终于不得要领的理由，例如吃固无妨，而不吃尤稳，食之或当有益，然究以不吃为宜云云之类。但这一类人物总要日见其衰弱的，因为他终日战战兢兢，自己先已失了活气了。

不知道南宋比现今如何，但对外敌，却明明已经称臣，惟独在国内特多繁文缛节以及唠叨的碎话。正如倒霉人物，偏多忌讳一般，豁达闳大之风消歇净尽了。直到后来，都没有什么大变化。我曾在古物陈列所所陈列的古画上看见一颗印文，是几个罗马字母。但那是所谓"我圣祖仁皇帝"的印，是征服了汉族的主人，所以他敢；汉族的奴才是不敢的。便是现在，便是艺术家，可有敢用洋文的印的么？

清顺治中，时宪书上印有"依西洋新法"五个字，痛哭流涕来劾洋人汤若望的偏是汉人杨光先。直到康熙初，争胜了，就教他做钦天监正去，则又叩阍以"但知推步之理不知推步之数"辞。不准辞，则又痛哭流涕地来做《不得已》，说道"宁可使中夏无好历法，不可使中夏有西洋人"。然而终于连闰月都算错了，他大约以为好历法专属于西洋人，中夏人自己是学不得，也学不好的。但他竟论了大辟，可是没有杀，放归，死于途中了。汤若望入中国还在明崇祯初，其法终未见用；后来阮元论之曰："明季君臣以大统浸疏，开局修正，既知新法之密，而讫未施行。圣朝定鼎，以其法造时宪书，颁行天下。彼十余年辩论翻译之劳，若以备我朝之采用者，斯亦奇矣！……我国家圣圣相传，用人行政，惟求其是，而不先设成心。即是一端，可以仰见如天之度量矣！"（《畴人传》四十五）

现在流传的古镜们，出自冢中者居多，原是殉葬品。但我也有一面日用镜，薄而且大，规抚汉制，也许是唐代的东西。那证据是：一，镜鼻已多磨损；二，镜面的沙眼都用别的铜来补好了。当时在妆阁中，曾照唐人的额黄和眉绿，现在却监禁在我的衣箱里，它或者大有今昔之感罢。

但铜镜的供用,大约道光咸丰时候还与玻璃镜并行;至于穷乡僻壤,也许至今还用着。我们那里,则除了婚丧仪式之外,全被玻璃镜驱逐了。然而也还有余烈可寻,倘街头遇见一位老翁,肩了长凳似的东西,上面缚着一块猪肝色石和一块青色石,试仁听他的叫喊,就是"磨镜,磨剪刀!"

宋镜我没有见过好的,什九并无藻饰,只有店号或"正其衣冠"等类的迂铭词,真是"世风日下"。但是要进步或不退步,总须时时自出心裁,至少也必取材异域,倘若各种顾忌,各种小心,各种唠叨,这么做即违了祖宗,那么做又像了夷狄,终生惴惴如在薄冰上,发抖尚且来不及,怎么会做出好东西来。所以事实上"今不如古"者,正因为有许多唠叨着"今不如古"的诸位先生们之故。现在情形还如此。倘再不放开度量,大胆地,无畏地,将新文化尽量地吸收,则杨光先似的向西洋主人沥陈中夏的精神文明的时候,大概是不劳久待的罢。

但我向来没有遇见过一个排斥玻璃镜子的人。单知道咸丰年间,汪曰桢先生却在他的大著《湖雅》里攻击过的。他加以比较研究之后,终于决定还是铜镜好。最不可解的是:他说,照起面貌来,玻璃镜不如铜镜之准确。莫非那时的玻璃镜当真坏到如此,还是因为他老先生又带上了国粹眼镜之故呢?我没有见过古玻璃镜。这一点终于猜不透。

一九二五年二月九日

【评析:《看镜有感》是鲁迅杂文中的奇文。作家通过文物与历史文化、人物与历史文化的互证,发掘出汉代铜镜背后的世态人心、精神气象和文化奥意,文章以文化分析与历史分析相结合的方法,对拿来主义和排外主义的奴才文化进行了生动的辨析。《看镜有感》对我们在新的历史条件下如何接受外来文化,提供着深刻的启示。】

灯下漫笔

《灯下漫笔》一九二五年五月一日、二十二日初刊于《莽原》周刊第二期、第五期，后收入一九二七年三月北京未名社出版的《坟》。

一

有一时，就是民国二三年时候，北京的几个国家银行的钞票，信用日见其好了，真所谓蒸蒸日上。听说连一向执迷于现银的乡下人，也知道这既便当，又可靠，很乐意收受，行使了。

至于稍明事理的人，则不必是"特殊知识阶级"，也早不将沉重累坠的银元装在怀中，来自讨无谓的苦吃。想来，除了多少对于银子有特别嗜好和爱情的人物之外，所有的怕大都是钞票了罢，而且多是本国的。但可惜后来忽然受了一个不小的打击。

就是袁世凯想做皇帝的那一年，蔡松坡先生溜出北京，到云南去起义。这边所受的影响之一，是中国和交通银行的停止兑现。虽然停止兑现，政府勒令商民照旧行用的威力却还有的；商民也自有商民的老本领，不说不要，却道找不出零钱。假如拿几十几百的钞票去买东西，我不知道怎样，但倘使只要买一支笔，一盒烟卷呢，难道就付给一元钞票么？不但不甘心，也没有这许多票。那么，换铜元，少换几个罢，又都说没有铜元。那么，到亲戚朋友那里借现钱去罢，怎么会有？于是降格以求，不讲爱国了，要外国银行的钞票。但外国银行的钞票这时就等于现银，他如果借给你这钞票，也就借给你真的银元了。

我还记得那时我怀中还有三四十元的中交票，可是忽而变了一个穷人，几乎要绝食，很有些恐慌。俄国革命以后的藏着纸卢布的富翁的心情，恐怕也就这样的罢；至多，不过更深更大罢了。我只得探听，钞票可能折价换到现银呢？说是没有行市。幸而终于，暗暗地有了行市了：六折几。我非常高兴，赶紧去卖了一半。后来又涨到七折了，我更非常高兴，全去换了现银，沉垫垫地坠在怀中，似乎这就是我的性命的斤两。倘在平时，钱铺子如果少给我一个铜元，我是决不答应的。

但我当一包现银塞在怀中，沉垫垫地觉得安心，喜欢的时候，却突然起了另一思想，就是：我们极容易变成奴隶，而且变了之后，还万分喜欢。

假如有一种暴力，"将人不当人"，不但不当人，还不及牛马，不算什么东西；待到人们羡慕牛马，发生"乱离人，不及太平犬"的叹息的时候，然后给与他略等于牛马的价格，有如元朝定律，打死别人的奴隶，赔一头牛，则人们便要心悦诚服，恭颂太平的盛世。为什么呢？因为他虽不算人，究竟已等于牛马了。

我们不必恭读《钦定二十四史》，或者入研究室，审察精神文明的高超。只要一翻孩子所读的《鉴略》——还嫌烦重，则看《历代纪元编》，就知道"三千余年古国古"的中华，历来所闹的就不过是这一个小玩艺。但在新近编纂的所谓"历史教科书"一流东西里，却不大看得明白了，只仿佛说：咱们向来就很好的。

但实际上，中国人向来就没有争到过"人"的价格，至多不过是奴隶，到现在还如此，然而下于奴隶的时候，却是数见不鲜的。中国的百姓是中立的，战时连自己也不知道属于那一面，但又属于无论那一面。强盗来了，就属于官，当然该被杀掠；官兵既到，该是自家人了罢，但仍然要被杀掠，仿佛又属于强盗似的。这时候，百姓就希望有一个一定的主子，拿他们去做百姓，——不敢，是拿他们去做牛马，情愿自己寻草吃，只求他决定他们怎样跑。

假使真有谁能够替他们决定，定下什么奴隶规则来，自然就"皇恩浩荡"了。可惜的是往往暂时没有谁能定。举其大者，则如五胡十六国的时候，黄巢的时候，五代时候，宋末元末时候，除了老例的服役纳粮以外，都还要受意外的灾殃。张献忠的脾气更古怪了，不服役纳粮的要杀，服役纳粮的也要杀，敌他的要杀，降他的也要杀：将奴隶规则毁得粉碎。这时候，百姓就希望来一个另外的主子，较为顾及他们的奴隶规则的，无论仍旧，或者新颁，总之是有一种规则，使他们可上奴隶的轨道。

“时日曷丧，予及汝偕亡！”愤言而已，决心实行的不多见。实际上大概是群盗如麻，纷乱至极之后，就有一个较强，或较聪明，或较狡猾，或是外族的人物出来，较有秩序地收拾了天下。厘定规则：怎样服役，怎样纳粮，怎样磕头，怎样颂圣。而且这规则是不像现在那样朝三暮四的。于是便“万姓胪欢”了；用成语来说，就叫作“天下太平”。

任凭你爱排场的学者们怎样铺张，修史时候设些什么“汉族发祥时代”“汉族发达时代”“汉族中兴时代”的好题目，好意诚然是可感的，但措辞太绕弯子了。有更其直截了当的说法在这里——

一，想做奴隶而不得的时代；

二，暂时做稳了奴隶的时代。

这一种循环，也就是“先儒”之所谓“一治一乱”；那些作乱人物，从后日的“臣民”看来，是给“主子”清道辟路的，所以说：“为圣天子驱除云尔。”

现在入了哪一时代，我也不了然。但看国学家的崇奉国粹，文学家的赞叹固有文明，道学家的热心复古，可见于现状都已不满了。然而我们究竟正向着那一条路走呢？百姓是一遇到莫名其妙的战争，稍富的迁进租界，妇孺则避入教堂里去了，因为那些地方都比较的“稳”，暂不至于想做奴隶而不得。总而言之，复古的，避难的，无智愚贤不肖，似乎都已神往于三百年前的太平盛世，就是“暂时做稳了奴隶的时代”了。

但我们也就都像古人一样，永久满足于“古已有之”的时代么？都像复古家一样，不满于现在，就神往于三百年前的太平盛世么？

自然，也不满于现在的，但是，无须反顾，因为前面还有道路在。而创造这中国历史上未曾有过的第三样时代，则是现在的青年的使命！

【评析：作者一上来讲了一个“钞票换银元”的例子，那还是在十年以前，袁世凯称帝，蔡锷发兵声讨，北京的军阀当局乱成一团，在这样的历史背景下，北京的市民忙着换银元，自然不失为对北洋军阀统治表示怀疑和不满的一种表现。可贵的是鲁迅不但没有忘掉往事，还在“念念不忘”之余作出了独特而深入的开掘，察觉到了市民群众不思根本反抗、但求苟安保守的心理状态，更可贵的是鲁迅在议论时毫不犹豫地把自己也摆了进去，沉痛地写道："但我当一包现银塞在怀中，沉垫垫地觉得安心，喜欢的时候，却突然起了另一思想，就是：我们极容易变成奴隶，而且变了之后，还万分喜欢。"这番独立成段的议论和感叹，何等突兀醒目，出人意料！作者正是经过这么一番归结和顿挫，随即改用汪洋恣肆的笔法，广泛援引各种史料和实例，多方面地进行剖析和鞭挞，闪耀出灼热的逼人的光芒。】

二

但是赞颂中国固有文明的人们多起来了，加之以外国人。我常常想，凡有来到中国的，倘能疾首蹙额而憎恶中国，我敢诚意地奉献我的感谢，因为他一定是不愿意吃中国人的肉的！

鹤见祐辅（又，鹤见钧辅）氏在《北京的魅力》中，记一个白人将到中国，预定的暂住时候是一年，但五年之后，还在北京，而且不想回去了。有一天，他们两人一同吃晚饭——

"在圆的桃花心木的食桌前坐定，川流不息地献着山海的珍味，谈话就从古董，画，政治这些开头。电灯上罩着支那式的灯罩，淡淡的光洋溢于古物罗列的屋子中。什么无产阶级呀，Proletariat 呀那些事，就像不过在什么地方刮风。

"我一面陶醉在支那生活的空气中，一面深思着对于外人有着'魅力'的这东西。元人也曾征服支那，而被征服于汉人种的生活美了；满人也征伐支那，而被征服于汉人种的生活美了。现在西洋人也一样，嘴里虽然说着 Democracy 呀，什么什么呀，而却被魅于支那人费六千年而建筑起来的生活的美。一经住过北京，就忘不掉那生活的味道。大风时候的万丈的沙尘，每三月一回的督军们的开战游戏，都不能抹去这支那生活的魅力。"

这些话我现在还无力否认他。我们的古圣先贤既给与我们保古守旧的格言，但同时也排好了用子女玉帛所做的奉献于征服者的大宴。中国人的耐劳，中国人的多子，都就是办酒的材料，到现在还为我们的爱国者所自诩的。西洋人初入中国时，被称为蛮夷，自不免个个蹙额，但是，现在则时机已至，到了我们将曾经献于北魏，献于金，献于元，献于清的盛宴，来献给他们的时候了。出则汽车，行则保护：虽遇

104

清道,然而通行自由的;虽或被劫,然而必得赔偿的;孙美瑶掳去他们站在军前,还使官兵不敢开火。何况在华屋中享用盛宴呢?待到享受盛宴的时候,自然也就是赞颂中国固有文明的时候;但是我们的有些乐观的爱国者,也许反而欣然色喜,以为他们将要开始被中国同化了罢。古人曾以女人作苟安的城堡,美其名以自欺曰"和亲",今人还用子女玉帛为作奴的赞敬,又美其名曰"同化"。所以倘有外国的谁,到了已有赴宴的资格的现在,而还替我们诅咒中国的现状者,这才是真有良心的真可佩服的人!

但我们自己是早已布置妥帖了,有贵贱,有大小,有上下。自己被人凌虐,但也可以凌虐别人;自己被人吃,但也可以吃别人。一级一级地制驭着,不能动弹,也不想动弹了。因为倘一动弹,虽或有利,然而也有弊。我们且看古人的良法美意罢——

"天有十日,人有十等。下所以事上,上所以共神也。故王臣公,公臣大夫,大夫臣士,士臣皂,皂臣舆,舆臣隶,隶臣僚,僚臣仆,仆臣台。"(《左传》昭公七年)

但是"台"没有臣,不是太苦了么?无须担心的,有比他更卑的妻,更弱的子在。而且其子也很有希望,他日长大,升而为"台",便又有更卑更弱的妻子,供他驱使了。如此连环,各得其所,有敢非议者,其罪名曰不安分!

虽然那是古事,昭公七年离现在也太辽远了,但"复古家"尽可不必悲观的。太平的景象还在:常有兵燹,常有水旱,可有谁听到大叫唤么?打的打,革的革,可有处士来横议么?对国民如何专横,向外人如何柔媚,不犹是差等的遗风么?中国固有的精神文明,其实并未为共和二字所埋没,只有满人已经退席,和先前稍不同。

因此我们在目前,还可以亲见各式各样的筵宴,有烧烤,有翅席,有便饭,有西餐。但茅檐下也有淡饭,路旁也有残羹,野上也有饿莩;有吃烧烤的身价巨资的阔人,也有饿得垂死的每斤八文的孩子(见《现代评论》二十一期)。所谓中国的文明者,其实不过是安排给阔人享用的人肉的筵宴。所谓中国者,其实不过是安排这人肉的宴席的厨房。不知道而赞颂者是可恕的,否则,此辈当得永远的诅咒!

外国人中,不知道而赞颂者,是可恕的;占了高位,养尊处优,因此受了蛊惑,昧却灵性而赞叹者,也还可恕的。可是还有两种,其一是以中国人为劣种,只配悉照原来模样,因而故意称赞中国的旧物。其一是愿世间人各不相同以增自己旅行的兴趣,到中国看辫子,到日本看木屐,到高丽看笠子,倘若服饰一样,便索然无味了,因而来反对亚洲的欧化。这些都可憎恶。至于罗素在西湖见轿夫含笑,便赞美中国人,则也许别有意思罢。但是,轿夫如果能对坐轿的人不含笑,中国也早不是现在似的中国了。

这文明,不但使外国人陶醉,也早使中国一切人们无不陶醉而且至于含笑。因为古代传来而至今还在的许多差别,使人们个个分离,遂不能再感到别人的痛苦;并且因为自己各有奴使别人,吃掉别人的希望,便也就忘却自己同有被奴使被吃掉的将来。于是大小无数的人肉的筵宴,即从有文明以来一直排到现在,人们就在这会场中吃人,被吃,以凶人的愚妄的欢呼,将悲惨的弱者的呼号遮掩,更不消说女人和小儿。

这人肉的宴席现在还排着,有许多人还想一直排下去。

扫荡这些食人者,掀掉这筵席,毁坏这厨房,则是现在的青年的使命!

一九二五年四月二十九日

【评析:如果说第一部分采取"纵"的写法,致力于剖析我国几千年"治乱"史的话,那么,第二部分就纵横交错——同时把目光射向国外,增添了反对帝国主义侵略的内容。作者先是不加评述地引用了鹤见祐辅《北京的魅力》中一大段描述,然后扣住引文中所说的山珍海味,巧妙而犀利地围绕"盛宴"生发开去,得出了一个极其尖锐的结论:外国人"赞颂中国固有文明"之际,亦即昂首前来"赴宴"——处心积虑地剥削中国广大人民之时。像这种移花接木、顺流而下的写法,既避免了叠床架屋,另砌炉灶,又极大地增加了文章的讽刺效果。

为了加强文章的说服力,第二部分还广泛地采用了对照和比较的手法。一方面,帝国主义者赞颂中国固有文明,明明是为了更好地进行侵略和掠夺,另方面,某些满脑袋传统观念的中国人却"欣然色喜",

106

错误地以为中国的"固有文明"真有"同化"外国人的威力。通过这番对照，作者既揭露了侵略者的贪婪和狡猾，也鞭挞了一部分中国人的愚昧和无知。而这，不用说又是和第一部分揭示的"奴隶心态"相反相成，互为因果的。

第二部分行文越到后来越是悲愤、泼辣、尖锐，直到最后，作者又一次激昂地呼喊道："扫荡这些食人者，掀掉这筵席，毁坏这厨房，则是现在的青年的使命！"这番呼喊既是第二部分的高潮，又和第一部分的结尾遥相呼应，共同体现了鲁迅对青年的热烈企盼。

鲁迅的作品"是当之无愧的中国近代社会的百科全书"（李泽厚：《略论鲁迅思想的发展》）。这自然是指鲁迅的全部作品特别是所有杂文而言的，但仅就《灯下漫笔》而论，它引述史料典籍之广，时间跨度之长，援引现实事例之多，着实令人惊叹。所有这些史料和实例，平时分散在各处，读者见了也许不以为奇，但一经鲁迅这位杰出的思想家汇集一处，略作分析，便立刻洞幽烛隐，真相毕现。加上作者冷峻悲愤的语言、入木三分的讽刺、跌宕起伏的结构，更使文章具有雄辩的感人的艺术魅力。】

送灶日漫笔

《送灶日漫笔》初刊于一九二六年二月十一日《国民新报副刊》，后收入一九二七年五月北京北新书局出版的《华盖集续编》。

坐听着远远近近的爆竹声，知道灶君先生们都在陆续上天，向玉皇大帝讲他的东家的坏话去了，但是他大概终于没有讲，否则，中国人一定比现在要更倒霉。

灶君升天的那日，街上还卖着一种糖，有柑子那么大小，在我们那里也有这东西，然而扁的，像一个厚厚的小烙饼。那就是所谓"胶牙饧"了。本意是在请灶君吃了，粘住他的牙，使他不能调嘴学舌，对玉帝说坏话。我们中国人意中的神鬼，似乎比活人要老实些，所以对鬼神要用这样的强硬手段，而于活人却只好请吃饭。

【评析：灶君自上一年除夕就一直留在家中，以护佑和监察一家。转眼间灶君又要升天了，去向玉帝汇报这一家人的善行或恶行，玉帝根据灶君的汇报，再将这一家在新的一年中应该得到的吉凶福祸的命运交给灶王爷。对这尊"司命菩萨"，国人当然极为重视。然而，他们对于鬼神的手段却近乎游戏。】

今之君子往往讳言吃饭，尤其是请吃饭。那自然是无足怪的，的确不大好听。只是北京的饭店那么多，饭局那么多，莫非都在食蛤蜊，谈风月，"酒酣耳热而歌呜呜"么？不尽然的，的确也有许多"公论"从这些地方播种，只因为公论和请帖之间看不出蛛丝马迹，所以议论便堂哉皇哉了。但我的意见，却以为还是酒后的公论有情。人非木石，岂能一味谈理，碍于情面而偏过去了，在这里正有着人气息。况且中国是一向重情面的。何谓情面？明朝就有人解释过，曰："情面者，面情之谓也。"自然不知道他说什么，但也就可以懂得他说什么。在现今的世上，要有不偏不倚的公论，本来是一种梦想；即使是饭后的公评，

108

酒后的宏议,也何尝不可姑妄听之呢。然而,倘以为那是真正老牌的公论,却一定上当——但这也不能独归罪于公论家,社会上风行请吃饭而讳言请吃饭,使人们不得不虚假,那自然也应该分任其咎的。

【评析:然而,用麦芽糖粘住嘴的办法,用之于活人是不行的,因为活人比鬼神心眼多!活人却只好吃饭喝酒了。中国人做事,感情大于法理,这是情面文化。鲁迅言及"吃"与"公论",许多"公论"就从酒桌上播种。酒后"公论"自有情,却大抵不靠谱的。】

记得好几年前,是"兵谏"之后,有枪阶级专喜欢在天津会议的时候,有一个青年愤愤地告诉我道:他们那里是会议呢,在酒席上,在赌桌上,带着说几句就决定了。他就是受了"公论不发源于酒饭说"之骗的一个,所以永远是愤然,殊不知他那理想中的情形,怕要到二九二五年才会出现呢,或者竟许到三九二五年。

然而不以酒饭为重的老实人,却是的确也有的,要不然,中国自然还要坏。有些会议,从午后二时起,讨论问题,研究章程,此问彼难,风起云涌,一直到七八点,大家就无端觉得有些焦躁不安,脾气愈大了,议论愈纠纷了,章程愈渺茫了,虽说我们到讨论完毕后才散罢,但终于一哄而散,无结果。这就是轻视了吃饭的报应,六七点钟时分的焦躁不安,就是肚子对于本身和别人的警告,而大家误信了吃饭与讲公理无关的妖言,毫不瞅睬,所以肚子就使你演说也没精彩,宣言也——连草稿都没有。

但我并不说凡有一点事情,总得到什么太平湖饭店,撷英番菜馆之类里去开大宴;我于那些店里都没有股本,犯不上替他们来拉主顾,人们也不见得都有这么多的钱。我不过说,发议论和请吃饭,现在还是有关系的;请吃饭之于发议论,现在也还是有益处的;虽然,这也是人情之常,无足深怪的。

顺便还要给热心而老实的青年们进一个忠告,就是没酒没饭的开会,时候不要开得太长,倘若时候已晚了,那么,买几个烧饼来吃了再说。这么一办,总可以比空着肚子的讨论容易有结果,容易得收场。

胶牙饧的强硬办法,用在灶君身上我不管它怎样,用之于活人是不大好的。倘是活人,莫妙于给他醉饱一次,使他自己不开口,却不是胶住他。中国人对人的手段颇高明,对鬼神却总有些特别,二十三夜的捉弄灶君即其一例,但说起来也奇怪,灶君竟至于到了现在,还仿佛没有省悟似的。

道士们的对付"三尸神",可是更利害了。我也没有做过道士,详细是不知道的,但据"耳食之言",则道士们以为人身中有三尸神,到有一日,便乘人熟睡时,偷偷地上天去奏本身的过恶。这实在是人体本身中的奸细,《封神传演义》常说的"三尸神暴躁,七窍生烟"的三尸神,也就是这东西。但据说要抵制他却不难,因为他上天的日子是有一定的,只要这一日不睡觉,他便无隙可乘,只好将过恶都放在肚子里,再看明年的机会了。连胶牙饧都没得吃,他实在比灶君还不幸,值得同情。

三尸神不上天,罪状都放在肚子里;灶君虽上天,满嘴是糖,在玉皇大帝面前含含糊糊地说了一通,又下来了。对于下界的情形,玉皇大帝一点也听不懂,一点也不知道,于是我们今年当然还是一切照旧,天下太平。

我们中国人对于鬼神也有这样的手段。

我们中国人虽然敬信鬼神;却以为鬼神总比人们傻,所以就用了特别的方法来处治他。至于对人,那自然是不同的了,但还是用了特别的方法来处治,只是不肯说话;你一说,据说你就是鄙视了他了。诚然,自以为看穿了的话,有时也的确反不免于浅薄。

二月五日

【评析:中国人捉弄了灶君千百年,"但说起来也奇怪,灶君竟至于到了现在,还仿佛没有省悟似的";"对于下界的情形,玉皇大帝一点也听不懂,一点也不知道,于是我们今年当然还是一切照旧,天下太平"。其实,灶君未必这么呆傻,玉帝也未必这么糊涂,人更不用说。

祭灶,也就是图一吉祥图一乐。民俗中自有其道,你一年里做了什么事,神都知道,做人还是要善良,这就够了。什么都看破,就一点情趣也没有了。】

略论中国人的脸

《略论中国人的脸》初刊于一九二七年十一月二十五日《莽原》半月刊第二卷第二十一、二十二期合刊，后收入一九二八年十月上海北新书局出版的《而已集》。

大约人们一遇到不大看惯的东西，总不免以为他古怪。

我还记得初看见西洋人的时候，就觉得他脸太白，头发太黄，眼珠太淡，鼻梁太高。虽然不能明明白白地说出理由来，但总而言之：相貌不应该如此。至于对于中国人的脸，是毫无异议；即使有好丑之别，然而都不错的。

我们的古人，倒似乎并不放松自己中国人的相貌。周的孟轲就用眸子来判胸中的正不正，汉朝还有《相人》二十四卷。后来闹这玩意儿得尤其多；分起来，可以说有两派罢：一是从脸上看出他的智愚贤不肖；一是从脸上看出他过去，现在和将来的荣枯。于是天下纷纷，从此多事，许多人就都战战兢兢地研究自己的脸。我想，镜子的发明，恐怕这些人和小姐们是大有功劳的。不过近来前一派已经不大有人讲究，在北京上海这些地方捣鬼的都只是后一派了。

我一向只留心西洋人。留心的结果，又觉得他们的皮肤未免太粗；毫毛有白色的，也不好。皮上常有红点，即因为颜色太白之故，倒不如我们之黄。尤其不好的是红鼻子，有时简直像是将要熔化的蜡烛油，仿佛就要滴下来，使人看得栗栗危惧，也不及黄色人种的较为隐晦，也见得较为安全。总而言之：相貌还是不应该如此的。

后来，我看见西洋人所画的中国人，才知道他们对于我们的相貌也很不敬。那似乎是《天方夜谭》或者《安徒生童话》中的插画，现在不很记得清楚了。头上戴着拖花翎的红缨帽，一条辫子在空中飞扬，朝靴的粉底非常之厚。但这些都是满洲人连累我们的。独有两眼歪斜,张嘴露齿,却是我们自己本来的相貌。不过我那时想,其实并不尽然,外国人特地要奚落我们,所以格外形容得过度了。

但此后对于中国一部分人们的相貌,我也逐渐感到一种不满,就是他们每看见不常见的事件或华丽的女人,听到有些醉心的说话的时候,下巴总要慢慢挂下,将嘴张了开来。这实在不大雅观;仿佛精神上缺少着一样什么机件。据研究人体的学者们说,一头附着在上颚骨上,那一头附着在下颚骨上的"咬筋",力量是非常之大的。我们幼小时候想吃核桃,必须放在门缝里将它的壳夹碎。但在成人,只要牙齿好,那咬筋一收缩,便能咬碎一个核桃。有着这么大的力量的筋,有时竟不能收住一个并不沉重的自己的下巴,虽然正在看得出神的时候,倒也情有可原,但我总以为究竟不是十分体面的事。

日本的长谷川如是闲是善于做讽刺文字的。去年我见过他的一本随笔集,叫作《猫·狗·人》;其中有一篇就说到中国人的脸。大意是初见中国人,即令人感到较之日本人或西洋人,脸上总欠缺着一点什么。久而久之,看惯了,便觉得这样已经尽够,并不缺少东西;倒是看得西洋人之流的脸上,多余着一点什么。这多余着的东西,他就给它一个不大高妙的名目:兽性。中国人的脸上没有这个,是人,则加上多余的东西,即成了下列的算式:

$$人 + 兽性 = 西洋人$$

他借了称赞中国人,贬斥西洋人,来讥刺日本人的目的,这样就达到了,自然不必再说这兽性的不见于中国人的脸上,是本来没有的呢,还是现在已经消除。如果是后来消除的,那么,是渐渐净尽而只剩了人性的呢,还是不过渐渐成了驯顺。野牛成为家牛,野猪成为猪,狼成为狗,野性是消失了,但只足使牧人喜欢,于本身并无好处。人不过是人,不再夹杂着别的东西,当然再好没有了。倘不得已,我以为还不如带些兽性,如果合于下列的算式倒是不很有趣的:

$$人 + 家畜性 = 某一种人$$

中国人的脸上真可有兽性的记号的疑案,暂且中止讨论罢。我只要说近来却在中国人所理想的古今人的脸上,看见了两种多余。一到广州,我觉得比我所从来的厦门丰富得多的,是电影,而且大半是"国片",有古装的,有时装的。因为电影是"艺术",所以电影艺术家便将这两种多余加上去了。

古装的电影也可以说是好看,那好看不下于看戏;至少,决不至于有大锣大鼓将人的耳朵震聋。在"银幕"上,则有身穿不知何时何代的衣服的人物,缓慢地动作;脸正如古人一般死,因为要显得活,便只好加上些旧式戏子的昏庸。

时装人物的脸,只要见过清朝光绪年间上海的吴友如的《画报》的,便会觉得神态非常相像。《画报》所画的大抵不是流氓拆梢,便是妓女吃醋,所以脸相都狡猾。这精神似乎至今不变,国产影片中的人物,虽是作者以为善人杰士者,眉宇间也总带些上海洋场式的狡猾。可见不如此,是连善人杰士也做不成的。

听说,国产影片之所以多,是因为华侨欢迎,能够获利,每一新片到,老的便带了孩子去指点给他们看道:"看哪,我们的祖国的人们是这样的。"在广州似乎也受欢迎,日夜四场,我常见看客坐得满满。

广州现在也如上海一样,正在这样地修养他们的趣味。

可惜电影一开演,电灯一定熄灭,我不能看见人们的下巴。

四月六日

【评析:鲁迅给全体中国人"相"了一次脸,这一相便相出了中国国民普遍存在的"家畜性"。这家畜性的表现就是:驯服,忍耐。从"家畜性"里还滋生出了昏庸、麻木和狡猾的特性。这些连家畜性都不及的特性,使中国的国民性变得每况愈下。

鲁迅之所以要给国人相脸,之所以要通过国人脸相的气息揭示骨子里的卑怯和驯服,唯一的目的就是让这些"家畜"成为"不愿做奴隶的人们"。启示我们正视自己的病根,将奴性从心间和脸上多多洗去。至于反复赞扬"兽性",并不是要我们野蛮残忍,不是要我们每天伸出狼爪攫食绵羊的心肝,而是希望我们有足够的力量反抗非人的奴役和凌辱。】

宣传与做戏

《宣传与做戏》一九三一年十一月二十日初刊于《北斗》第一卷第三期,署名冬华;后收入一九三二年十月上海合众书店出版的《二心集》。

就是那刚刚说过的日本人,他们做文章论及中国的国民性的时候,内中往往有一条叫作"善于宣传"。看他的说明,这"宣传"两字却又不像是平常的"Propaganda",而是"对外说谎"的意思。

这宗话,影子是有一点的。譬如罢,教育经费用光了,却还要开几个学堂,装装门面;全国的人们十之九不识字,然而总得请几位博士,使他对西洋人去讲中国的精神文明;至今还是随便拷问,随便杀头,一面却总支撑维持着几个洋式的"模范监狱",给外国人看看。还有,离前敌很远的将军,他偏要大打电报,说要"为国前驱"。连体操班也不愿意上的学生少爷,他偏要穿上军装,说是"灭此朝食"。

不过,这些究竟还有一点影子;究竟还有几个学堂,几个博士,几个模范监狱,几个通电,几套军装。所以说是"说谎",是不对的。这就是我之所谓"做戏"。

但这普遍的做戏,却比真的做戏还要坏。真的做戏,是只有一时;戏子做完戏,也就恢复为平常状态的。杨小楼做《单刀赴会》,梅兰芳做《黛玉葬花》,只有在戏台上的时候是关云长,是林黛玉,下台就成了普通人,所以并没有大弊。倘使他们扮演一回之后,就永远提着青龙偃月刀或锄头,以关老爷,林妹妹自命,怪声怪气,唱来唱去,那就实在只好算是发热昏了。

不幸因为是"天地大戏场",可以普遍的做戏者,就很难有下台的时候,例如杨缦华女士用自己的天足,踢破小国比利时女人的"中国女人缠足说",为面子起见,用权术来解围,这还可以说是很该原谅的。

114

但我以为应该这样就拉倒。现在回到寓里,做成文章,这就是进了后台还不肯放下青龙偃月刀;而且又将那文章送到中国的《申报》上来发表,则简直是提着青龙偃月刀一路唱回自己的家里来了。难道作者真已忘记了中国女人曾经缠脚,至今也还有正在缠脚的么? 还是以为中国人都已经自己催眠,觉得全国女人都已穿了高跟皮鞋了呢? 这不过是一个例子罢了,相像的还多得很,但恐怕不久天也就要亮了。

【评析:鲁迅在《宣传与做戏》中毫不客气地指出,信仰在这一个社会已经成了一种言词和招牌,而真正的信仰不复存在。人们做很多事情不过是"做做戏"而已,在需要的时候摆出孔子,摆出中国的精神文明进行虚伪的说教,然而这些事情连"说教的人,恐怕自己也未必相信罢"。正是因为我们面对着这样的一个没有信仰社会,所以才需要知识分子的"呐喊",呐喊在绝望之中为蒙昧的大众带来启蒙的希望。】

观 斗

《观斗》一九三三年一月三十一日初刊于《申报·自由谈》,署名何家干;后收入一九三三年十月上海北新书局以"青光书局"名义出版的《伪自由书》。

我们中国人总喜欢说自己爱和平,但其实,是爱斗争的,爱看别的东西斗争,也爱看自己们斗争。

最普通的是斗鸡,斗蟋蟀,南方有斗黄头鸟,斗画眉鸟,北方有斗鹌鹑,一群闲人们围着呆看,还因此赌输赢。古时候有斗鱼,现在变把戏的会使跳蚤打架。看今年的《东方杂志》,才知道金华又有斗牛,不过和西班牙却两样的,西班牙是人和牛斗,我们是使牛和牛斗。

任他们斗争着,自己不与斗,只是看。

军阀们只管自己斗争着,人民不与闻,只是看。

然而军阀们也不是自己亲身在斗争,是使兵士们相斗争,所以频年恶战,而头儿个个终于是好好的,忽而误会消释了,忽而杯酒言欢了,忽而共同御侮了,忽而立誓报国了,忽而……不消说,忽而自然不免又打起来了。

然而人民一任他们玩把戏,只是看。

但我们的斗士,只有对于外敌却是两样的:近的,是"不抵抗",远的,是"负弩前驱"云。

"不抵抗"在字面上已经说得明明白白。"负弩前驱"呢,弩机的制度早已失传了,必须待考古学家研究出来,制造起来,然后能够负,然后能够前驱。

还是留着国产的兵士和现买的军火,自己斗争下去罢。中国的人口多得很,暂时总有一些孑遗在看着的。但自然,倘要这样,则对于外敌,就一定非"爱和平"不可。

一月二十四日

【评析:杂文是一种直接、迅速反映社会事变或动向的文艺性论文。特点是"杂而有文",短小、锋利、隽永,富于文艺工作者色彩和诗的语言,具有独特的艺术感染力。

鲁迅先生在《观斗》一文中发现了一个有趣的现象:西班牙斗牛是人与牛斗,而中国斗牛是让两头牛斗,人只是看,推而广之,斗蟋蟀、斗鹌鹑、斗鸡无不这样,就是军阀打战,也是老百姓看他们打,其实他们自己也不打,而是看士兵打。先生称这个现象叫"观斗"。

鲁迅一生在文学创作、文学批评、思想研究、文学史研究、翻译、美术理论引进、基础科学介绍和古籍校勘与研究等多个领域具有重大贡献。】

由中国女人的脚，推定中国人之非中庸，又由此推定孔夫子有胃病

——"学匪"派考古学之一

《由中国女人的脚，推定中国人之非中庸，又由此推定孔夫子有胃病》一九三三年三月十六日初刊于《论语》第十三期，署名何干；后收入一九三四年三月上海同文书店出版的《南腔北调集》。

古之儒者不作兴谈女人，但有时总喜欢谈到女人。例如"缠足"罢，从明朝到清朝的带些考据气息的著作中，往往有一篇关于这事起源的迟早的文章。为什么要考究这样下等事呢，现在不说他也罢，总而言之，是可以分为两大派的，一派说起源早，一派说起源迟。说早的一派，看他的语气，是赞成缠足的，事情愈古愈好，所以他一定要考出连孟子的母亲，也是小脚妇人的证据来。说迟的一派却相反，他不大恭维缠足，据说，至早，亦不过起于宋朝的末年。

其实，宋末，也可以算得古的了。不过不缠之足，样子却还要古，学者应该"贵古而贱今"，斥缠足者，爱古也。但也有先怀了反对缠足的成见，假造证据的，例如前明才子杨升庵先生，他甚至于替汉朝人做《杂事秘辛》，来证明那时的脚是"底平趾敛"。

于是又有人将这用作缠足起源之古的材料，说既然"趾敛"，可见是缠的了。但这是自甘于低能之谈，这里不加评论。

照我的意见来说，则以上两大派的话，是都错，也都对的。现在是古董出现的多了，我们不但能看见汉唐的图画，也可以看到晋唐古坟里发掘出来的泥人儿。那些东西上所表现的女人的脚上，有圆头履，有方头履，可见是不缠足的。古人比今人聪明，她决不至于缠小脚而穿大鞋子，里面塞些棉花，使自己走得一步一拐。

但是,汉朝就确已有一种"利屣",头是尖尖的,平常大约未必穿罢,舞的时候,却非此不可。不但走着爽利,"潭腿"似的踢开去之际,也不至于为裙子所碍,甚至于踢下裙子来。那时太太们固然也未始不舞,但舞的究以倡女为多,所以倡伎就大抵穿着"利屣",穿得久了,也免不了要"趾敛"的。然而妓女的装束,是闺秀们的大成至圣先师,这在现在还是如此,常穿利屣,即等于现在之穿高跟皮鞋,可以俨然居炎汉"摩登女郎"之列,于是乎虽是名门淑女,脚尖也就不免尖了起来。先是倡伎尖,后是摩登女郎尖,再后是大家闺秀尖,最后才是"小家碧玉"一齐尖。待到这些"碧玉"们成了祖母时,就入于利屣制度统一脚坛的时代了。

　　【评析:此段是作者对女人缠足起源过程的推测,认为其最初起源于以舞蹈为职业的娼妓,后来流行开去,但也仅限于所穿的鞋和脚的样式的变化,而并不注重其大小。】

　　当民国初年,"不佞"观光北京的时候,听人说,北京女人看男人是否漂亮(自按:盖即今之所谓"摩登"也)的时候,是从脚起,上看到头的。所以男人的鞋袜,也得留心,脚样更不消说,当然要弄得齐齐整整,这就是天下之所以有"包脚布"的原因。仓颉造字,我们是知道的,谁造这布的呢,却还没有研究出。但至少是"古已有之",唐朝张鷟作的《朝野佥载》罢,他说武后朝有一位某男士,将脚裹得窄窄的,人们见了都发笑。可见盛唐之世,就已有了这一种玩意儿,不过还不是很极端,或者还没有很普及。然而好像终于普了。由宋至清,绵绵不绝,民元革命以后,革了与否,我不知道,因为我是专攻考"古"学的。

　　然而奇怪得很,不知道怎的(自按:此处似略失学者态度),女士们之对于脚,尖还不够,并且勒令它"小"起来了,最高模范,还竟至于以三寸为度。这么一来,可以不必兼买利屣和方头履两种,从经济的观点来看,是不算坏的,可是从卫生的观点来看,却未免有些"过火",换一句话,就是"走了极端"了。

　　我中华民族虽然常常的自命为爱"中庸",行"中庸"的人民,其实是颇不免于过激的。譬如对于敌人罢,有时是压服不够,还要"除恶务尽",杀掉不够,还要"食肉寝皮"。但有时候,却又谦虚到"侵略者要进来,让他们进来。也许他们会杀了十万中国人。不要紧,中国人有的是,我们再有人上去"。

这真叫人会猜不出是真痴还是假呆。而女人的脚尤其是一个铁证,不小则已,小则必求其三寸,宁可走不成路,摆摆摇摇。慨自辫子肃清以后,缠足本已一同解放的了,老新党的母亲们,鉴于自己在皮鞋里塞棉花之麻烦,一时也确给她的女儿留了天足。然而我们中华民族是究竟有些"极端"的,不多久,老病复发,有些女士们已在别想花样,用一枝细黑柱子将脚跟支起,叫它离开地球。她到底非要她的脚变把戏不可。由过去以测将来,则四朝(假如仍旧有朝代的话)之后,全国女人的脚趾都和小腿成一直线,是可以有八九成把握的。

【评析:此段是从前文女人裹脚发展到"三寸"的极端引申出的观点,认为中国人表面提倡"中庸",实际上是反中庸的,"中庸"的本意是依照客观规律和天然本性而行事,不偏不倚、不偏激不极端、不激进不保守,然而,通过作者所举实例可以看出,实际上中国人行事少有符合"中庸"的。】

然则圣人为什么大呼"中庸"呢? 曰:这正因为大家并不中庸的缘故。人必有所缺,这才想起他所需。穷教员养不活老婆了,于是觉到女子自食其力说之合理,并且附带地向男女平权论点头;富翁胖到要发哮喘病了,才去打高尔富〔夫〕球,从此主张运动的紧要。我们平时,是决不记得自己有一个头,或一个肚子,应该加以优待的,然而一旦头痛腹泻,这才记起他们,并且大有休息要紧,饮食小心的议论。倘有谁听了这些议论之后,便贸贸然决定这议论者为卫生家,可就失之十丈,差以亿里了。

倒相反,他是不卫生家,议论卫生,正是他向来的不卫生的结果的表现。孔子曰:"不得中行而与之,必也狂狷乎,狂者进取,狷者有所不为也!"以孔子交游之广,事实上没法子只好寻狂狷相与,这便是他在理想上之所以哼着"中庸,中庸"的原因。

以上的推定假使没有错,那么,我们就可以进而推定孔子晚年,是生了胃病的了。"割不正不食",这是他老先生的古板规矩,但"食不厌精,脍不厌细"的条令却有些稀奇。他并非百万富翁或能收许多版税的文学家,想不至于这么奢侈的,除了只为卫生,意在容易消化之外,别无解法。况且"不撤姜食",又简直是省不掉暖胃药了。何必如此独

120

厚于胃,念念不忘呢? 曰,以其有胃病之故也。

倘说:坐在家里,不大走动的人们很容易生胃病,孔子周游列国,运动王公,该可以不生病证的了。那就是犯了知今而不知古的错误。盖当时花旗白面,尚未输入,土磨麦粉,多含灰沙,所以分量较今面为重;国道尚未修成,泥路甚多凹凸,孔子如果肯走,那是不大要紧的,而不幸他偏有一车两马。胃里带着沉重的面食,坐在车子里走着七高八低的道路,一颠一顿,一掀一坠,胃就被坠得大起来,消化力随之减少,时时作痛;每餐非吃"生姜"不可了。所以那病的名目,该是"胃扩张";那时候,则是"晚年",约在周敬王十年以后。

以上的推定,虽然简略,却都是"读书得间"的成功。但若急于近功,妄加猜测,即很容易陷于"多疑"的谬误。例如罢,二月十四日《申报》载南京专电云:"中执委会令各级党部及人民团体制'忠孝仁爱信义和平'匾额,悬挂礼堂中央,以资启迪。"看了之后,切不可便推定为各要人讥大家为"忘八";三月一日《大晚报》载新闻云:"孙总理夫人宋庆龄女士自归国寓沪后,关于政治方面,不闻不问,惟对社会团体之组织非常热心。据本报记者所得报告,前日有人由邮政局致宋女士之索诈信□(自按:原缺)件,业经本市当局派驻邮局检查处检查员查获,当将索诈信截留,转辗呈报市府。"看了之后,也切不可便推定虽为总理夫人宋女士的信件,也常在邮局被当局派员所检查。

盖虽"学匪派考古学",亦当不离于"学",而以"考古"为限的。

三月四日夜。

【评析:以上为文章第四部分,进一步揭示和深化文章主题,前文得出的主要结论就是,如果某人竭力倡导某事物往往表明此人正缺乏此物事,社会也是如此,当局竭力倡导某种精神、道德、行为、习惯等,往往也表明社会正缺乏此种精神、道德、行为、习惯等,并通过两个实例提醒读者注意,作者文中的"切不可推定……"和"也切不可推定……"是反语,恰恰是就该如此推定的意思,从而进一步揭露了国民党政府的虚伪而严酷的统治。这篇文章是作者文章中比较有特色的一篇,不仅形式新颖,而且逻辑严密、语言幽默、视角独特、识见深邃。】

"揩　油"

《"揩油"》一九三三年八月十七日初刊于《申报·自由谈》，署名苇索；后收入一九三四年上海联华书局以"中兴书局"名义出版的《准风月谈》。

"揩油"，是说明着奴才的品行全部的。

这不是"取回扣"或"取佣钱"，因为这是一种秘密；但也不是偷窃，因为在原则上，所取的实在是微乎其微。因此也不能说是"分肥"；至多，或者可以谓之"舞弊"罢。然而这又是光明正大的"舞弊"，因为所取的是豪家，富翁，阔人，洋商的东西，而且所取又不过一点点，恰如从油水汪汪的处所，揩了一下，于人无损，于揩者却有益的，并且也不失为损富济贫的正道。

设法向妇女调笑几句，或乘机摸一下，也谓之"揩油"，这虽然不及对于金钱的名正言顺，但无大损于被揩者则一也。

表现得最分明的是电车上的卖票人。纯熟之后，他一面留心着可揩的客人，一面留心着突来的查票，眼光都练得像老鼠和老鹰的混合物一样。付钱而不给票，客人本该索取的，然而很难索取，也很少见有人索取，因为他所揩的是洋商的油，同是中国人，当然有帮忙的义务，一索取，就变成帮助洋商了。这时候，不但卖票人要报你憎恶的眼光，连同车的客人也往往不免显出以为你不识时务的脸色。

然而彼一时，此一时，如果三等客中有时偶缺一个铜元，你却只好在目的地以前下车，这时他就不肯通融，变成洋商的忠仆了。

在上海，如果同巡捕，门丁，西崽之类闲谈起来，他们大抵是憎恶洋鬼子的，他们多是爱国主义者。然而他们也像洋鬼子一样，看不起中国人，棍棒和拳头和轻蔑的眼光，专注在中国人的身上。

"揩油"的生活有福了。这手段将更加展开，这品格将变成高尚，这行为将认为正当,这将算是国民的本领,和对于帝国主义的复仇。打开天窗说亮话,其实,所谓"高等华人"也者,也何尝逃得出这模子。

但是,也如"吃白相饭"朋友那样,卖票人是还有他的道德的。倘被查票人查出他收钱而不给票来了,他就默然认罚,决不说没有收过钱,将罪案推到客人身上去。

八月十四日

【评析:鲁迅对"揩油"的论述,既是秘密的行动同时又是光明正大、无关紧要的窃取,男人吃女人豆腐的轻佻行为也是揩油,女人被物化,如同物品金钱一般,从中得到好处,隐含社会对女性的歧视与不尊重。

为什么男人爱揩油呢?

首先,揩油能带来刺激。揩油实际上就是窃取。正所谓"妓不如偷",偷则有偷的刺激感觉。

其次,揩油的后果也不会严重。揩油者通常是稍微有点越轨行为,有点无伤大雅,还够不成给对方致命的伤害,也就不会造成什么风险和后果。所以自然就会放心地揩油。

第三,男人见到女人的本能的行为。没有道德约束的男人,则会放任自己的本能,而有道德行为的男人,即使心里想但还是有意识控制着。】

从孩子的照相说起

《从孩子的照相说起》一九三四年八月二十日初刊于《新语林》半月刊第四期,署名孺牛;后收入一九三五年末由作者亲自编定,一九三七年七月上海三味书屋出版的《且介亭杂文》。

因为长久没有小孩子,曾有人说,这是我做人不好的报应,要绝种的。房东太太讨厌我的时候,就不准她的孩子们到我这里玩,叫作"给他冷清冷清,冷清得他要死!"但是,现在却有了一个孩子,虽然能不能养大也很难说,然而目下总算已经颇能说些话,发表他自己的意见了。不过不会说还好,一会说,就使我觉得他仿佛也是我的敌人。

他有时对于我很不满,有一回,当面对我说:"我做起爸爸来,还要好……"甚而至于颇近于"反动",曾经给我一个严厉的批评道:"这种爸爸,什么爸爸!?"

我不相信他的话。做儿子时,以将来的好父亲自命,待到自己有了儿子的时候,先前的宣言早已忘得一干二净了。况且我自以为也不算怎么坏的父亲,虽然有时也要骂,甚至于打,其实是爱他的。所以他健康,活泼,顽皮,毫没有被压迫得瘟头瘟脑。如果真的是一个"什么爸爸",他还敢当面发这样反动的宣言么?

但那健康和活泼,有时却也使他吃亏,九一八事件后,就被同胞误认为日本孩子,骂了好几回,还挨过一次打——自然是并不重的。这里还要加一句说的听的,都不十分舒服的话:近一年多以来,这样的事情可是一次也没有了。

中国和日本的小孩子,穿的如果都是洋服,普通实在是很难分辨的。但我们这里的有些人,却有一种错误的速断法:温文尔雅,不大言笑,不大动弹的,是中国孩子;健壮活泼,不怕生人,大叫大跳的,是日本孩子。

然而奇怪，我曾在日本的照相馆里给他照过一张相，满脸顽皮，也真像日本孩子；后来又在中国的照相馆里照了一张相，相类的衣服，然而面貌很拘谨，驯良，是一个地道的中国孩子了。

　　为了这事，我曾经想了一想。

　　这不同的大原因，是在照相师的。他所指示的站或坐的姿势，两国的照相师先就不相同，站定之后，他就瞪了眼睛，司见机摄取他以为最好的一刹那的相貌。孩子被摆在照相机的镜头之下，表情是总在变化的，时而活泼，时而顽皮，时而驯良，时而拘谨，时而烦厌，时而疑惧，时而无畏，时而疲劳……。照住了驯良和拘谨的一刹那的，是中国孩子相；照住了活泼或顽皮的一刹那的，就好像日本孩子相。

　　驯良之类并不是恶德。但发展开去，对一切事无不驯良，却绝不是美德，也许简直倒是没出息。"爸爸"和前辈的话，固然也要听的，但也须说得有道理。假使有一个孩子，自以为事事都不如人，鞠躬倒退；或者满脸笑容，实际上却总是阴谋暗箭，我实在宁可听到当面骂我"什么东西"的爽快，而且希望他自己是一个东西。

　　但中国一般的趋势，却只在向驯良之类——"静"的一方面发展，低眉顺眼，唯唯诺诺，才算一个好孩子，名之曰"有趣"。活泼，健康，顽强，挺胸仰面……凡是属于"动"的，那就未免有人摇头了，甚至于称之为"洋气"。又因为多年受着侵略，就和这"洋气"为仇；更进一步，则故意和这"洋气"反一调：他们活动，我偏静坐；他们讲科学，我偏扶乩；他们穿短衣，我偏着长衫；他们重卫生，我偏吃苍蝇；他们壮健，我偏生病……这才是保存中国固有文化，这才是爱国，这才不是奴隶性。

　　其实，由我看来，所谓"洋气"之中，有不少是优点，也是中国人性质中所本有的，但因了历朝的压抑，已经萎缩了下去，现在就连自己也莫名其妙，统统送给洋人了。这是必须拿它回来——恢复过来的——自然还得加一番慎重的选择。

　　即使并非中国所固有的罢，只要是优点，我们也应该学习。即使那老师是我们的仇敌罢，我们也应该向他学习。

　　我在这里要提出现在大家所不高兴说的日本来，他的会模仿，少创造，是为中国的许多论者所鄙薄的，但是，只要看看他们的出版物和工业品,早非中国所及,就知道"会模仿"绝不是劣点,我们正应该学习这"会模仿"的。"会模仿"又加以有创造,不是更好么？否则,只不过是一个"恨恨而死"而已。我在这里还要附一句像是多余的声明:我相信自己的主张,绝不是"受了帝国主义者的指使",要诱中国人做奴才;而满口爱国,满身国粹,也于实际上的做奴才并无妨碍。

八月七日

【评析:鲁迅的杂文是社会思想和生活的记录。深入浅出,由小见大是鲁迅杂文的一个特点,显示了鲁迅观察社会人生的独异与深邃。鲁迅自己说过,"不错,比起高大的天文台来,'杂文'有时确实很像一种小小的显微镜的工作,也照秽水,也看脓汁,有时研究淋菌,有时解剖苍蝇。从高超的学者看来,是渺小,污秽,甚而至于可恶的,但在劳作者自己,却也是一种'严肃的工作',和人生有关,并且也不十分容易做。"

《从孩子的照相说起》这篇文章,鲁迅采用说家常、谈闲天的方式,从孩子照相这件小事中,发掘出改造我们民族精神的重大主题,读后发人深省,启人反思。文章先讲了一个饶有风趣的故事,并由此生发,从孩子性格谈到孩子的照相,于盎然有趣的故事中提出了发人深思的问题,深入浅出地揭露和批评了我们民族存在的驯良的性格弱点,这驯良,也就是奴性。这种奴性,极大地妨碍了我们民族的进取。文章进而深入论述,指出医治我国国民精神痼疾的最佳途径即从异域的思想文化中汲取新鲜的养料,最后提出了具有战略意义的民族文化建设的问题。】

中国人失掉自信力了吗？

《中国人失掉自信力了吗?》一九三四年十月二十日初刊于《太白》月刊第一卷第三期，署名公汗；后收入一九三五年末由作者亲自编定，一九三七年七月上海三味书屋出版的《且介亭杂文》。

从公开的文字上看起来：两年以前，我们总自夸着"地大物博"，是事实；不久就不再自夸了，只希望着国联，也是事实；现在是既不夸自己，也不信国联，改为一味求神拜佛，怀古伤今了——却也是事实。

于是有人慨叹曰：中国人失掉自信力了。

如果单据这一点现象而论，自信其实是早就失掉了的。

先前信"地"，信"物"，后来信"国联"，都没有相信过"自己"。

假使这也算一种"信"，那也只能说中国人曾经有过"他信力"，自从对国联失望之后，便把这他信力都失掉了。

失掉了他信力，就会疑，一个转身，也许能够只相信了自己，倒是一条新生路，但不幸的是逐渐玄虚起来了。信"地"和"物"，还是切实的东西，国联就渺茫，不过这还可以令人不久就省悟到依赖它的不可靠。一到求神拜佛，可就玄虚之至了，有益或是有害，一时就找不出分明的结果来，它可以令人更长久的麻醉着自己。

中国人现在是在发展着"自欺力"。

"自欺"也并非现在的新东西，现在只不过日见其明显，笼罩了一切罢了。然而，在这笼罩之下，我们有并不失掉自信力的中国人在。

我们从古以来，就有埋头苦干的人，有拼命硬干的人，有为民请命的人，有舍身求法的人，……虽是等于为帝王将相作家谱的所谓"正史"，也往往掩不住他们的光耀，这就是中国的脊梁。

这一类的人们，就是现在也何尝少呢？他们有确信，不自欺；他们在前仆后继的战斗，不过一面总在被摧残，被抹杀，消灭于黑暗中，不能为大家所知道罢了。说中国人失掉了自信力，用以指一部分人则可，倘若加于全体，那简直是诬蔑。

要论中国人，必须不被搽在表面的自欺欺人的脂粉所诓骗，却看看他的筋骨和脊梁。自信力的有无，状元宰相的文章是不足为据的，要自己去看地底下。

九月二十五日

【评析：《中国人失掉了自信力了吗》一文语言犀利，在文中作者出色地运用了仿拟修辞手法。"自信力"本是当时《大公报》社评中使用较多的一个字眼，鲁迅抠住不放，就从这个字眼起伏翻腾，在"信"的对象、类属、影响上大做文章。"先从'信地'，信'物'，后来信'国联'，都没有相信过'自己'"从而剖析出反动政府本没有"自信力"而只有"他信力"；现在既不夸自己，也不信国联，改为一味求神拜佛，在文中作者继而联系新近求神拜佛的闹剧，进一步挖掘出反动政府现在正发展着"自欺力"，由"自信力"而"他信力"而"自欺力"，析理精警，出语奇崛，使人耳目一新。】

说"面子"

《说"面子"》一九三四年十月初刊于上海《漫画生活》月刊第二期；后收入一九三五年末由作者亲自编定，一九三七年七月上海三味书屋出版的《且介亭杂文》。

"面子"，是我们在谈话里常常听到的，因为好像一听就懂，所以细想的人大约不很多。

但近来从外国人的嘴里，有时也听到这两个音，他们似乎在研究。他们以为这一件事情，很不容易懂，然而是中国精神的纲领，只要抓住这个，就像二十四年前的拔住了辫子一样，全身都跟着走动了。相传前清时候，洋人到总理衙门去要求利益，一通威吓，吓得大官们满口答应，但临走时，却被从边门送出去。不给他走正门，就是他没有面子；他既然没有了面子，自然就是中国有了面子，也就是占了上风了。这是不是事实，我断不定，但这故事，"中外人士"中是颇有些人知道的。因此，我颇疑心他们想专将"面子"给我们。

但"面子"究竟是怎么一回事呢？不想还好，一想可就觉得糊涂。它像是很有好几种的，每一种身份，就有一种"面子"，也就是所谓"脸"。这"脸"有一条界线，如果落到这线的下面去了，即失了面子，也叫作"丢脸"。不怕"丢脸"，便是"不要脸"。但倘使做了超出这线以上的事，就"有面子"，或曰"露脸"。而"丢脸"之道，则因人而不同，例如车夫坐在路边赤膊捉虱子，并不算什么，富家姑爷坐在路边赤膊捉虱子，才成为"丢脸"。但车夫也并非没有"脸"，不过这时不算"丢"，要给老婆踢了一脚，就躺倒哭起来，这才成为他的"丢脸"。这一条"丢脸"律，是也适用于上等人的。这样看来，"丢脸"的机会，似乎上等人比较得多，但也不一定，例如车夫偷一个钱袋，被人发现，是失了面子的，而上等人大捞一批金珠珍玩，却仿佛也不见得怎样"丢脸"，况且还有"出洋考察"，是改头换面的良方。

谁都要"面子"，当然也可以说是好事情，但"面子"这东西，却实在有些怪。九月三十日的《申报》就告诉我们一条新闻：沪西有业木匠大包作头之罗立鸿，为其母出殡，邀开"赍器店之王树宝夫妇帮忙，因来宾众多，所备白衣，不敷分配，其时适有名王道才，绰号三喜子，亦到来送殡，争穿白衣不遂，以为有失体面，心中怀恨，……邀集徒党数十人，各执铁棍，据说尚有持手枪者多人，将王树宝家人乱打，一时双方有剧烈之战争，头破血流，多人受有重伤。……"白衣是亲族有服者所穿的，现在必须"争穿"而又"不遂"，足见并非亲族，但竟以为"有失体面"，演成这样的大战了。这时候，好像只要和普通有些不同便是"有面子"，而自己成了什么，却可以完全不管。这类脾气，是"绅商"也不免发露的：袁世凯将要称帝的时候，有人以列名于劝进表中为"有面子"；有一国从青岛撤兵的时候，有人以列名于万民伞上为"有面子"。

所以，要"面子"也可以说并不一定是好事情——但我并非说，人应该"不要脸"。现在说话难，如果主张"非孝"，就有人会说你在煽动打父母，主张男女平等，就有人会说你在提倡乱交——这声明是万不可少的。

况且，"要面子"和"不要脸"实在也可以有很难分辨的时候。不是有一个笑话么？一个绅士有钱有势，我假定他叫四大人罢，人们都以能够和他扳谈为荣。有一个专爱夸耀的小瘪三，一天高兴地告诉别人道："四大人和我讲过话了！"人问他："说什么呢？"答道："我站在他门口，四大人出来了，对我说：滚开去！"当然，这是笑话，是形容这人的"不要脸"，但在他本人，是以为"有面子"的，如此的人一多，也就真成为"有面子"了。别的许多人，不是四大人连"滚开去"也不对他说么？

在上海，"吃外国火腿"虽然还不是"有面子"，却也不算怎么"丢脸"了，然而比起被一个本国的下等人所踢来，又仿佛近于"有面子"。

中国人要"面子"，是好的，可惜的是这"面子"是"圆机活法"，善于变化，于是就和"不要脸"混起来了。长谷川如是闲说"盗泉"云：

"古之君子,恶其名而不饮,今之君子,改其名而饮之。"也说穿了"今之君子"的"面子"的秘密。

十月四日

【评析:鲁迅在《说面子》的杂文中指出,每一种身份,就有一种"面子",也就是所谓的"脸"。这"脸"有一条界限,如果落到这线的下面去了,即失了面子,也叫做"丢脸"。这句话常被人引用,只是引用时往往忽略了,即使同一种身份的人,"丢脸"也有两种不同的丢法:一种是自己不要脸,一种是人家不给脸。

一般来说,人的面子大抵同地位、身份成正比,越是有身份的人,面子越大,此时面子就是一种实实在在的影响力。最可怕的是那些滥用"面子",损害甚至泯灭了自己的良心,或把眼前的面子建立在长久的耻辱之上。

中国人是极讲面子的,可以这样说,面子观已经沉淀到中国文化的深层,成为一种典型的中国文化性格,林语堂归纳说:"中国人正是靠这种虚荣的东西活着"。】

所谓"国学"

《所谓"国学"》一九二二年十月四日初刊于《晨报副刊》,署名谋生者;后收入一九二五年十一月北京北新书局出版的《热风》。

现在暴发的"国学家"之所谓"国学"是什么?

一是商人遗老们翻印了几十部旧书赚钱,二是洋场上的文豪又做了几篇鸳鸯蝴蝶体小说出版。

商人遗老们的印书是书籍的古董化,其置重不在书籍而在古董。遗老有钱,或者也不过聊以自娱罢了,而商人便大吹大擂的借此获利。还有茶商盐贩,本来是不齿于"士类"的,现在也趁着新旧纷扰的时候,借刻书为名,想挨进遗老遗少的"士林"里去。他们所刻的书都无民国年月,辨不出是元版是清版,都是古董性质,至少每本两三元,绵连,锦帙,古色古香,学生们是买不起的。这就是他们之所谓"国学"。

然而巧妙的商人可也决不肯放过学生们的钱的,便用坏纸恶墨别印什么"菁华"什么"大全"之类来搜括。定价并不大,但和纸墨一比较却是大价了。至于这些"国学"书的校勘,新学家不行,当然是出于上海的所谓"国学家"的了,然而错字迭出,破句连篇(用的并不是新式圈点),简直是拿少年来开玩笑。这是他们之所谓"国学"。

洋场上的往古所谓文豪,"卿卿我我""蝴蝶鸳鸯"诚然做过一小堆,可是自有洋场以来,从没有人称这些文章为国学,他们自己也并不以"国学家"自命的。现在不知何以,忽而奇想天开,也学了盐贩茶商,要凭空挨进"国学家"队里去了。然而事实很可惨,他们之所谓国学,是"拆白之事各处皆有而以上海一隅为最甚(中略)余于课余之暇不惜浪费笔墨编纂事实作一篇小说以饷阅者想亦阅者所乐闻也"。(原本每句都密圈,今从略,以省排工,阅者谅之。)

"国学"乃如此而已乎?

试去翻一翻历史里的儒林和文苑传罢,可有一个将旧书当古董的鸿儒,可有一个以拆白饷阅者的文士?

倘说,从今年起,这些就是"国学",那又是"新"例了。你们不是讲"国学"的么?

【评析:在鲁迅关于国学的文章中,有一篇《所谓"国学"》,开宗明义提出的就是:"现在暴发的'国学家'之所谓'国学'是什么?"他将它归结为两条。一条是"商人遗老们翻印了几十部旧书赚钱",这是"书籍的古董化","遗老有钱",旨在"聊以自娱",这且不去说他。商人赚钱,则是"借此获利"。连茶商盐贩也"借刻书为名,想挨进遗老遗少的'士林'里去"。所刻的书,使人"辨不出是元版是清版",只是"古色古香"的"古董",价格却是不菲。想赚学生的钱,"便用坏纸恶墨别印什么'菁华'什么'大全'之类来搜括"。这些"国学"书的校勘,更是"错字迭出,破句连篇","简直是拿少年来开玩笑"。另一条则是"洋场上"的那些专写"卿卿我我""鸳鸯蝴蝶"的文豪,"忽而奇想天开,也学了盐贩茶商,要凭空挨进'国学家'队里去了"。这可称之为赶时髦,难免洋相百出。

结尾处写道:"试去翻一翻历史里的儒林和文苑传罢,可有一个将旧书当古董的鸿儒,可有一个以拆白饷阅者的文士?"如此等等,说的不仅是"国学家",而且是"国学热"了——其实,"忽而有许多人都自命为国学家"即"国学家"而能"暴发",本身就是"国学热"的一种体现。】

娜拉走后怎样

《娜拉走后怎样》一九二四年初刊于北京女子高等师范学校《文艺会刊》第六期,后收入一九二七年三月北京未名社出版的《坟》。

——一九二三年十二月二十六日

在北京女子高等师范学校文艺会讲

我今天要讲的是"娜拉走后怎样?"

伊孛生是十九世纪后半的瑙威的一个文人。他的著作,除了几十首诗之外,其余都是剧本。这些剧本里面,有一时期是大抵含有社会问题的,世间也称作"社会剧",其中有一篇就是《娜拉》。

《娜拉》一名 Ein Puppenheim,中国译作《傀儡家庭》。但 Puppe 不单是牵线的傀儡,孩子抱着玩的人形也是;引申开去,别人怎么指挥,他便怎么做的人也是。娜拉当初是满足地生活在所谓幸福的家庭里的,但是她竟觉悟了:自己是丈夫的傀儡,孩子们又是她的傀儡。她于是走了,只听得关门声,接着就是闭幕。这想来大家都知道,不必细说了。

娜拉要怎样才不走呢? 或者说伊孛生自己有解答,就是 Die Frauvom Meer,《海的女人》,中国有人译作《海上夫人》的。这女人是已经结婚的了,然而先前有一个爱人在海的彼岸,一日突然寻来,叫她一同去。她便告知她的丈夫,要和那外来人会面。临末,她的丈夫说:"现在放你完全自由。(走与不走)你能够自己选择,并且还要自己负责任。"于是什么事全都改变,她就不走了。这样看来,娜拉倘也得到这样的自由,或者也便可以安住。

但娜拉毕竟是走了的。走了以后怎样? 伊孛生并无解答;而且他已经死了。即使不死,他也不负解答的责任。因为伊孛生是在做诗,不是为社会提出问题来而且代为解答。就如黄莺一样,因为他自己要歌唱,所以他歌唱,不是要唱给人们听得有趣,有益。伊孛生是很不通世故的,相传在许多妇女们一同招待他的筵宴上,代表者起来致谢他作了《傀儡家庭》,将女性的自觉,解放这些事,给人心以新的启示的时候,他却答道:"我写那篇却并不是这意思,我不过是做诗。"

娜拉走后怎样?——别人可是也发表过意见的。一个英国人曾作一篇戏剧,说一个新式的女子走出家庭,再也没有路走,终于堕落,进了妓院了。还有一个中国人——我称他什么呢?上海的文学家罢——说他所见的《娜拉》是和现译本不同,娜拉终于回来了。这样的本子可惜没有第二人看见,除非是伊孛生自己寄给他的。但从事理上推想起来,娜拉或者也实在只有两条路:不是堕落,就是回来。因为如果是一匹小鸟,则笼子里固然不自由,而一出笼门,外面便又有鹰,有猫,以及别的什么东西之类;倘使已经关得麻痹了翅子,忘却了飞翔,也诚然是无路可以走。还有一条,就是饿死了,但饿死已经离开了生活,更无所谓问题,所以也不是什么路。

人生最苦痛的是梦醒了无路可以走。做梦的人是幸福的;倘没有看出可走的路,最要紧的是不要去惊醒他。你看,唐朝的诗人李贺,不是困顿了一世的么?而他临死的时候,却对他的母亲说:"阿妈,上帝造成了白玉楼,叫我做文章落成去了。"这岂非明明是一个谎,一个梦?然而一个小的和一个老的,一个死的和一个活的,死的高兴地死去,活的放心地活着。说谎和做梦,在这些时候便见得伟大。所以我想,假使寻不出路,我们所要的倒是梦。

但是,万不可做将来的梦。阿尔志跋绥夫曾经借了他所做的小说,质问过梦想将来的黄金世界的理想家,因为要造那世界,先唤起许多人们来受苦。他说,"你们将黄金世界预约给他们的子孙了,可是有什么给他们自己呢?"有是有的,就是将来的希望。但代价也太大了,为了这希望,要使人练敏了感觉来更深切地感到自己的苦痛,叫起灵魂来目睹他自己的腐烂的尸骸。惟有说谎和做梦,这些时候便见得伟大。所以我想,假使寻不出路,我们所要的就是梦;但不要将来的梦,只要目前的梦。

然而娜拉既然醒了，是很不容易回到梦境的，因此只得走；可是走了以后，有时却也免不掉堕落或回来。否则，就得问：她除了觉醒的心以外，还带了什么去？倘只有一条像诸君一样的紫红的绒绳的围巾，那可是无论宽到二尺或三尺，也完全是不中用。她还须更富有，提包里有准备，直白地说，就是要有钱。

　　梦是好的；否则，钱是要紧的。

　　钱这个字很难听，或者要被高尚的君子们所非笑，但我总觉得人们的议论是不但昨天和今天，即使饭前和饭后，也往往有些差别。凡承认饭需钱买，而以说钱为卑鄙者，倘能按一按他的胃，那里面怕总还有鱼肉没有消化完，须得饿他一天之后，再来听他发议论。

　　所以为娜拉计，钱——高雅的说罢，就是经济，是最要紧的了。自由固不是钱所能买到的，但能够为钱而卖掉。人类有一个大缺点，就是常常要饥饿。为补救这缺点起见，为准备不做傀儡起见，在目下的社会里，经济权就见得最要紧了。第一，在家应该先获得男女平均的分配；第二，在社会应该获得男女相等的势力。可惜我不知道这权柄如何取得，单知道仍然要战斗；或者也许比要求参政权更要用剧烈的战斗。

　　要求经济权固然是很平凡的事，然而也许比要求高尚的参政权以及博大的女子解放之类更烦难。天下事尽有小作为比大作为更烦难的。譬如现在似的冬天，我们只有这一件棉袄，然而必须救助一个将要冻死的苦人，否则便须坐在菩提树下冥想普度一切人类的方法去。普度一切人类和救活一人，大小实在相去太远了，然而倘叫我挑选，我就立刻到菩提树下去坐着，因为免得脱下唯一的棉袄来冻杀自己。所以在家里说要参政权，是不至于大遭反对的，一说到经济的平均分配，或不免面前就遇见敌人，这就当然要有剧烈的战斗。

　　战斗不算好事情，我们也不能责成人人都是战士，那么，平和的方法也就可贵了，这就是将来利用了亲权来解放自己的子女。中国的亲权是无上的，那时候，就可以将财产平均地分配子女们，使他们平和而没有冲突地都得到相等的经济权，此后或者去读书，或者去生发，或者为自己去享用，或者为社会去做事，或者去花完，都请便，自己负责任。

这虽然也是颇远的梦,可是比黄金世界的梦近得不少了。但第一需要记性。

记性不佳,是有益于己而有害于子孙的。人们因为能忘却,所以自己能渐渐地脱离了受过的苦痛,也因为能忘却,所以往往照样地再犯前人的错误。被虐待的儿媳做了婆婆,仍然虐待儿媳;嫌恶学生的官吏,每是先前痛骂官吏的学生;现在压迫子女的,有时也就是十年前的家庭革命者。这也许与年龄和地位都有关系罢,但记性不佳也是一个很大的原因。救济法就是各人去买一本 note book 来,将自己现在的思想举动都记上,作为将来年龄和地位都改变了之后的参考。假如憎恶孩子要到公园去的时候,取来一翻,看见上面有一条道,"我想到中央公园去",那就即刻心平气和了。别的事也一样。

世间有一种无赖精神,那要义就是韧性。听说拳匪乱后,天津的青皮,就是所谓无赖者很跋扈,譬如给人搬一件行李,他就要两元,对他说这行李小,他说要两元,对他说道路近,他说要两元,对他说不要搬了,他说也仍然要两元。青皮固然是不足为法的,而那韧性却大可以佩服。要求经济权也一样,有人说这事情太陈腐了,就答道要经济权;说是太卑鄙了,就答道要经济权;说是经济制度就要改变了,用不着再操心,也仍然答道要经济权。

其实,在现在,一个娜拉的出走,或者也许不至于感到困难的,因为这人物很特别,举动也新鲜,能得到若干人们的同情,帮助着生活。生活在人们的同情之下,已经是不自由了,然而倘有一百个娜拉出走,便连同情也减少,有一千一万个出走,就得到厌恶了,断不如自己握着经济权之为可靠。

在经济方面得到自由,就不是傀儡了么? 也还是傀儡。

无非被人所牵的事可以减少,而自己能牵的傀儡可以增多罢了。因为在现在的社会里,不但女人常作男人的傀儡,就是男人和男人,女人和女人,也相互地作傀儡,男人也常做女人的傀儡,这绝不是几个女人取得经济权所能救的。但人不能饿着静候理想世界的到来,至少也得留一点残喘,正如涸辙之鲋,急谋升斗之水一样,就要这较为切近的经济权,一面再想别的法。

如果经济制度竟改革了，那上文当然完全是废话。

然而上文，是又将娜拉当做一个普通的人物而说的，假使她很特别，自己情愿闯出去做牺牲，那就又另是一回事。我们无权去劝诱人做牺牲，也无权去阻止人做牺牲。况且世上也尽有乐于牺牲，乐于受苦的人物。欧洲有一个传说，耶稣去钉十字架时，休息在 Ahasvar 的檐下，Ahasvar 不准他，于是被诅咒了，使他永世不得休息，直到末日裁判的时候。Ahasvar 从此就歇不下，只是走，现在还在走。走是苦的，安息是乐的，他何以不安息呢？虽说背着诅咒，可是大约总该是觉得走比安息还适意，所以始终狂走的罢。

只是这牺牲的适意是属于自己的，与志士们之所谓为社会者无涉。群众——尤其是中国的——永远是戏剧的看客。

牺牲上场，如果显得慷慨，他们就看了悲壮剧；如果显得觳觫，他们就看了滑稽剧。北京的羊肉铺前常有几个人张着嘴看剥羊，仿佛颇愉快，人的牺牲能给与他们的益处，也不过如此。而况事后走不几步，他们并这一点愉快也就忘却了。

对于这样的群众没有法，只好使他们无戏可看倒是疗救，正无需乎震骇一时的牺牲，不如深沉的韧性的战斗。

可惜中国太难改变了，即使搬动一张桌子，改装一个火炉，几乎也要血；而且即使有了血，也未必一定能搬动，能改装。不是很大的鞭子打在背上，中国自己是不肯动弹的。我想这鞭子总要来，好坏是另一问题，然而总要打到的。但是从那里来，怎么地来，我也是不能确切地知道。

我这讲演也就此完结了。

【评析：1923 年 12 月 26 日，鲁迅在北京女子高等师范学校文艺会讲上做了一场名为"娜拉走后怎样"的演讲。

鲁迅通过对挪威戏剧家易卜生的剧本的分析，来阐述当时社会上如火如荼的女权运动。

鲁迅看到了，中国妇女社会地位的真正改变，男女平权的真正实现，有待于整个社会的观念革新。也因此，鲁迅在演讲中提出的"娜拉走后怎样"这个命题，针对的就已经不再仅仅是中国妇女的问题，而是所有知识分子面临的问题,甚至是全中国人面临的问题。

　　然而,现在回头去看,我们不得不佩服鲁迅先生毒辣的眼光,他在五四运动四年后提出的这个困境,正是中国知识分子近代以来一直都面临着的困境:辛亥革命和新文化运动的先后爆发如一声惊雷彻底唤醒了中国知识分子内心革命的念头,但是自己在中国的革命中究竟应该处于什么样的位置、革命以后自己又应该走向何处,对于这些最基本的问题,中国知识分子从来没有得到过真正清晰的答案。在这种困境下,近代知识分子只能在"城头变幻大王旗"的诡谲风云中随波逐流,并最终在政治权力的压迫中不得不亲历一幕又一幕惨剧。】

论雷峰塔的倒掉

《论雷峰塔的倒掉》一九二四年十一月十七日初刊于《语丝》周刊第一期,后收入一九二七年三月北京未名社出版的《坟》。

听说,杭州西湖上的雷峰塔倒掉了,听说而已,我没有亲见。但我却见过未倒的雷峰塔,破破烂烂的映掩于湖光山色之间,落山的太阳照着这些四近的地方,就是"雷峰夕照",西湖十景之一。"雷峰夕照"的真景我也见过,并不见佳,我以为。

【评析:这是点题,但已表现了作者的美学观点。】

然而一切西湖胜迹的名目之中,我知道得最早的却是这雷峰塔。我的祖母曾经常常对我说,白蛇娘娘就被压在这塔底下。有个叫作许仙的人救了两条蛇,一青一白,后来白蛇便化作女人来报恩,嫁给许仙了;青蛇化作丫鬟,也跟着。一个和尚,法海禅师,得道的禅师,看见许仙脸上有妖气——凡讨妖怪做老婆的人,脸上就有妖气的,但只有非凡的人才看得出——便将他藏在金山寺的法座后,白蛇娘娘来寻夫,于是就"水漫金山"。我的祖母讲起来还要有趣得多,大约是出于一部弹词叫作《义妖传》里的,但我没有看过这部书,所以也不知道"许仙""法海"究竟是否这样写。总而言之,白蛇娘娘终于中了法海的计策,被装在一个小小的钵盂里了。钵盂埋在地里,上面还造起一座镇压的塔来,这就是雷峰塔。此后似乎事情还很多,如"白状元祭塔"之类,但我现在都忘记了。

那时我惟一的希望,就在这雷峰塔的倒掉。后来我长大了,到杭州,看见这破破烂烂的塔,心里就不舒服。后来我看看书,说杭州人又叫这塔作保叔塔,其实应该写作"保俶塔",是钱王的儿子造的。那么,里面当然没有白蛇娘娘了,然而我心里仍然不舒服,仍然希望他倒掉。

【评析：虽然成年后鲁迅终于明白里边根本没有白蛇娘娘，但是，鲁迅说："然而我心里仍然不舒服，仍然希望他倒掉。"这是因为，它既然是一种封建主义的象征，这象征就该被否定。】

现在，他居然倒掉了，则普天之下的人民，其欣喜为何如？

【评析：这欣喜显然不是属于鲁迅一个人的。向往自由反对压迫的潜在意识在民间是普遍存在，他们不过借了寄寓于雷峰塔的一段神话传说来申诉自己的愿望，包括自己的不自由的心灵的宣泄。】这是有事实可证的。试到吴越的山间海滨，探听民意去。凡有田夫野老，蚕妇村氓，除了几个脑髓里有点贵恙的之外，可有谁不为白娘娘抱不平，不怪法海太多事的？

和尚本应该只管自己念经。白蛇自迷许仙，许仙自娶妖怪，和别人有什么相干呢？他偏要放下经卷，横来招是搬非，大约是怀着嫉妒罢——那简直是一定的。

听说，后来玉皇大帝也就怪法海多事，以至荼毒生灵，想要拿办他了。他逃来逃去，终于逃在蟹壳里避祸，不敢再出来，到现在还如此。我对于玉皇大帝所做的事，腹诽的非常多，独于这一件却很满意，因为"水漫金山"一案，的确应该由法海负责；他实在办得很不错。只可惜我那时没有打听这话的出处，或者不在《义妖传》中，却是民间的传说罢。

秋高稻熟时节，吴越间所多的是螃蟹，煮到通红之后，无论取那一只，揭开背壳来，里面就有黄，有膏；倘是雌的，就有石榴子一般鲜红的子。先将这些吃完，即一定露出一个圆锥形的薄膜，再用小刀小心地沿着锥底切下，取出，翻转，使里面向外，只要不破，便变成一个罗汉模样的东西，有头脸，身子，是坐着的，我们那里的小孩子都称他"蟹和尚"，就是躲在里面避难的法海。

当初，白蛇娘娘压在塔底下，法海禅师躲在蟹壳里。现在却只有这位老禅师独自静坐了，非到螃蟹断种的那一天为止出不来。莫非他造塔的时候，竟没有想到塔是终究要倒的么？

活该。

一九二四年十月二十八日。

【评析:在近代中国的文学史上,似乎还不能找到第二位与鲁迅那样一反传统的审美趣味的文学家。从传统的审美趣味来看,风景区中的"远村明月"、"萧寺清钟"、"古池好水"之类八景或十景不是好得很么?尤其是十景,给人以生活完美的感受,雷峰塔便是这样的西湖十景之一。而且不但景有十景,还移情于几乎衣食住行各方面,遂使"点心有十样锦,菜有十碗,音乐有十番",至今"十全大补"的膏丸还能给病人以一种安全满足的功效。然而鲁迅偏偏反对这样一种传统的审美趣味。他管这叫做"十景病"。他诊断出了"十景病"的危害,说:"中国如十景病尚存,则不但卢梭他们似的疯子决不产生,并且也决不产生一个悲剧作家或喜剧作家或讽刺诗人",其结果,"只是喜剧底人物或非喜剧非悲剧底人物,在互相模造的十景中生存,一面各各带了十景病。"这就是说,"十景病"式的审美趣味麻痹了人们对客观世界社会矛盾的感受,助长了"十全停滞生活"的延续。

然而鲁迅认为,雷峰塔的应该倒掉,还不仅在于它破破烂烂的外观,更主要是它象征着封建的幽灵。在民间故事中,雷峰塔是法海镇压白娘娘的地方,它象征着一种权势对自由心灵的无情摧残,为此,赢得了许多人的眼泪。既然白娘娘被镇压在雷峰塔下,这雷峰塔也便成为邪恶与恐怖的镇压机器,同情白娘娘的人们,向往自由的人们,希望雷峰塔的倒掉,可说人同此心,心同此理。鲁迅不过是这种自由心灵呼唤的代言人。】

导　师

《导师》原为《编完写起》一文的第一、二段，一九二五年五月十五日初刊于《莽原》周刊第四期；后收入一九二六年六月北京北新书局出版的《华盖集》。

　　近来很通行说青年；开口青年，闭口也是青年。但青年又何能一概而论？有醒着的，有睡着的，有昏着的，有躺着的，有玩着的，此外还多。但是，自然也有要前进的。

　　要前进的青年们大抵想寻求一个导师。然而我敢说：他们将永远寻不到。寻不到倒是运气；自知的谢不敏，自许的果真识路么？凡自以为识路者，总过了"而立"之年，灰色可掬了，老态可掬了，圆稳而已，自己却误以为识路。假如真识路，自己就早进向他的目标，何至于还在做导师。说佛法的和尚，卖仙药的道士，将来都与白骨是"一丘之貉"，人们现在却向他听生西的大法，求上升的真传，岂不可笑！

　　但是我并非敢将这些人一切抹杀；和他们随便谈谈，是可以的。说话的也不过能说话，弄笔的也不过能弄笔；别人如果希望他打拳，则是自己错。他如果能打拳，早已打拳了，但那时，别人大概又要希望他翻筋斗。

　　有些青年似乎也觉悟了，我记得《京报副刊》征求青年必读书时，曾有一位发过牢骚，终于说：只有自己可靠！我现在还想斗胆转一句，虽然有些杀风景，就是：自己也未必可靠的。

　　我们都不大有记性。这也无怪，人生苦痛的事太多了，尤其是在中国。记性好的，大概都被厚重的苦痛压死了；只有记性坏的，适者生存，还能欣然活着。但我们究竟还有一点记忆，回想起来，怎样的"今是昨非"呵，怎样的"口是心非"呵，怎样的"今日之我与昨日之我战"呵。我们还没有正在饿得要死时于无人处见别人的饭，正在穷得要死时于无人处见别人的钱,正在性欲旺盛时遇见异性,而且很美的。我想,大话不宜讲得太早,否则,倘有记性,将来想到时会脸红。

或者还是知道自己之不甚可靠者,倒较为可靠罢。

青年又何须寻那挂着金字招牌的导师呢?不如寻朋友,联合起来,同向着似乎可以生存的方向走。你们所多的是生力,遇见深林,可以辟成平地的,遇见旷野,可以栽种树木的,遇见沙漠,可以开掘井泉的。问什么荆棘塞途的老路,寻什么乌烟瘴气的鸟导师!

五月十一日

【评析:《导师》一文里说,知识分子自命导师,那是自欺欺人,他提醒年轻人不要上当。但他又说,我并非将知识分子"一切抹杀;和他们随便谈谈,是可以的"。在我看来,他也这样看自己:他不是"导师",今天我们读者,特别是年轻读者如果想到鲁迅那里去请他指路,那就找错了人,鲁迅早就说过,他自己还在寻路,何敢给别人指路? 我们应该到鲁迅那去听他"随便谈谈",他的特别的思想会给我们以启迪。是"思想的启迪",和我们一起"寻路";而非"行动的指导",给我们"指路",这才是鲁迅对我们的意义。】

赌　咒

《赌咒》一九三三年二月十四日初刊于《申报·自由谈》,署名干;后收入一九三三年十月上海北新书局以"青光书局"名义出版的《伪自由书》。

"天诛地灭,男盗女娼"——是中国人赌咒的经典,几乎像诗云子曰一样。现在的宣誓,"誓杀敌,誓死抵抗,誓……"似乎不用这种成语了。

【评析:从"中国人赌咒的经典"说到当下流行的"宣誓",后文进一步分析。】

但是,赌咒的实质还是一样,总之是信不得。他明知道天不见得来诛他,地也不见得来灭他,现在连人参都"科学化地"含起电气来了,难道"天地"还不科学化么!至于男盗和女娼,那是非但无害,而且有益:男盗——可以多刮几层地皮,女娼——可以多弄几个"裙带官儿"的位置。

【评析:此段是对中国人"赌咒"的分析,点明这种"赌咒"的本质不过是作秀而已,"总之是信不得"的。】

我的老朋友说:你这个"盗"和"娼"的解释都不是古义。

我回答说——你知道现在是什么时代!现在是盗也摩登,娼也摩登,所以赌咒也摩登,变成宣誓了。

二月九日

【评析:此段以讽刺的语言,说明"宣誓"不过就是"摩登"的"赌咒"而已,其本质毫无变化,目的是揭露当时出现的各种"宣誓"的虚伪性。

鲁迅先生对中国人"天诛地灭,男盗女娼"的经典赌咒,和后来进化成"誓"怎样怎样的摩登宣誓,发过这样的议论:"赌咒的实质还是一样,总之是信不得。他明知道天不见得来诛他,地也不见得来灭他"。——这就告诉我们,这类玩意就是用不会应验的狠话,证明自己心地干净,为人诚实,其实是骗人的。】

听说梦

《听说梦》一九三三年四月十五日初刊于北平《文学杂志》第一号,后收入一九三四年三月上海同文书店出版的《南腔北调集》。

做梦,是自由的,说梦,就不自由。做梦,是做真梦的,说梦,就难免说谎。

大年初一,就得到一本《东方杂志》新年特大号,临末有"新年的梦想",问的是"梦想中的未来中国"和"个人生活",答的有一百四十多人。记者的苦心,我是明白的,想必以为言论不自由,不如来说梦,而且与其说所谓真话之假,不如来谈谈梦话之真,我高兴地翻了一下,知道记者先生却大大的失败了。

【评析:总括地提出本文评论的宗旨和对象,说明在国民党法西斯专制下,"说梦"也不能自由。】

当我还未得到这本特大号之前,就遇到过一位投稿者,他比我先看见印本,自说他的答案已被资本家删改了,他所说的梦其实并不如此。这可见资本家虽然还没法禁止人们做梦,而说了出来,倘为权力所及,却要干涉的,决不给你自由。这一点,已是记者的大失败。

但我们且不去管这改梦案子,只来看写着的梦境罢,诚如记者所说,来答复的几乎全部是知识分子。首先,是谁也觉得生活不安定,其次,是许多人梦想着将来的好社会,"各尽所能"呀,"大同世界"呀,很有些"越轨"气息了(末三句是我添的,记者并没有说)。

【评析:从客观事实和概述梦境两方面,论证记者的失败,揭示出"说梦"不能脱离现实的阶级斗争。】

但他后来就有点"痴"起来,他不知从哪里拾来了一种学说,将一百多个梦分为两大类,说那些梦想好社会的都是"载道"之梦,是"异端",正宗的梦应该是"言志"的,硬把"志"弄成一个空洞无物的东西。

147

然而,孔子曰,"盍各言尔志",而终于赞成曾点者,就因为其"志"合于孔子之"道"的缘故也。

其实是记者的所以为"载道"的梦,那里面少得很。文章是醒着的时候写的,问题又近于"心理测验",遂致对答者不能不做出个个适宜于目下自己的职业,地位,身份的梦来(已被删改者自然不在此例),即使看去好像怎样"载道",但为将来的好社会"宣传"的意思,是没有的。所以,虽然梦"大家有饭吃"者有人,梦"无阶级社会"者有人,梦"大同世界"者有人,而很少有人梦见建设这样社会以前的阶级斗争,白色恐怖,轰炸,虐杀,鼻子里灌辣椒水,电刑……倘不梦见这些,好社会是不会来的,无论怎么写得光明,终究是一个梦,空头的梦,说了出来,也无非教人都进这空头的梦境里面去。

然而要实现这"梦"境的人们是有的,他们不是说,而是做,梦着将来,而致力于达到这一种将来的现在。因为有这事实,这才使许多知识分子不能不说好像"载道"的梦,但其实并非"载道",乃是给"道"载了一下,倘要简洁,应该说是"道载"的。

为什么会给"道载"呢?曰:为目前和将来的吃饭问题而已。

我们还受着旧思想的束缚,一说到吃,就觉得近乎鄙俗。

但我是毫没有轻视对答者诸公的意思的。《东方杂志》记者在《读后感》里,也曾引弗洛伊德的意见,以为"正宗"的梦,是"表现各人的心底的秘密而不带着社会作用的"。但弗洛伊德以被压抑为梦的根柢——人为什么被压抑的呢? 这就和社会制度,习惯之类联结了起来,单是做梦不打紧,一说,一问,一分析,可就不妥当了。记者没有想到这一层,于是就一头撞在资本家的朱笔上。但引"压抑说"来释梦,我想,大家必已经不以为忤了罢。

不过,弗洛伊德恐怕是有几文钱,吃得饱饱的罢,所以没有感到吃饭之难,只注意于性欲。有许多人正和他在同一境遇上,就也轰然地拍起手来。诚然,他也告诉过我们,女儿多爱父亲,儿子多爱母亲,即因为异性的缘故。然而婴孩出生不多久,无论男女,就尖起嘴唇,将头转来转去。莫非它想和异性接吻么? 不,谁都知道:是要吃东西!

食欲的根柢,实在比性欲还要深,在目下开口爱人,闭口情书,并不以

148

为肉麻的时候,我们也大可以不必讳言要吃饭。因为是醒着做的梦,所以不免有些不真,因为题目究竟是"梦想",而且如记者先生所说,我们是"物质的需要远过于精神的追求"了,所以乘着Censors(也引用弗洛伊德语)的监护好像解除了之际,便公开了一部分。其实也是在"梦中贴标语,喊口号",不过不是积极的罢了,而且有些也许倒和表面的"标语"正相反。

【评析:结合剖析知识分子的"梦境",驳斥记者所谓"载道""言志"的谬论,进一步论证"说梦"与阶级斗争的关系。】

时代是这么变化,饭碗是这样艰难,想想现在和将来,有些人也只能如此说梦,同是小资产阶级(虽然也有人定我为"封建余孽"或"土著资产阶级",但我自己姑且定为属于这阶级),很能够彼此心照,然而也无须秘而不宣的。至于另有些梦为隐士,梦为渔樵,和本相全不相同的名人,其实也只是预感饭碗之脆,而却想将吃饭范围扩大起来,从朝廷甚至园林,由洋场及于山泽,比上面说过的那些志向要大得远,不过这里不来多说了。

一月一日

【评析:一九三三年《东方杂志》新年特大号"新年的梦想"专栏,刊登了许多知识分子的"空头的梦",不切实际的侈谈什么"无阶级社会",什么"社会主义的大同世界"等等,虽然有些梦想曲折地流露出对国民党反动统治的不满,但是其主要倾向却表现了资产阶级、小资产阶级民主派不敢正视现实,否认阶级斗争的严重弱点。杂志记者还在《读后感》中宣扬了许多谬论,诸如反对"载道"之梦,主张"不带着社会作用"的"个人的梦",鼓吹什么"梦想是人类进化的动力"等等。更是与马克思主义的阶级斗争理论根本对立的。鲁迅针对这种有害的倾向,当即写了《听说梦》这篇热情宣传阶级斗争理论的战斗杂文。

本文通过评论《东方杂志》"新年的梦想"专栏,在揭露连说梦都不自由的法西斯专制制度的过程中,着重分析和批判了资产阶级、小资产阶级民主派的幻想,公开阐明了马克思主义关于阶级斗争和无产阶级专政的理论,显示了鲁迅的高度阶级斗争觉悟和无产阶级的彻底的革命精神。】

关于女人

《关于女人》一九三三年六月十五日初刊于《申报月刊》第二卷第六号，署名洛文；后收入一九三四年三月上海同文书店出版的《南腔北调集》。

国难期间，似乎女人也特别受难些。一些正人君子责备女人爱奢侈，不肯光顾国货。就是跳舞，肉感等等，凡是和女性有关的，都成了罪状。仿佛男人都做了苦行和尚，女人都进了修道院，国难就会得救似的。

其实那不是女人的罪状，正是她的可怜。这社会制度把她挤成了各种各式的奴隶，还要把种种罪名加在她头上。西汉末年，女人的"堕马髻""愁眉啼妆"，也说是亡国之兆。其实亡汉的何尝是女人！不过，只要看有人出来唉声叹气的不满意女人的装束，我们就知道当时统治阶级的情形，大概有些不妙了。

奢侈和淫靡只是一种社会崩溃腐化的现象，绝不是原因。私有制度的社会，本来把女人也当做私产，当做商品。一切国家，一切宗教都有许多稀奇古怪的规条，把女人看做一种不吉利的动物，威吓她，使她奴隶般的服从；同时又要她做高等阶级的玩具。正像现在的正人君子，他们骂女人奢侈，板起面孔维持风化，而同时正在偷偷地欣赏着肉感的大腿文化。

阿拉伯的一个古诗人说："地上的天堂是在圣贤的经书上，马背上，女人的胸脯上。"这句话倒是老实的供状。

自然，各种各样的卖淫总有女人的份。然而买卖是双方的。没有买淫的嫖男，那里会有卖淫的娼女。所以问题还在买淫的社会根源。这根源存在一天，也就是主动的买者存在一天，那所谓女人的淫靡和奢侈就一天不会消灭。男人是私有主的时候，女人自身也不过是男人的所有品。也许是因此罢,她的爱惜家财的心或者比较的差些,她往往成了"败家精"。何况现在买淫的机会那么多,家庭里的女人直觉地感觉到自己地位的危险。民国初年我就听说,上海的时髦是从长三幺二传到姨太太之流,从姨太太之流再传到太太,奶奶,小姐。这些"人家人",多数是不自觉地在和娼妓竞争,——自然,她们就要竭力修饰自己的身体,修饰到拉得住男子的心的一切。这修饰的代价是很贵的,而且一天一天的贵起来,不但是物质上的,而且还有精神上的。

美国一个百万富翁说:"我们不怕共匪(原文无匪字,谨遵功令改译),我们的妻女就要使我们破产,等不及工人来没收。"中国也许是惟恐工人"来得及",所以高等华人的男女这样赶紧的浪费着,享用着,畅快着,那里还管得到国货不国货,风化不风化。然而口头上是必须维持风化,提倡节俭的。

四月十一日

【评析:本篇和《真假堂吉诃德》以及《伪自由书》中的《王道诗话》、《伸冤》、《曲的解放》、《迎头经》、《出卖灵魂的秘诀》、《最艺术的国家》、《内外》、《透底》、《大观园的人才》,《准风月谈》中的《中国文与中国人》等十二篇文章,都是一九三三年瞿秋白在上海时所作,其中有的是根据鲁迅的意见或与鲁迅交换意见后写成的。鲁迅对这些文章曾作过字句上的改动(个别篇改换了题目),并请人誊抄后,以自己使用的笔名,寄给《申报·自由谈》等报刊发表,后来又分别将它们收入自己的杂文集。】

经　验

《经验》一九三三年七月十五日初刊于《申报月刊》第二卷第七号，署名洛文；后收入一九三四年三月上海同文书店出版的《南腔北调集》。

古人所传授下来的经验，有些实在是极可宝贵的，因为它曾经费去许多牺牲，而留给后人很大的益处。

偶然翻翻《本草纲目》，不禁想起了这一点。这一部书，是很普通的书，但里面却含有丰富的宝藏。自然，捕风捉影的记载，也是在所难免的，然而大部分的药品的功用，却由历久的经验，这才能够知道到这程度，而尤其惊人的是关于毒药的叙述。我们一向喜欢恭维古圣人，以为药物是由一个神农皇帝独自尝出来的，他曾经一天遇到过七十二毒，但都有解法，没有毒死。这种传说，现在不能主宰人心了。人们大抵已经知道一切文物，都是历来的无名氏所逐渐的造成。建筑，烹饪，渔猎，耕种，无不如此；医药也如此。这么一想，这事情可就大起来了：大约古人一有病，最初只好这样尝一点，那样尝一点，吃了毒的就死，吃了不相干的就无效，有的竟吃到了对证的就好起来，于是知道这是对于某一种病痛的药。这样地累积下去，乃有草创的纪录，后来渐成为庞大的书，如《本草纲目》就是。而且这书中的所记，又不独是中国的，还有阿拉伯人的经验，有印度人的经验，则先前所用的牺牲之大，更可想而知了。

然而也有经过许多人经验之后，倒给了后人坏影响的，如俗语说"各人自扫门前雪，莫管他家瓦上霜"的便是其一。救急扶伤，一不小心，向来就很容易被人所诬陷，而还有一种坏经验的结果的歌诀，是"衙门八字开，有理无钱莫进来"，于是人们就只要事不干己，还是远远的站开干净。我想，人们在社会里，当初是并不这样彼此漠不相关的，但因豺狼当道,事实上因此出过许多牺牲,后来就自然的都走到这条道路上去了。所以,在中国,尤其是在都市里,倘使路上有暴病倒地,或翻车摔伤的人,路人围观或甚至于高兴的人尽有,肯伸手来扶助一下的人却是极少的。这便是牺牲所换来的坏处。

　　总之,经验的所得的结果无论好坏,都要很大的牺牲,虽是小事情,也免不掉要付惊人的代价。例如近来有些看报的人,对于什么宣言,通电,讲演,谈话之类,无论它怎样骈四俪六,崇论宏议,也不去注意了,甚而还至于不但不注意,看了倒不过做做嘻笑的资料。这那里有"始制文字,乃服衣裳"一样重要呢,然而这一点点结果,却是牺牲了一大片地面,和许多人的生命财产换来的。生命,那当然是别人的生命,倘是自己,就得不着这经验了。所以一切经验,是只有活人才能有的,我的决不上别人讥刺我怕死,就去自杀或拼命的当,而必须写出这一点来,就为此。而且这也是小小的经验的结果。

六月十二日

　　【评析:随着思想认识的不断提高和进步,鲁迅对中医的认识和评价越来越实事求是。正如许广平在回答一位读者所问"为什么鲁迅在《呐喊·自序》中对待中医中药的态度和《南腔北调集·经验》一文中的态度有很大的不同"时所说:"我认为这一点也是由于鲁迅思想发展的特点所决定的。《呐喊·自序》写于1922年,这是鲁迅思想的前期阶段,那时鲁迅还只是一个民主革命者,而《经验》一文,写于1933年,这是鲁迅思想的后期阶段,到此时候,鲁迅已经成为一个马克思主义者了。看问题已经会用辩证唯物主义和历史唯物主义的武器了。所以得出来的结论也就比以前更深刻,更全面了。"】

作文秘诀

《作文秘诀》一九三三年十二月十五日初刊于《申报月刊》第二卷第十二号，署名洛文；后收入一九三四年三月上海同文书店出版的《南腔北调集》。

现在竟还有人写信来问我作文的秘诀。

我们常常听到：拳师教徒弟是留一手的，怕他学全了就要打死自己，好让他称雄。在实际上，这样的事情也并非全没有，逢蒙杀羿就是一个前例。逢蒙远了，而这种古气是没有消尽的，还加上了后来的"状元瘾"，科举虽然久废，至今总还要争"唯一"，争"最先"。遇到有"状元瘾"的人们，做教师就危险，拳棒教完，往往免不了被打倒，而这位新拳师来教徒弟时，却以他的先生和自己为前车之鉴，就一定留一手，甚而至于三四手，于是拳术也就"一代不如一代"了。

还有，做医生的有秘方，做厨子的有秘法，开点心铺子的有秘传，为了保全自家的衣食，听说这还只授儿妇，不教女儿，以免流传到别人家里去。"秘"是中国非常普遍的东西，连关于国家大事的会议，也总是"内容非常秘密"，大家不知道。但是，作文却好像偏偏并无秘诀，假使有，每个作家一定是传给子孙的了，然而祖传的作家很少见。自然，作家的孩子们，从小看惯书籍纸笔，眼格也许比较的可以大一点罢，不过不见得就会做。目下的刊物上，虽然常见什么"父子作家""夫妇作家"的名称，仿佛真能从遗嘱或情书中，密授一些什么秘诀一样，其实乃是肉麻当有趣，妄将做官的关系，用到作文上去了。

那么，作文真就毫无秘诀么？却也并不。我曾经讲过几句做古文的秘诀，是要通篇都有来历，而非古人的成文；也就是通篇是自己做的，而又全非自己所做，个人其实并没有说什么；也就是"事出有因"，而又"查无实据"。到这样，便"庶几乎免于大过也矣"了。简而言之，实不过要做得"今天天气,哈哈哈……"而已。

　　这是说内容。至于修辞,也有一点秘诀:一要蒙胧,二要难懂。那方法,是:缩短句子,多用难字。譬如罢,作文论秦朝事,写一句"秦始皇乃始烧书",是不算好文章的,必须翻译一下,使它不容易一目了然才好。这时就用得着《尔雅》《文选》了,其实是只要不给别人知道,查查《康熙字典》也不妨。动手来改,成为"始皇始焚书",就有些"古"起来,到得改成"政俶燔典",那就简直有了斑马气,虽然跟着也令人不大看得懂。但是这样的做成一篇以至一部,是可以被称为"学者"的,我想了半天,只做得一句,所以只配在杂志上投稿。

　　我们的古之文学大师,就常常玩着这一手。班固先生的"紫色蛙声,余分闰位",就将四句长句,缩成八字的;扬雄先生的"蠢迪检柙",就将"动由规矩"这四个平常字,翻成难字的。《绿野仙踪》记塾师咏"花",有句云:"媳钗俏矣儿书废,哥罐闻焉嫂棒伤。"自说意思,是儿妇折花为钗,虽然俏丽,但恐儿子因而废读;下联较费解,是他的哥哥折了花来,没有花瓶,就插在瓦罐里,以嗅花香,他嫂嫂为防微杜渐起见,竟用棒子连花和罐一起打坏了。这算是对于冬烘先生的嘲笑。

　　然而他的作法,其实是和扬班并无不合的,错只在他不用古典而用新典。这一个所谓"错",就使《文选》之类在遗老遗少们的心眼里保住了威灵。

　　做得蒙胧,这便是所谓"好"么? 答曰:也不尽然,其实是不过掩了丑。但是,"知耻近乎勇",掩了丑,也就仿佛近乎好了。摩登女郎披下头发,中年妇人罩上面纱,就都是蒙胧术。人类学家解释衣服的起源有三说:一说是因为男女知道了性的羞耻心,用这来遮羞;一说却以为倒是用这来刺激;还有一种是说因为老弱男女,身体衰瘦,露着不好看,盖上一些东西,借此掩掩丑的。从修辞学的立场上看起来,我赞成后一说。现在还常有骈四俪六,典丽堂皇的祭文,挽联,宣言,通电,我们倘去查字典,翻类书,剥去它外面的装饰,翻成白话文,试看那剩下的是怎样的东西呵!?

　　不懂当然也好的。好在那里呢? 即好在"不懂"中。但所虑的是好到令人不能说好丑,所以还不如做得它"难懂":有一点懂,而下一番苦功之后，所懂的也比较得多起来。我们是向来很有崇拜"难"的脾气的，每餐吃三碗饭，谁也不以为奇，有人每餐要吃十八碗，就郑重其事的写在笔记上；用手穿针没有人看，用脚穿针就可以搭帐篷卖钱；一幅画片，平淡无奇，装在匣子里，挖一个洞，化为西洋镜，人们就张着嘴热心的要看了。

况且同是一事，费了苦功而达到的，也比并不费力而达到的可贵。譬如到什么庙里去烧香罢，到山上的，比到平地上的可贵；三步一拜才到庙里的庙，和坐了轿子一径抬到的庙，即使同是这庙，在到达者的心里的可贵的程度是大有高下的。作文之贵乎难懂，就是要使读者三步一拜，这才能够达到一点目的的妙法。

写到这里，成了所讲的不但只是做古文的秘诀，而且是做骗人的古文的秘诀了。但我想，做白话文也没有什么大两样，因为它也可以夹些僻字，加上蒙胧或难懂，来施展那变戏法的障眼的手巾的。倘要反一调，就是"白描"。

"白描"却并没有秘诀。如果要说有，也不过和障眼法反一调：有真意，去粉饰，少做作，勿卖弄而已。

十一月十日

【评析：1933年，上海文化界一批文人墨客置国家安危于不顾，倒劝人学篆字，做古诗，读《庄子》《文选》，煽起一股复古逆流，配合国民党当局的文化围剿；报刊上也充斥了陈腐难懂的通电、宣言、祭文、挽联之类。为此，鲁迅写下了《作文秘诀》。文章深刻地讽刺了空洞无物和故作高深的文风；揭露了这批文人不过是在施展"障眼法"来遮丑掩羞而已；提倡"有真意，去粉饰，少做作，勿卖弄"的"白描"手法！】

拿来主义

《拿来主义》一九三四年六月七日初刊于《中华日报·动向》，署名霍冲；后收入一九三五年末由作者亲自编定，一九三七年七月上海三味书屋出版的《且介亭杂文》。

中国一向是所谓"闭关主义"，自己不去，别人也不许来。

自从给枪炮打破了大门之后，又碰了一串钉子，到现在，成了什么都是"送去主义"了。别的且不说罢，单是学艺上的东西，近来就先送一批古董到巴黎去展览，但终"不知后事如何"；还有几位"大师"们捧着几张古画和新画，在欧洲各国一路的挂过去，叫作"发扬国光"。听说不远还要送梅兰芳博士到苏联去，以催进"象征主义"，此后是顺便到欧洲传道。我在这里不想讨论梅博士演艺和象征主义的关系，总之，活人替代了古董，我敢说，也可以算得显出一点进步了。

但我们没有人根据了"礼尚往来"的仪节，说道：拿来！当然，能够只是送出去，也不算坏事情，一者见得丰富，二者见得大度。尼采就自诩过他是太阳，光热无穷，只是给与，不想取得。然而尼采究竟不是太阳，他发了疯。中国也不是，虽然有人说，掘起地下的煤来，就足够全世界几百年之用。

但是，几百年之后呢？几百年之后，我们当然是化为魂灵，或上天堂，或落了地狱，但我们的子孙是在的，所以还应该给他们留下一点礼品。要不然，则当佳节大典之际，他们拿不出东西来，只好磕头贺喜，讨一点残羹冷炙做奖赏。

这种奖赏，不要误解为"抛来"的东西，这是"抛给"的，说得冠冕些，可以称之为"送来"，我在这里不想举出实例。

我在这里也并不想对于"送去"再说什么，否则太不"摩登"了。

我只想鼓吹我们再吝啬一点，"送去"之外，还得"拿来"，是为"拿来主义"。

　　但我们被"送来"的东西吓怕了。先有英国的鸦片，德国的废枪炮，后有法国的香粉，美国的电影，日本的印着"完全国货"的各种小东西。于是连清醒的青年们，也对于洋货发生了恐怖。其实，这正是因为那是"送来"的，而不是"拿来"的缘故。

　　所以我们要运用脑髓，放出眼光，自己来拿！

　　譬如罢，我们之中的一个穷青年，因为祖上的阴功（姑且让我这么说说罢），得了一所大宅子，且不问他是骗来的，抢来的，或合法继承的，或是做了女婿换来的。那么，怎么办呢？我想，首先是不管三七二十一，"拿来"！但是，如果反对这宅子的旧主人，怕给他的东西污染了，徘徊不敢走进门，是孱头；勃然大怒，放一把火烧光，算是保存自己的清白，则是浑蛋。不过因为原是羡慕这宅子的旧主人的，而这回接受一切，欣欣然地蹩进卧室，大吸剩下的鸦片，那当然更是废物。"拿来主义"者是全不这样的。

　　他占有，挑选。看见鱼翅，并不就抛在路上以显其"平民化"；只要有养料，也和朋友们像萝卜白菜一样的吃掉，只不用它来宴大宾；看见鸦片，也不当众摔在茅厕里，以见其彻底革命，只送到药房里去，以供治病之用，却不弄"出售存膏，售完即止"的玄虚。只有烟枪和烟灯，虽然形式和印度，波斯，阿拉伯的烟具都不同，确可以算是一种国粹，倘使背着周游世界，一定会有人看，但我想，除了送一点进博物馆之外，其余的是大可以毁掉的了。还有一群姨太太，也大可以请她们各自走散为是，要不然，"拿来主义"怕未免有些危机。

　　总之，我们要拿来。我们要或使用，或存放，或毁灭。那么，主人是新主人，宅子也就会成为新宅子。然而首先要这人沉着，勇猛，有辨别，不自私。没有拿来的，人不能自成为新人，没有拿来的，文艺不能自成为新文艺。

六月四日

　　【评析：《拿来主义》是现代文学家鲁迅通过嬉笑怒骂、妙趣横生的语言形式,表现一种抨击时政、挑战强权的思想,一种论析文化、洞悉历史的胆识的杂文。

这篇文章,一是针对国民政府崇洋媚外,出卖民族文化遗产的投降主义,二是针对革命文艺阵线内部的两种错误倾向,即割断历史,全盘否定的"左"倾错误和拜倒在洋人脚下,主张全盘吸收的右倾错误。作品思想深刻,见解独特,锋芒毕露,咄咄逼人,让人不能不对鲁迅炉火纯青、登峰造极的语言艺术叹为观止。】

《看图识字》

《看图识字》一九三四年七月一日初刊于北平《文学季刊》第三期，署名唐俟；后收入一九三五年末由作者亲自编定，一九三七年七月上海三味书屋出版的《且介亭杂文》。

　　凡一个人，即使到了中年以至暮年，倘一和孩子接近，便会踏进久经忘却了的孩子世界的边疆去，想到月亮怎么会跟着人走，星星究竟是怎么嵌在天空中。但孩子在他的世界里，是好像鱼之在水，游泳自如，忘其所以的，成人却有如人的凫水一样，虽然也觉到水的柔滑和清凉，不过总不免吃力，为难，非上陆不可了。

　　月亮和星星的情形，一时怎么讲得清楚呢，家境还不算精穷，当然还不如给一点所谓教育，首先是识字。上海有各国的人们，有各国的书铺，也有各国的儿童用书。但我们是中国人，要看中国书，识中国字。这样的书也有，虽然纸张，图画，色彩，印订，都远不及别国，但有是也有的。我到市上去，给孩子买来的是民国二十一年十一月印行的"国难后第六版"的《看图识字》。

　　先是那色彩就多么恶浊，但这且不管他。图画又多么死板，这且也不管他。出版处虽然是上海，然而奇怪，图上有蜡烛，有洋灯，却没有电灯；有朝靴，有三镶云头鞋，却没有皮鞋。跪着放枪的，一脚拖地；站着射箭的，两臂不平，他们将永远不能达到目的，更坏的是连钓竿，风车，布机之类，也和实物有些不同。

　　我轻轻地叹了一口气，记起幼小时候看过的《日用杂字》来。这是一本教育妇女婢仆，使她们能够记账的书，虽然名物的种类并不多，图画也很粗劣，然而很活泼，也很像。为什么呢？就因为作画的人，是熟悉他所画的东西的，一个"萝卜"，一只鸡，在他的记忆里并不含糊，画起来当然就切实。现在我们只要看《看图识字》里所画的生活状态——洗脸,吃饭,读书——就知道这是作者意中的读者,也是作者自己的生活状态,是在租界上租一层屋,装了全家,既不阔绰,也非精穷的,埋头苦干一日,才得维持生活一日的人,孩子得上学校,自己须穿长衫,用尽心神,撑住场面,又哪有余力去买参考书,观察事物,修炼本领呢? 况且,那书的末叶上还有一行道:"戊申年七月初版。"查年表,才知道那就是清朝光绪三十四年,即西历一九〇八年,虽是前年新印,书却成于二十七年前,已是一部古籍了,其奄奄无生气,正也不足为奇的。

孩子是可以敬服的,他常常想到星月以上的境界,想到地面下的情形,想到花卉的用处,想到昆虫的言语;他想飞上天空,他想潜入蚁穴……所以给儿童看的图书就必须十分慎重,做起来也十分烦难。即如《看图识字》这两本小书,就天文,地理,人事,物情,无所不有。其实是,倘不是对于上至宇宙之大,下至苍蝇之微,都有些切实的知识的画家,绝难胜任的。

然而我们是忘却了自己曾为孩子时候的情形了,将他们看作一个蠢材,什么都不放在眼里。即使因为时势所趋,只得施一点所谓教育,也以为只要付给蠢材去教就足够。于是他们长大起来,就真的成了蠢材,和我们一样了。

然而我们这些蠢材,却还在变本加厉的愚弄孩子。只要看近两三年的出版界,给"小学生","小朋友"看的刊物,特别的多就知道。中国突然出了这许多"儿童文学家"了么? 我想:是并不然的。

五月三十日

【评析:鲁迅在谈到孩子时曾说,"孩子是可以敬服的,他常常想到星月以上的境界,想到地面下的情形,想到花卉的用处,想到昆虫的言语;他想飞上太空,他想潜入蚁穴……然而我们是忘却了自己曾为孩子时候的情形了,将他们看成一个蠢材,什么都不放在眼里"。

鲁迅之所以"敬服"孩子,是因为孩子没有观念上的束缚,他有望确立新价值——这是一种只有在领导型政治下才会存在的行动策略。在文集《呐喊·故乡》一文的结尾处,鲁迅写过一句著名的话:"希望是本无所谓有，无所谓无的。这正如地上的路；其实地上本没有路，走的人多了，也便成了路。"用路做比喻，如果统治型政治下的行动策略是"以风险最小化利益最大化为纲，在诸多道路中寻找最优解"的话，那么领导型政治下的行动策略就是"抛弃一切限制性条件，不惧风险，敢于走新路"。】

略论梅兰芳及其他(上)

《略论梅兰芳及其他(上)》一九三四年十一月五日初刊于《中华日报·动向》,署名张沛;后收入一九三六年六月上海联华书局出版的《花边文学》。

崇拜名伶原是北京的传统。辛亥革命后,伶人的品格提高了,这崇拜也干净起来。先只有谭叫天在剧坛上称雄,都说他技艺好,但恐怕也还夹着一点势利,因为他是"老佛爷"——慈禧太后赏识过的。虽然没有人给他宣传,替他出主意,得不到世界的名声,却也没有人来为他编剧本。我想,这不来,是带着几分"不敢"的。

后来有名的梅兰芳可就和他不同了。梅兰芳不是生,是旦,不是皇家的供奉,是俗人的宠儿,这就使士大夫敢于下手了。士大夫是常要夺取民间的东西的,将竹枝词改成文言,将"小家碧玉"作为姨太太,但一沾着他们的手,这东西也就跟着他们灭亡。他们将他从俗众中提出,罩上玻璃罩,做起紫檀架子来。教他用多数人听不懂的话,缓缓的《天女散花》,扭扭的《黛玉葬花》,先前是他做戏的,这时却成了戏为他而做,凡有新编的剧本,都只为了梅兰芳,而且是士大夫心目中的梅兰芳。雅是雅了,但多数人看不懂,不要看,还觉得自己不配看了。

士大夫们也在日见其消沉,梅兰芳近来颇有些冷落。因为他是旦角,年纪一大,势必至于冷落的吗?不是的,老十三旦七十岁了,一登台,满座还是喝彩。为什么呢?就因为他没有被士大夫据为己有,罩进玻璃罩。

名声的起灭,也如光的起灭一样,起的时候,从近到远,灭的时候,远处倒还留着余光。梅兰芳的游日、游美,其实已不是光的发扬,而是光在中国的收敛。他竟没有想到从玻璃罩里跳出,所以这样的搬出去,还是这样的搬回来。

他未经士大夫帮忙时候所做的戏，自然是俗的，甚至于猥下，肮脏，但是泼剌，有生气。待到化为"天女"，高贵了，然而从此死板板，矜持得可怜。看一位不死不活的天女或林妹妹，我想，大多数人是倒不如看一个漂亮活泼的村女的，她和我们相近。

然而梅兰芳对记者说，还要将别的剧本改得雅一些。

十一月一日

【评析：鲁迅和梅兰芳，他两一个是文学大师，一个是京剧大师，两人都在各自的领域里创造了奇迹，都为中华民族争了光，都是中国人的骄傲。可是，两个人的关系却非常糟糕，应该说鲁迅极其的不喜欢梅兰芳，他们从不往来，且相互成见极深，鲁迅更是还嘲讽过梅兰芳，称其伟大的艺术就是男扮女装，不男不女。到底是什么原因使得鲁迅出此言论的呢？

事情要从1933年说起。年初，英国著名戏剧家萧伯纳访华，上海文化界名人几乎倾巢而出，鲁迅与梅兰芳自然也在上海共同出席了欢迎聚会，虽然他们同桌吃饭，彼此也都知道对方身份，却形同路人，自始至终，一句话也没讲。因为相互隔阂太深，已无法弥补，既有偏见，也有误解，而两人又都是性情倔强之人，于是，这唯一一次见面的机会也没有进行沟通，更没有"相逢一笑泯恩仇"，两位文化巨人就这样失之交臂，参商永离。平心而论，我以为事情发展到这一地步，鲁迅对京剧乃至梅兰芳的多次批评、讽刺是主要原因。在鲁迅的杂文和通信中，先后有十多次提到梅兰芳，语气多不恭，对其表演艺术也颇多嘲讽。】

略论梅兰芳及其他(下)

《略论梅兰芳及其他(下)》一九三四年十一月六日初刊于《中华日报·动向》,署名张沛;后收入一九三六年六月上海联华书局出版的《花边文学》。

　　而且梅兰芳还要到苏联去。

　　议论纷纷。我们的大画家徐悲鸿教授也曾到莫斯科去画过松树——也许是马,我记不真切了——国内就没有谈得这么起劲。这就可见梅兰芳博士之在艺术界,确是超人一等的了。

　　而且累得《现代》的编辑室里也紧张起来。首座编辑施蛰存先生曰:"而且还要梅兰芳去演《贵妃醉酒》呢!"(《现代》五卷五期。)要这么大叫,可见不平之极了,倘不预先知道性别,是会令人疑心生了脏躁症的。次座编辑杜衡先生曰:"剧本鉴定的工作完毕,则不妨选几个最前进的戏先到莫斯科去宣传为梅兰芳先生'转变'后的个人的创作……因为照例,到苏联去的艺术家,是无论如何应该事先表示一点'转变'的。"(《文艺画报》创刊号。)这可冷静得多了,一看就知道他手段高妙,足使齐如山先生自愧弗及,赶紧来请帮忙——帮忙的帮忙。

　　但梅兰芳先生却正在说中国戏是象征主义,剧本的字句要雅一些,他其实倒是为艺术而艺术,他也是一位"第三种人"。

　　那么,他是不会"表示一点'转变'的",目前还太早一点。

　　他也许用另一个笔名,做一篇剧本,描写一个知识阶级,总是专为艺术,总是不问俗事,但到末了,他却究竟还在革命这一方面。这就活动得多了,不到末了,花呀光呀,倘到末了,做这篇东西的也就是我呀,那不就在革命这一方面了吗?

　　但我不知道梅兰芳博士可会自己做了文章,却用另一个笔名,来称赞自己的做戏;或者虚设一社,出些什么"戏剧年鉴",亲自作序,说自己是剧界的名人？倘使没有,那可是也不会玩这一手的。

倘不会玩,那可真要使杜衡先生失望,要他"再亮些"了。

还是带住罢,倘再"略论"下去,我也要防梅先生会说因为被批评家乱骂,害得他演不出好戏来。

十一月一日

【评析:鲁迅晚年,接连写了两篇《略论梅兰芳及其他》(上下),文章是梅兰芳在美国弘扬国粹、演出成功载誉归国后不久写的。对此,鲁迅写道:"梅兰芳的游日、游美,其实已不是光的发扬,而是光在中国的收敛。"这种观点,在新中国建立后的戏剧改革工作中,曾经被一再引证和广泛运作,并产生了极大的影响。梅兰芳被鲁迅点名批评过的剧目,如《天女散花》《黛玉葬花》等,也因此而修改或停演。

对于鲁迅的上述言论,似乎没看到梅兰芳有什么公开见诸报端的反驳,但他的不高兴则是不言而喻的。他不仅没有参加1936年10月鲁迅的葬礼。新中国成立后,他和鲁迅夫人许广平虽然同是全国政协常委,经常在一起开会、聚餐、合影,私下却从不来往。好在大家都知道他和鲁迅历史上的不和,也不勉强他做违心的事。】

论"人言可畏"

《论"人言可畏"》一九三五年五月二十日初刊于《太白》半月刊第二卷第五期,署名赵令仪;后收入一九三五年末由作者亲自编定,一九三七年七月上海三味书屋出版的《且介亭杂文二集》。

"人言可畏"是电影明星阮玲玉自杀之后,发见于她的遗书中的话。这轰动一时的事件,经过了一通空论,已经渐渐冷落了,只要《玲玉香消记》一停演,就如去年的艾霞自杀事件一样,完全烟消火灭。她们的死,不过像在无边的人海里添了几粒盐,虽然使扯淡的嘴巴们觉得有些味道,但不久也还是淡,淡,淡。

这句话,开初是也曾惹起一点小风波的。有评论者,说是使她自杀之咎,可见也在日报记事对于她的诉讼事件的张扬;不久就有一位记者公开的反驳,以为现在的报纸的地位,舆论的威信,可怜极了,那里还有丝毫主宰谁的运命的力量,况且那些记载,大抵采自经官的事实,绝非捏造的谣言,旧报具在,可以复按。所以阮玲玉的死,和新闻记者是毫无关系的。这都可以算是真实话。然而——也不尽然。

现在的报章之不能像个报章,是真的;评论的不能逞心而谈,失了威力,也是真的,明眼人决不会过分的责备新闻记者。

但是,新闻的威力其实是并未全盘坠地的,它对甲无损,对乙却会有伤;对强者它是弱者,但对更弱者它却还是强者,所以有时虽然吞声忍气,有时仍可以耀武扬威。于是阮玲玉之流,就成了发扬余威的好材料了,因为她颇有名,却无力。小市民总爱听人们的丑闻,尤其是有些熟识的人的丑闻。上海的街头巷尾的老虔婆,一知道近邻的阿二嫂家有野男人出入,津津乐道,但如果对她讲甘肃的谁在偷汉,新疆的谁在再嫁,她就不要听了。阮玲玉正在现身银幕,是一个大家认识的人,因此她更是给报章凑热闹的好材料,至少也可以增加一点销场。

读者看了这些,有的想:"我虽然没有阮玲玉那么漂亮,却比她正经";有的想:"我虽然不及阮玲玉的有本领,却比她出身高";连自杀了之后,也还可以给人想:"我虽然没有阮玲玉的技艺,却比她有勇气,因为我没有自杀",花几个铜元就发现了自己的优胜,那当然是很上算的。但靠演艺为生的人,一遇到公众发生了上述的前两种的感想,她就够走到末路了。所以我们且不要高谈什么连自己也并不了然的社会组织或意志强弱的滥调,先来设身处地的想一想罢,那么,大概就会知道阮玲玉的以为"人言可畏",是真的,或人的以为她的自杀,和新闻记事有关,也是真的。

但新闻记者的辩解,以为记载大抵采自经官的事实,却也是真的。上海的有些介乎大报和小报之间的报章,那社会新闻,几乎大半是官司已经吃到公安局或工部局去了的案件。但有一点坏习气,是偏要加上些描写,对于女性,尤喜欢加上些描写;这种案件,是不会有名公巨卿在内的,因此也更不妨加上些描写。案中的男人的年纪和相貌,是大抵写得老实的,一遇到女人,可就要发挥才藻了,不是"徐娘半老,风韵犹存",就是"豆蔻年华,玲珑可爱"。一个女孩儿跑掉了,自奔或被诱还不可知,才子就断定道,"小姑独宿,不惯无郎",你怎么知道?一个村妇再醮了两回,原是穷乡僻壤的常事,一到才子的笔下,就又赐以大字的题目道,"奇淫不减武则天",这程度你又怎么知道?这些轻薄句子,加之村姑,大约是并无什么影响的,她不识字,她的关系人也未必看报。但对于一个智识者,尤其是对于一个出到社会上了的女性,却足够使她受伤,更不必说故意张扬,特别渲染的文字了。然而中国的习惯,这些句子是摇笔即来,不假思索的,这时不但不会想到这也是玩弄着女性,并且也不会想到自己乃是人民的喉舌。但是,无论你怎么描写,在强者是毫不要紧的,只消一封信,就会有正误或道歉接着登出来,不过无拳无勇如阮玲玉,可就正做了吃苦的材料了,她被额外的画上一脸花,没法洗刷。叫她奋斗吗?她没有机关报,怎么奋斗;有冤无头,有怨无主,和谁奋斗呢?我们又可以设身处地的想一想,那么,大概就又知她的以为"人言可畏",是真的,或人的以为她的自杀,和新闻记事有关,也是真的。

然而,先前已经说过,现在的报章的失了力量,却也是真的,不过

168

我以为还没有到达如记者先生所自谦，竟至一钱不值，毫无责任的时候。因为它对于更弱者如阮玲玉一流人，也还有左右她命运的若干力量的，这也就是说，它还能为恶，自然也还能为善。"有闻必录"或"并无能力"的话，都不是向上的负责的记者所该采用的口头禅，因为在实际上，并不如此，——它是有选择的，有作用的。

至于阮玲玉的自杀，我并不想为她辩护。我是不赞成自杀，自己也不预备自杀的。但我的不预备自杀，不是不屑，却因为不能。凡有谁自杀了，现在是总要受一通强毅的评论家的呵斥，阮玲玉当然也不在例外。然而我想，自杀其实是不很容易，决没有我们不预备自杀的人们所渺视的那么轻而易举的。倘有谁以为容易么，那么，你倒试试看！

自然，能试的勇者恐怕也多得很，不过他不屑，因为他有对于社会的伟大的任务。那不消说，更加是好极了，但我希望大家都有一本笔记簿，写下所尽的伟大的任务来，到得有了曾孙的时候，拿出来算一算，看看怎么样。

五月五日

【评析：1935 年阮玲玉自杀的消息传出后，整个上海乃至全国都为之震惊。海内外之急电交驰，所致唁诔哀挽之辞，不可胜数。市民观众也奔走相告，咨嗟叹惜，相率赴吊。鲁迅得知阮玲玉自杀的消息后，怀着悲愤的心情写下了《论"人言可畏"》一文抨击当时的小报记者。

"人言可畏"是阮玲玉遗书中的原话。用现在的话，他是一个公众人物。她的死，正好处在一个社会转型的年代，无疑成为民众茶余饭后最好的谈资。就如现今一些八卦媒体向观众提供的娱乐新闻一样，为观众提供更多的话题。正如鲁迅的话"她们的死，不过像在无边的人海里添了几粒盐。虽然是扯淡的嘴巴们觉得有些味道，但不久还是说淡、淡、淡。"当然，时间能把一切东西冲淡。然而媒体在诉苦，这事与它毫无关系。"也不尽然"，轻描淡写，委婉的回绝了它的观点。也预示着当时媒体的详情，更重要的东西在这四个字之后。又增加读者的阅读兴趣。所有的愤懑全在"也不尽然"这几个字中流露。】

在现代中国的孔夫子

《在现代中国的孔夫子》最初为日文所写,初刊于日本《改造》月刊一九三五年六月号;后由亦光译为中文,一九三五年七月初刊于日本东京《杂文》月刊第二号,题为《孔夫子在现代中国》;后经作者略加改定,收入一九三五年末由作者亲自编定,一九三七年七月上海三味书屋出版的《且介亭杂文二集》。

新近的上海的报纸,报告着因为日本的汤岛,孔子的圣庙落成了,湖南省主席何键将军就寄赠了一幅向来珍藏的孔子的画像。老实说,中国的一般的人民,关于孔子是怎样的相貌,倒几乎是毫无所知的。自古以来,虽然每一县一定有圣庙,即文庙,但那里面大抵并没有圣像。凡是绘画,或者雕塑应该崇敬的人物时,一般是以大于常人为原则的,但一到最应崇敬的人物,例如孔夫子那样的圣人,却好像连形象也成为亵渎,反不如没有的好。这也不是没有道理的。孔夫子没有留下照相来,自然不能明白真正的相貌,文献中虽然偶有记载,但是胡说白道也说不定。若是从新雕塑的话,则除了任凭雕塑者的空想而外,毫无办法,更加放心不下。于是儒者们也终于只好采取"全部,或全无"的勃兰特式的态度了。

然而倘是画像,却也会间或遇见的。我曾经见过三次:一次是《孔子家语》里的插画;一次是梁启超氏亡命日本时,作为横滨出版的《清议报》上的卷头画,从日本倒输入中国来的;还有一次是刻在汉朝墓石上的孔子见老子的画像。说起从这些图画上所得的孔夫子的模样的印象来,则这位先生是一位很瘦的老头子,身穿大袖口的长袍子,腰带上插着一把剑,或者腋下挟着一支杖,然而从来不笑,非常威风凛凛的。假使在他的旁边侍坐,那就一定得把腰骨挺得笔直,经过两三点钟,就骨节酸痛,倘是平常人,大约总不免急于逃走的了。

后来我曾到山东旅行。在为道路的不平所苦的时候,忽然想到了我们的孔夫子。一想起那具有俨然道貌的圣人,先前便是坐着简陋的车子,颠颠簸簸,在这些地方奔忙的事来,颇有滑稽之感。这种感想,自然是不好的,要而言之,颇近于不敬,倘是孔子之徒,恐怕是决不应该发生的。但在那时候,怀着我似的不规矩的心情的青年,可是多得很。

　　我出世的时候是清朝的末年,孔夫子已经有了"大成至圣文宣王"这一个阔得可怕的头衔,不消说,正是圣道支配了全国的时代。政府对于读书的人们,使读一定的书,即四书和五经;使遵守一定的注释;使写一定的文章,即所谓"八股文";并且使发一定的议论。然而这些千篇一律的儒者们,倘是四方的大地,那是很知道的,但一到圆形的地球,却什么也不知道,于是和四书上并无记载的法兰西和英吉利打仗而失败了。不知道为了觉得与其拜着孔夫子而死,倒不如保存自己们之为得计呢,还是为了什么,总而言之,这回是拼命尊孔的政府和官僚先就动摇起来,用官帑大翻起洋鬼子的书籍来了。属于科学上的古典之作的,则有侯失勒的《谈天》,雷侠儿的《地学浅释》,代那的《金石识别》,到现在也还作为那时的遗物,间或躺在旧书铺子里。

　　然而一定有反动。清末之所谓儒者的结晶,也是代表的大学士徐桐氏出现了。他不但连算学也斥为洋鬼子的学问;他虽然承认世界上有法兰西和英吉利这些国度,但西班牙和葡萄牙的存在,是决不相信的,他主张这是法国和英国常常来讨利益,连自己也不好意思了,所以随便胡诌出来的国名。他又是一九〇〇年的有名的义和团的幕后的发动者,也是指挥者。但是义和团完全失败,徐桐氏也自杀了。政府就又以为外国的政治法律和学问技术颇有可取之处了。我的渴望到日本去留学,也就在那时候。达到目的,入学的地方,是嘉纳先生所设立的东京的弘文学院;在这里,三泽力太郎先生教我水是氧气和氢气所合成,山内繁雄先生教我贝壳里的什么地方其名为"外套"。这是有一天的事情。学监大久保先生集合起大家来,说:因为你们都是孔子之徒,今天到御茶之水的孔庙里去行礼罢! 我大吃了一惊。现在还记得那时心里想,正因为绝望于孔夫子和他得知徒,所以到日本来的,然而又是拜么? 一时觉得很奇怪。而且发生这样感觉的,我想绝不止我

171

一个人。

但是，孔夫子在本国的不遇，也并不是始于二十世纪的。孟子批评他为"圣之时者也"，倘翻成现代语，除了"摩登圣人"实在也没有别的法。为他自己计，这固然是没有危险的尊号，但也不是十分值得欢迎的头衔。不过在实际上，却也许并不这样子。孔夫子的做定了"摩登圣人"是死了以后的事，活着的时候却是颇吃苦头的。跑来跑去，虽然曾经贵为鲁国的警示总监，而又立刻下野，失业了；并且为权臣所轻蔑，为野人所嘲弄，甚至于为暴民所包围，饿扁了肚子。弟子虽然收了三千名，中用的却只有七十二，然而真可以相信的又只有一个人。有一天，孔夫子愤慨道："道不行，乘桴浮于海，从我者，其由与？"从这消极的打算上，就可以窥见那消息。然而连这一位由，后来也因为和敌人战斗，被击断了冠缨，但真不愧为由呀，到这时候也还不忘记从夫子听来的教训，说道"君子死，冠不免"，一面系着冠缨，一面被人砍成肉酱了。连唯一可信的弟子也已经失掉，孔子自然是非常悲痛的，据说他一听到这信息，就吩咐去倒掉厨房里的肉酱云。

孔夫子到死了以后，我以为可以说是运气比较的好一点。因为他不会噜苏了，种种的权势者便用种种的白粉给他来化妆，一直抬到吓人的高度。但比起后来输入的释迦牟尼来，却实在可怜得很。诚然，每一县固然都有圣庙即文庙，可是一副寂寞的冷落的样子，一般的庶民，是决不去参拜的，要去，则是佛寺，或者是神庙。若向老百姓们问孔夫子是什么人，他们自然回答是圣人，然而这不过是权势者的留声机。他们也敬惜字纸，然而这是因为倘不敬惜字纸，会遭雷殛的迷信的缘故；南京的夫子庙固然是热闹的地方，然而这是因为另有各种玩耍和茶店的缘故。虽说孔子作《春秋》而乱臣贼子惧，然而现在的人们，却几乎谁也不知道一个笔伐了的乱臣贼子的名字。说到乱臣贼子，大概以为是曹操，但那并非圣人所教，却是写了小说和剧本的无名作家所教的。

总而言之，孔夫子之在中国，是权势者们捧起来的，是那些权势者或想做权势者们的圣人，和一般的民众并无什么关系。然而对于圣庙,那些权势者也不过一时的热心。因为尊孔的时候已经怀着别样的目的,所以目的一达,这器具就无用,如果不达呢,那可更加无用了。在三四十年以前,凡有企图获得权势的人,就是希望做官的人,都是读"四书"和"五经",做"八股",别一些人就将这些书籍和文章,统名之为"敲门砖"。这就是说,文官考试一及第,这些东西也就同时被忘却,恰如敲门时所用的砖头一样,门一开,这砖头也就被抛掉了。孔子这人,其实是自从死了以后,也总是当着"敲门砖"的差使的。

一看最近的例子,就更加明白。从二十世纪的开始以来,孔夫子的运气是很坏的,但到袁世凯时代,却又被从新记得,不但恢复了祭典,还新做了古怪的祭服,使奉祀的人们穿起来。跟着这事而出现的便是帝制。然而那一道门终于没有敲开,袁氏在门外死掉了。余剩的是北洋军阀,当觉得渐近末路时,也用它来敲过另外的幸福之门。盘踞着江苏和浙江,在路上随便砍杀百姓的孙传芳将军,一面复兴了投壶之礼;钻进山东,连自己也数不清金钱和兵丁和姨太太的数目了的张宗昌将军,则重刻了《十三经》,而且把圣道看作可以由肉体关系来传染的花柳病一样的东西,拿一个孔子后裔的谁来做了自己的女婿。然而幸福之门,却仍然对谁也没有开。

这三个人,都把孔夫子当作砖头用,但是时代不同了,所以都明明白白的失败了。岂但自己失败而已呢,还带累孔子也更加陷入了悲境。他们都是连字也不大认识的人物,然而偏要大谈什么《十三经》之类,所以使人们觉得滑稽;言行也太不一致了,就更加令人讨厌。既已厌恶和尚,恨及袈裟,而孔夫子之被利用为或一目的的器具,也从新看得格外清楚起来,于是要打倒他的欲望,也就越加旺盛。所以把孔子装饰得十分尊严时,就一定有找他缺点的论文和作品出现。即使是孔夫子,缺点总也有的,在平时谁也不理会,因为圣人也是人,本是可以原谅的。然而如果圣人之徒出来胡说一通,以为圣人是这样,是那样,所以你也非这样不可的话,人们可就禁不住要笑起来了。五六年前,曾经因为公演了《子见南子》这剧本,引起过问题,在那个剧本里,有孔夫子登场,以圣人而论,固然不免略有欠稳重和呆头呆脑的地方,然而

173

作为一个人，倒是可爱的好人物。但是圣裔们非常愤慨，把问题一直闹到官厅里去了。因为公演的地点，恰巧是孔夫子的故乡，在那地方，圣裔们繁殖得非常多，成着使释迦牟尼和苏格拉第都自愧弗如的特权阶级。然而，那也许又正是使那里的非圣裔的青年们，不禁特地要演《子见南子》的原因罢。

中国的一般的民众，尤其是所谓愚民，虽称孔子为圣人，却不觉得他是圣人；对于他，是恭谨的，却不亲密。但我想，能像中国的愚民那样，懂得孔夫子的，恐怕世界上是再也没有的了。不错，孔夫子曾经计划过出色的治国的方法，但那都是为了治民众者，即权势者设想的方法，为民众本身的，却一点也没有。这就是"礼不下庶人"。成为权势者们的圣人，终于变了"敲门砖"，实在也叫不得冤枉。和民众并无关系，是不能说的，但倘说毫无亲密之处，我以为怕要算是非常客气的说法了。不去亲近那毫不亲密的圣人，正是当然的事，什么时候都可以，试去穿了破衣，赤着脚，走上大成殿去看看罢，恐怕会像误进上海的上等影戏院或者头等电车一样，立刻要受斥逐的。谁都知道这是大人老爷们的物事，虽是"愚民"，却还没有愚到这步田地的。

四月二十九日

【评析：一九三五年，鲁迅发表了他的著名杂文《在现代中国的孔夫子》。这篇杂文，是当时激烈的阶级斗争的产物。三十年代初，日本帝国主义为了实现其扩大侵略我国的野心，演出了尊孔丑剧。"九一八"事变硝烟未散，一九三二年，日本天皇"慷慨"解囊，在东京汤岛出资重建孔子圣庙，扬言要用"孔子之教"建立"东亚新秩序"，即把中国变成他们的殖民地。蒋介石集团也遥相呼应，并派代表去东京"参拜"圣庙。伟大的革命家鲁迅早就洞察到中外反动派联合演出尊孔丑剧的祸心，一个是要"灭中国"，一个是要"卖中国"。他横眉冷对千夫指，以反潮流的大无畏精神，挥笔写下了《在现代中国的孔夫子》这篇讨孔檄文。它像一把利剑，戳穿了中外反动派尊孔崇儒的反动政治目的。】

从帮忙到扯淡

《从帮忙到扯淡》一九三五年九月初刊于日本东京《杂文》月刊第三号；后收入一九三五年末由作者亲自编定，一九三七年七月上海三味书屋出版的《且介亭杂文二集》。

"帮闲文学"曾经算是一个恶毒的贬词，——但其实是误解的。

《诗经》是后来的一部经，但春秋时代，其中的有几篇就用之于侑酒；屈原是"楚辞"的开山老祖，而他的《离骚》，却只是不得帮忙的不平。到得宋玉，就现有的作品看起来，他已经毫无不平，是一位纯粹的清客了。然而《诗经》是经，也是伟大的文学作品；屈原宋玉，在文学史上还是重要的作家。为什么呢？——就因为他究竟有文采。

中国的开国的雄主，是把"帮忙"和"帮闲"分开来的，前者参与国家大事，作为重臣，后者却不过叫他献诗作赋，"俳优蓄之"，只在弄臣之列。不满于后者的待遇的是司马相如，他常常称病，不到武帝面前去献殷勤，却暗暗的作了关于封禅的文章，藏在家里，以见他也有计划大典——帮忙的本领，可惜等到大家知道的时候，他已经"寿终正寝"了。然而虽然并未实际上参与封禅的大典，司马相如在文学史上也还是很重要的作家。为什么呢？就因为他究竟有文采。

但到文雅的庸主时，"帮忙"和"帮闲"的可就混起来了，所谓国家的柱石，也常是柔媚的词臣，我们在南朝的几个末代时，可以找出这实例。然而主虽然"庸"，却不"陋"，所以那些帮闲者，文采却究竟还有的，他们的作品，有些也至今不灭。

谁说"帮闲文学"是一个恶毒的贬词呢？

就是权门的清客，他也得会下几盘棋，写一笔字，画画儿，识古董，懂得些猜拳行令，打趣插科，这才能不失其为清客。也就是说，清客，还要有清客的本领的，虽然是有骨气者所不屑为，却又非搭空架者所能企及。

例如李渔的《一家言》，袁枚的《随园诗话》，就不是每个帮闲都做得出来的。必须有帮闲之志，又有帮闲之才，这才是真正的帮闲。如果有其志而无其才，乱点古书，重抄笑话，吹拍名士，拉扯趣闻，而居然不顾脸皮，大摆架子，反自以为得意，——自然也还有人以为有趣，——但按其实，却不过"扯淡"而已。

帮闲的盛世是帮忙，到末代就只剩了这扯淡。

六月六日

【评析：《从帮忙到扯淡》一九三五年九月初刊于日本东京《杂文》月刊第三号；后收入一九三五年末由作者亲自编定，一九三七年七月上海三味书屋出版的《且介亭杂文二集》。

文中指出："我们有艺术史，而且生在中国，即必须翻开中国艺术史来。"这是对中国传统艺术的肯定。他还对中国古代诗歌小说、民间戏剧等给予较高的评价。面对古文学被糟蹋，作者不无怜惜地说："为欲总目烂然，见者眩目，往往妄制篇目，败题撰人，晋唐稗传，黝剿几尽。"

鲁迅对中国文化肯定的例子不胜枚举，这种肯定因素之所以被我们忽略或忽视，是因为他的批判精神更为强烈，一直占据着我们的直觉、思维和记忆空间。】

死

《死》一九三六年九月二十日初刊于《中流》半月刊第一卷第二期;后收入作者生前开始编集,后经许广平编定,一九三七年七月上海三味书屋出版的《且介亭杂文末编》。

当印造凯绥·珂勒惠支(Kaethe Kollwitz)所作版画的选集时,曾请史沫德黎(A. Smedley)女士做一篇序。自以为这请得非常合适,因为她们俩原极熟识的。不久做来了,又逼着茅盾先生译出,现已登在选集上。其中有这样的文字:

"许多年来,凯绥·珂勒惠支——她从没有一次利用过赠授给她的头衔——作了大量的画稿,速写,铅笔作的和钢笔作的速写,木刻,铜刻。把这些来研究,就表示着有二大主题支配着,她早年的主题是反抗,而晚年的是母爱,母性的保障,救济,以及死。而笼罩于她所有的作品之上的,是受难的,悲剧的,以及保护被压迫者深切热情的意识。

"有一次我问她:'从前你用反抗的主题,但是现在你好像很有点抛不开死这观念。这是为什么呢?'用了深有所苦的语调,她回答道,'也许因为我是一天一天老了!'……"

我那时看到这里,就想了一想。算起来:她用"死"来做画材的时候,是一九一〇年顷;这时她不过四十三四岁。我今年的这"想了一想",当然和年纪有关,但回忆十余年前,对于死却还没有感到这么深切。大约我们的生死久已被人们随意处置,认为无足重轻,所以自己也看得随随便便,不像欧洲人那样的认真了。有些外国人说,中国人最怕死。这其实是不确的,——但自然,每不免模模糊糊的死掉则有之。

大家所相信的死后的状态,更助成了对于死的随便。谁都知道,我们中国人是相信有鬼(近时或谓之"灵魂")的,既有鬼,则死掉之

177

后,虽然已不是人,却还不失为鬼,总还不算是一无所有。不过设想中的做鬼的久暂,却因其人的生前的贫富而不同。穷人们是大抵以为死后就去轮回的,根源出于佛教。佛教所说的轮回,当然手续繁重,并不这么简单,但穷人往往无学,所以不明白。这就是使死罪犯人绑赴法场时,大叫"二十年后又是一条好汉",面无惧色的原因。况且相传鬼的衣服,是和临终时一样的,穷人无好衣裳,做了鬼也决不怎么体面,实在远不如立刻投胎,化为赤条条的婴儿的上算。我们曾见谁家生了小孩,胎里就穿着叫花子或是游泳家的衣服的么?从来没有。这就好,从新来过。也许有人要问,既然相信轮回,那就说不定来生会堕入更穷苦的景况,或者简直是畜生道,更加可怕了。但我看他们是并不这样想的,他们确信自己并未造出该入畜生道的罪孽,他们从来没有能堕畜生道的地位,权势和金钱。

然而有着地位,权势和金钱的人,却又并不觉得该堕畜生道;他们倒一面化为居士,准备成佛,一面自然也主张读经复古,兼做圣贤。他们像活着时候的超出人理一样,自以为死后也超出了轮回的。至于小有金钱的人,则虽然也不觉得该受轮回,但此外也别无雄才大略,只预备安心做鬼。所以年纪一到五十上下,就给自己寻葬地,合寿材,又烧纸锭,先在冥中存储,生下子孙,每年可吃羹饭。这实在比做人还享福。假使我现在已经是鬼,在阳间又有好子孙,那么,又何必零星卖稿,或向北新书局去算账呢,只要很闲适地躺在楠木或阴沉木的棺材里,逢年逢节,就自有一桌盛馔和一堆国币摆在眼前了,岂不快哉!

就大体而言,除极富贵者和冥律无关外,大抵穷人利于立即投胎,小康者利于长久做鬼。小康者的甘心做鬼,是因为鬼的生活(这两字大有语病,但我想不出适当的名词来),就是他还未过厌的人的生活的连续。阴间当然也有主宰者,而且极其严厉,公平,但对于他独独颇肯通融,也会收点礼物,恰如人间的好官一样。

有一批人是随随便便,就是临终也恐怕不大想到的,我向来正是这随便党里的一个。三十年前学医的时候,曾经研究过灵魂的有无,结果是不知道;又研究过死亡是否苦痛,结果是不一律,后来也不再深究,忘记了。近十年中,有时也为了朋友的死,写点文章,不过好像并

178

不想到自己。这两年来病特别多，一病也比较的长久，这才往往记起了年龄，自然，一面也为了有些作者们笔下的好意的或是恶意的不断的提示。

从去年起，每当病后休养，躺在藤躺椅上，每不免想到体力恢复后应该动手的事情：做什么文章，翻译或印行什么书籍。想定之后，就结束道：就是这样罢——但要赶快做。这"要赶快做"的想头，是为先前所没有的，就因为在不知不觉中，记得了自己的年龄。却从来没有直接的想到"死"。

直到今年的大病，这才分明的引起关于死的豫想来。原先是仍如每次的生病一样，一任着日本的 S 医师的诊治的。他虽不是肺病专家，然而年纪大，经验多，从习医的时期说，是我的前辈，又极熟识，肯说话。自然，医师对于病人，纵使怎样熟识，说话是还是有限度的，但是他至少已经给了我两三回警告，不过我仍然不以为意，也没有转告别人。大约实在是日子太久，病象太险了的缘故罢，几个朋友暗自协商定局，请了美国的 D 医师来诊察了。他是在上海的唯一的欧洲的肺病专家，经过打诊，听诊之后，虽然誉我为最能抵抗疾病的典型的中国人，然而也宣告了我的就要灭亡；并且说，倘是欧洲人，则在五年前已经死掉。这判决使善感的朋友们下泪。我也没有请他开方，因为我想，他的医学从欧洲学来，一定没有学过给死了五年的病人开方的法子。然而 D 医师的诊断却实在是极准确的，后来我照了一张用 X 光透视的胸像，所见的景象，竟大抵和他的诊断相同。

我并不怎么介意于他的宣告，但也受了些影响，日夜躺着，无力谈话，无力看书。连报纸也拿不动，又未曾炼到"心如古井"，就只好想，而从此竟有时要想到"死"了。不过所想的也并非"二十年后又是一条好汉"，或者怎样久住在楠木棺材里之类，而是临终之前的琐事。在这时候，我才确信，我是到底相信人死无鬼的。我只想到过写遗嘱，以为我倘曾贵为宫保，富有千万，儿子和女婿及其他一定早已逼我写好遗嘱了，现在却谁也不提起。但是，我也留下一张罢。当时好像很想定了一些，都是写给亲属的，其中有的是：

一，不得因为丧事，收受任何人的一文钱——但老朋友的，不在此例。

二,赶快收殓,埋掉,拉倒。

三,不要做任何关于纪念的事情。

四,忘记我,管自己生活——倘不,那就真是糊涂虫。

五,孩子长大,倘无才能,可寻点小事情过活,万不可去做空头文学家或美术家。

六,别人应许给你的事物,不可当真。

七,损着别人的牙眼,却反对报复,主张宽容的人,万勿和他接近。

此外自然还有,现在忘记了。只还记得在发热时,又曾想到欧洲人临死时,往往有一种仪式,是请别人宽恕,自己也宽恕了别人。我的怨敌可谓多矣,倘有新式的人问起我来,怎么回答呢?我想了一想,决定的是:让他们怨恨去,我也一个都不宽恕。

但这仪式并未举行,遗嘱也没有写,不过默默的躺着,有时还发生更迫切的思想:原来这样就算是在死下去,倒也并不苦痛;但是,临终的一刹那,也许并不这样的罢;然而,一世只有一次,无论怎样,总是受得了的。……后来,却有了转机,好起来了。到现在,我想,这些大约并不是真的要死之前的情形,真的要死,是连这些想头也未必有的,但究竟如何,我也不知道。

九月五日

【评析:对于敏感的鲁迅来说,在遭遇许多不幸、经常生病,生大病的鲁迅,虽然是大病刚有点转机,但当这种暮年的死亡意识再次袭上心头,感受深切之程度就再也不是一个"深切"这样的词语,一句或几句话载得住了。鲁迅也毕竟是人,一个会死去的肉体的人,也不可能完全摆脱现实的物质羁绊,完全超越现实存在的限制和人的最基本的思维定式与精神素质,但在这些最普通、最一般的心理表现中,鲁迅是伟大的,从他在《死》这篇作品接下去的文章当中我们马上就能感受到鲁迅是一个具有高度生命意志与深刻生命意识的人,他有着比一般凡夫俗子远要执着的生命态度和蕴藉深远的死亡意识。】

《呐喊》自序

《〈呐喊〉自序》初刊于一九二三年八月北京新潮社出版的小说集《呐喊》；又曾刊于一九二三年八月二十一日北京《晨报·文学旬刊》。

我在年青时候也曾经做过许多梦，后来大半忘却了，但自己也并不以为可惜。所谓回忆者，虽说可以使人欢欣，有时也不免使人寂寞，使精神的丝缕还牵着已逝的寂寞的时光，又有什么意味呢，而我偏苦于不能全忘却，这不能全忘的一部分，到现在便成了《呐喊》的来由。

我有四年多，曾经常常，——几乎是每天，出入于质铺和药店里，年纪可是忘却了，总之是药店的柜台正和我一样高，质铺的是比我高一倍，我从一倍高的柜台外送上衣服或首饰去，在侮蔑里接了钱，再到一样高的柜台上给我久病的父亲去买药。回家之后，又须忙别的事了，因为开方的医生是最有名的，以此所用的药引也奇特：冬天的芦根，经霜三年的甘蔗，蟋蟀要原对的，结子的平地木，……多不是容易办到的东西。然而我的父亲终于日重一日的亡故了。

有谁从小康人家而坠入困顿的么，我以为在这途路中，大概可以看见世人的真面目；我要到 N 进 K 学堂去了，仿佛是想走异路，逃异地，去寻求别样的人们。我的母亲没有法，办了八元的川资，说是由我的自便；然而伊哭了，这正是情理中的事，因为那时读书应试是正路，所谓学洋务，社会上便以为是一种走投无路的人，只得将灵魂卖给鬼子，要加倍的奚落而且排斥的，而况伊又看不见自己的儿子了。然而我也顾不得这些事，终于到 N 去进了 K 学堂了，在这学堂里，我才知道世上还有所谓格致，算学，地理，历史，绘图和体操。生理学并不教，但我们却看到些木版的《全体新论》和《化学卫生论》之类了。我还记得先前的医生的议论和方药，和现在所知道的比较起来，便渐渐地悟得中医不过是一种有意的或无意的骗子，同时又很起了对于被骗的病人

182

和他的家族的同情；而且从译出的历史上，又知道了日本维新是大半发端于西方医学的事实。

因为这些幼稚的知识，后来便使我的学籍列在日本一个乡间的医学专门学校里了。我的梦很美满，预备卒业回来，救治像我父亲似的被误的病人的疾苦，战争时候便去当军医，一面又促进了国人对于维新的信仰。我已不知道教授微生物学的方法，现在又有了怎样的进步了，总之那时是用了电影，来显示微生物的形状的，因此有时讲义的一段落已完，而时间还没有到，教师便映些风景或时事的画片给学生看，以用去这多余的光阴。其时正当日俄战争的时候，关于战事的画片自然也就比较的多了，我在这一个讲堂中，便须常常随喜我那同学们的拍手和喝采。有一回，我竟在画片上忽然会见我久违的许多中国人了，一个绑在中间，许多站在左右，一样是强壮的体格，而显出麻木的神情。据解说，则绑着的是替俄国做了军事上的侦探，正要被日军砍下头颅来示众，而围着的便是来赏鉴这示众的盛举的人们。

这一学年没有完毕，我已经到了东京了，因为从那一回以后，我便觉得医学并非一件紧要事，凡是愚弱的国民，即使体格如何健全，如何茁壮，也只能做毫无意义的示众的材料和看客，病死多少是不必以为不幸的。所以我们的第一要著，是在改变他们的精神，而善于改变精神的是，我那时以为当然要推文艺，于是想提倡文艺运动了。在东京的留学生很有学法政理化以至警察工业的，但没有人治文学和美术；可是在冷淡的空气中，也幸而寻到几个同志了，此外又邀集了必需的几个人，商量之后，第一步当然是出杂志，名目是取"新的生命"的意思，因为我们那时大抵带些复古的倾向，所以只谓之《新生》。

《新生》的出版之期接近了，但最先就隐去了若干担当文字的人，接着又逃走了资本，结果只剩下不名一钱的三个人。创始时候既已背时，失败时候当然无可告语，而其后却连这三个人也都为各自的运命所驱策，不能在一处纵谈将来的好梦了，这就是我们的并未产生的《新生》的结局。

我感到未尝经验的无聊，是自此以后的事。我当初是不知其所以然的；后来想，凡有一人的主张，得了赞和，是促其前进的，得了反对，是促其奋斗的，独有叫喊于生人中，而生人并无反应，既非赞同，也无反对，如置身毫无边际的荒原，无可措手的了，这是怎样的悲哀呵，我于是以我所感到者为寂寞。

这寂寞又一天一天的长大起来，如大毒蛇，缠住了我的灵魂了。

然而我虽然自有无端的悲哀，却也并不愤懑，因为这经验使我反省，看见自己了：就是我决不是一个振臂一呼应者云集的英雄。

只是我自己的寂寞是不可不驱除的，因为这于我太痛苦。我于是用了种种法，来麻醉自己的灵魂，使我沉入于国民中，使我回到古代去，后来也亲历或旁观过几样更寂寞更悲哀的事，都为我所不愿追怀，甘心使他们和我的脑一同消灭在泥土里的，但我的麻醉法却也似乎已经奏了功，再没有青年时候的慷慨激昂的意思了。

S会馆里有三间屋，相传是往昔曾在院子里的槐树上缢死过一个女人的，现在槐树已经高不可攀了，而这屋还没有人住；许多年，我便寓在这屋里钞古碑。客中少有人来，古碑中也遇不到什么问题和主义，而我的生命却居然暗暗的消去了，这也就是我唯一的愿望。夏夜，蚊子多了，便摇着蒲扇坐在槐树下，从密叶缝里看那一点一点的青天，晚出的槐蚕又每每冰冷的落在头颈上。

那时偶或来谈的是一个老朋友金心异，将手提的大皮夹放在破桌上，脱下长衫，对面坐下了，因为怕狗，似乎心房还在怦怦的跳动。

"你钞了这些有什么用？"有一夜，他翻着我那古碑的钞本，发了研究的质问了。

"没有什么用。"

"那么，你钞他是什么意思呢？"

"没有什么意思。"

"我想，你可以做点文章……"

我懂得他的意思了，他们正办《新青年》，然而那时仿佛不特没有人来赞同，并且也还没有人来反对，我想，他们许是感到寂寞了，但是说：

"假如一间铁屋子，是绝无窗户而万难破毁的，里面有许多熟睡的人们，不久都要闷死了，然而是从昏睡入死灭，并不感到就死的悲哀。

现在你大嚷起来，惊起了较为清醒的几个人，使这不幸的少数者来受无可挽救的临终的苦楚，你倒以为对得起他们么？”

“然而几个人既然起来，你不能说决没有毁坏这铁屋的希望。”

是的，我虽然自有我的确信，然而说到希望，却是不能抹杀的，因为希望是在于将来，决不能以我之必无的证明，来折服了他之所谓可有，于是我终于答应他也做文章了，这便是最初的一篇《狂人日记》。从此以后，便一发而不可收，每写些小说模样的文章，以敷衍朋友们的嘱托，积久就有了十余篇。

在我自己，本以为现在是已经并非一个切迫而不能已于言的人了，但或者也还未能忘怀于当日自己的寂寞的悲哀罢，所以有时候仍不免呐喊几声，聊以慰藉那在寂寞里奔驰的猛士，使他不惮于前驱。至于我的喊声是勇猛或是悲哀，是可憎或是可笑，那倒是不暇顾及的；但既然是呐喊，则当然须听将令的了，所以我往往不恤用了曲笔，在《药》的瑜儿的坟上平空添上一个花环，在《明天》里也不叙单四嫂子竟没有做到看见儿子的梦，因为那时的主将是不主张消极的。至于自己，却也并不愿将自以为苦的寂寞，再来传染给也如我那年青时候似的正做着好梦的青年。

这样说来，我的小说和艺术的距离之远，也就可想而知了，然而到今日还能蒙着小说的名，甚而至于且有成集的机会，无论如何总不能不说是一件侥幸的事，但侥幸虽使我不安于心，而悬揣人间暂时还有读者，则究竟也仍然是高兴的。

所以我竟将我的短篇小说结集起来，而且付印了，又因为上面所说的缘由，便称之为《呐喊》。

一九二二年十二月三日，鲁迅记于北京

【评析：这篇序文的写作特点，突出地体现出作者的用笔素朴、简括，不事铺排。这种笔触，与他深沉冷峻的思想桴鼓相应；同时作者的素朴、简括，并不意味着作者思路的单调、狭促。作者在描述生活琐事的同时，总是把他的笔触，抵向我们的心灵和精神。至今，这篇序文仍以它简括深思的艺术个性和忧愤深广的思想，给读者带来深层次的思索。

在这篇序文里,作者并没有回避自己曾有的犹疑和孤寂,体现出了坦荡率直的艺术品格。而作为一篇序文,作品又恰当地提示了他所以要作小说的缘由:"铁屋子"作为作者对传统中国社会的象征,它既显现了鲁迅深居其中的寂寞孤苦,同时也昭示了作者要领着国人从精神上走出它的决心。于是,"呐喊"就成为作者从深寂孤苦中所喷射出的一腔激情孤愤。鲁迅既是要唤醒铁屋子里的人们,也是为了给先行者们鼓劲,给他们慰藉,告诉他们:鲁迅与他们同在。从集子中所收作品看,也明显地保留着作者于"五四"高潮时期,在结束一段的沉默之后奋起呼唤的特色。】

未有天才之前

《未有天才之前》一九二四年初刊于北京师范大学附属中学《校友会刊》第一期，后收入一九二七年三月北京未名社出版的《坟》。

——一九二四年一月十七日在北京师范大学附属中学校友会讲

我自己觉得我的讲话不能使诸君有益或者有趣，因为我实在不知道什么事，但推托拖延得太长久了，所以终于不能不到这里来说几句。

我看现在许多人对于文艺界的要求的呼声之中，要求天才的产生也可以算是很盛大的了，这显然可以反证两件事：一是中国现在没有一个天才，二是大家对于现在的艺术的厌薄。天才究竟有没有？也许有着罢，然而我们和别人都没有见。倘使据了见闻，就可以说没有；不但天才，还有使天才得以生长的民众。

天才并不是自生自长在深林荒野里的怪物，是由可以使天才生长的民众产生，长育出来的，所以没有这种民众，就没有天才。有一回拿破仑过 Alps 山，说，"我比 Alps 山还要高！"这何等英伟，然而不要忘记他后面跟着许多兵；倘没有兵，那只有被山那面的敌人捉住或者赶回，他的举动，言语，都离了英雄的界线，要归入疯子一类了。所以我想，在要求天才的产生之前，应该先要求可以使天才生长的民众——譬如想有乔木，想看好花，一定要有好土；没有土，便没有花木了；所以土实在较花木还重要。花木非有土不可，正同拿破仑非有好兵不可一样。

然而现在社会上的论调和趋势，一面固然要求天才，一面却要他灭亡，连预备的土也想扫尽。举出几样来说：

其一就是"整理国故"。自从新思潮来到中国以后，其实何尝有力，而一群老头子，还有少年，却已丧魂落魄地来讲国故了，他们说："中国自有许多好东西，都不整理保存，倒去求新，正如放弃祖宗遗产一样不肖。"抬出祖宗来说法，那自然是极威严的，然而我总不信在旧马褂未曾洗净叠好之前，便不能做一件新马褂。就现状而言，做事本来还随个人的自便，老先生要整理国故，当然不妨去埋在南窗下读死书，至于青年，却自有他们的活学问和新艺术，各干各事，也还没有大妨害的，但若拿了这面旗子来号召，那就是要中国永远与世界隔绝了。倘以为大家非此不可，那更是荒谬绝伦！我们和古董商人谈天，他自然总称赞他的古董如何好，然而他决不痛骂画家，农夫，工匠等类，说是忘记了祖宗：他实在比许多国学家聪明得远。

其一是"崇拜创作"。从表面上看来，似乎这和要求天才的步调很相合，其实不然。那精神中，很含有排斥外来思想，异域情调的分子，所以也就是可以使中国和世界潮流隔绝的。许多人对于托尔斯泰，都介涅夫，陀思妥耶夫斯奇的名字，已经听厌了，然而他们的著作，有什么译到中国来？眼光因在一国里，听谈彼得和约翰就生厌，定须张三李四才行，于是创作家出来了，从实说，好的也离不了刺取点外国作品的技术和神情，文笔或者漂亮，思想往往赶不上翻译品，甚者还要加上些传统思想，使他适合于中国人的老脾气，而读者却已为他所牢笼了，于是眼界便渐渐的狭小，几乎要缩进旧圈套里去。作者和读者互相为因果，排斥异流，抬上国粹，那里会有天才产生？即使产生了，也是活不下去的。

这样的风气的民众是灰尘，不是泥土，在他这里长不出好花和乔木来！

还有一样是恶意的批评。大家的要求批评家的出现，也由来已久了，到目下就出了许多批评家。可惜他们之中很有不少是不平家，不像批评家，作品才到面前，便恨恨地磨墨，立刻写出很高明的结论道："唉，幼稚得很。中国要天才！"到后来，连并非批评家也这样叫喊了，他是听来的。其实即使天才，在生下来的时候的第一声啼哭，也和平常的儿童的一样，决不会就是一首好诗。因为幼稚，当头加以戕贼，也可以萎死的。我亲见几个作者，都被他们骂得寒噤了。那些作者大约自然不是天才，然而我的希望是便是常人也留着。

恶意的批评家在嫩苗的地上驰马，那当然是十分快意的事；然而遭殃的是嫩苗——平常的苗和天才的苗。幼稚对于老成，有如孩子对

188

于老人,决没有什么耻辱;作品也一样,起初幼稚,不算耻辱的。因为倘不遭了戕贼,他就会生长,成熟,老成;独有老衰和腐败,倒是无药可救的事! 我以为幼稚的人,或者老大的人,如有幼稚的心,就说幼稚的话,只为自己要说而说,说出之后,至多到印出之后,自己的事就完了,对于无论打着什么旗子的批评,都可以置之不理的!

就是在座的诸君,料来也十之九愿有天才的产生罢,然而情形是这样,不但产生天才难,单是有培养天才的泥土也难。我想,天才大半是天赋的;独有这培养天才的泥土,似乎大家都可以做。做土的功效,比要求天才还切近;否则,纵有成千成百的天才,也因为没有泥土,不能发达,要像一碟子绿豆芽。

做土要扩大了精神,就是收纳新潮,脱离旧套,能够容纳,了解那将来产生的天才;又要不怕做小事业,就是能创作的自然是创作,否则翻译,介绍,欣赏,读,看,消闲都可以。以文艺来消闲,说来似乎有些可笑,但究竟较胜于戕贼他。

泥土和天才比,当然是不足齿数的,然而不是坚苦卓绝者,也怕不容易做;不过事在人为,比空等天赋的天才有把握。这一点,是泥土的伟大的地方,也是反有大希望的地方。而且也有报酬,譬如好花从泥土里出来,看的人固然欣然的赏鉴,泥土也可以欣然的赏鉴,正不必花卉自身,这才心旷神怡的——假如当作泥土也有灵魂的说

【评析:本篇最初发表于一九二四年北京师范大学附属中学《校友会刊》第一期。同年十二月二十七日《京报副刊》第二十一号转载时,前面有一段作者的小引:"伏园兄:今天看看正月间在师大附中的演讲,其生命似乎确乎尚在,所以校正寄奉,以备转载。二十二日夜,迅上。"

鲁迅目睹许多封建旧文人大搞复古活动,不少无知青年陷进故纸堆里,他感触良多,认为再也不能保持沉默了。他先后写了《所谓"国学"》《以震其艰深》《不懂的音译》《望勿"纠正"》《未有天才之前》《青年必读书》《春末闲谈》《读书杂谈》《就是这么一个意思》《碎话》等一系列文章,尖锐指出"整理国故"内容和方向转化带来的弊端,鲁迅在《未有天才之前》对"老先生"和一般青年做了区别,指出了把"整理国故"当做旗子来号召的荒唐。】

《阿Q正传》的成因

《〈阿Q正传〉的成因》一九二六年十二月十八日初刊于上海《北新》周刊第十八期,后收入一九二七年五月北京北新书局出版的《华盖集续编》。

在《文学周报》二五一期里,西谛先生谈起《呐喊》,尤其是《阿Q正传》。这不觉引动我记起了一些小事情,也想借此来说一说,一则也算是做文章,投了稿;二则还可以给要看的人去看去。

我先要抄一段西谛先生的原文——

"这篇东西值得大家如此的注意,原不是无因的。但也有几点值得商榷的,如最后'大团圆'的一幕,我在《晨报》上初读此作之时,即不以为然,至今也还不以为然,似乎作者对于阿Q之收局太匆促了;他不欲再往下写了,便如此随意的给他以一个'大团圆'。像阿Q那样的一个人,终于要做起革命党来,终于受到那样大团圆的结局,似乎连作者他自己在最初写作时也是料不到的。至少在人格上似乎是两个。"

阿Q是否真要做革命党,即使真做了革命党,在人格上是否似乎是两个,现在姑且勿论。单是这篇东西的成因,说起来就要很费功夫了。我常常说,我的文章不是涌出来的,是挤出来的。听的人往往误解为谦逊,其实是真情。我没有什么话要说,也没有什么文章要做,但有一种自害的脾气,是有时不免呐喊几声,想给人们去添点热闹。譬如一匹疲牛罢,明知不堪大用的了,但废物何妨利用呢,所以张家要我耕一弓地,可以的;李家要我挨一转磨,也可以的;赵家要我在他店前站一刻,在我背上帖出广告道:敝店备有肥牛,出售上等消毒滋养牛乳。我虽然深知道自己是怎么瘦,又是公的,并没有乳,然而想到他们为张罗生意起见,情有可原,只要出售的不是毒药,也就不说什么了。但倘若用得我太苦,是不行的,我还要自己觅草吃,要喘气的工夫;要

190

专指我为某家的牛,将我关在他的牛牢内,也不行的,我有时也许还要给别家挨几转磨。如果连肉都要出卖,那自然更不行,理由自明,无须细说。倘遇到上述的三不行,我就跑,或者索性躺在荒山里。即使因此忽而从深刻变为浅薄,从战士化为畜生,吓我以康有为,比我以梁启超,也都满不在乎,还要我跑我的,我躺我的,决不出来再上当,因为我于"世故"实在是太深了。

近几年《呐喊》有这许多人看,当初是万料不到的,而且连料也没有料。不过是依了相识者的希望,要我写一点东西就写一点东西。也不很忙,因为不很有人知道鲁迅就是我。我所用的笔名也不止一个:LS,神飞,唐俟,谋生者,雪之,风声;更以前还有:自树,索士,令飞,迅行。鲁迅就是承迅行而来的,因为那时的《新青年》编辑者不愿意有别号一般的署名。

现在是有人以为我想做什么狗首领了,真可怜,侦察了百来回,竟还不明白。我就从不曾插了鲁迅的旗去访过一次人;"鲁迅即周树人",是别人查出来的。这些人有四类:一类是为要研究小说,因而要知道作者的身世;一类单是好奇;一类是因为我也做短评,所以特地揭出来,想我受点祸;一类是以为于他有用处,想要钻进来。

那时我住在西城边,知道鲁迅就是我的,大概只有《新青年》,《新潮》社里的人们罢;孙伏园也是一个。他正在晨报馆编副刊。不知是谁的主意,忽然要添一栏称为"开心话"的了,每周一次。他就来要我写一点东西。

阿 Q 的影像,在我心目中似乎确已有了好几年,但我一向毫无写他出来的意思。经这一提,忽然想起来了,晚上便写了一点,就是第一章:序。因为要切"开心话"这题目,就胡乱加上些不必有的滑稽,其实在全篇里也是不相称的。署名是"巴人",取"下里巴人",并不高雅的意思。谁料这署名又闯了祸了,但我却一向不知道,今年在《现代评论》上看见涵庐(即高一涵)的《闲话》才知道的。那大略是——

"……我记得当《阿 Q 正传》一段一段陆续发表的时候,有许多人都栗栗危惧,恐怕以后要骂到他的头上。并且有一位朋友,当我面说,昨日《阿 Q 正传》上某一段仿佛就是骂他自己。因此便猜疑《阿 Q 正传》是某人作的,何以呢? 因为只有某人知道他这一段私事……从此疑神疑鬼,凡是《阿Q正传》中所骂的,都以为就是他的阴私;凡是与登载《阿Q正传》的报纸有关系的投稿人,都不免做了他所认为《阿Q正传》的作者的嫌疑犯了! 等到他打听出来《阿Q正传》的作者名姓的时候,他才知道他和作者素不相识,因此,才恍然自悟,又逢人声明说不是骂他。(第四卷第八十九期)

我对于这位"某人"先生很抱歉,竟因我而做了许多天嫌疑犯。可惜不知是谁,"巴人"两字很容易疑心到四川人身上去,或者是四川人罢。直到这一篇收在《呐喊》里,也还有人问我:你实在是在骂谁和谁呢? 我只能悲愤,自恨不能使人看得我不至于如此下劣。

第一章登出之后,便"苦"字临头了,每七天必须做一篇。我那时虽然并不忙,然而正在做流民,夜晚睡在做通路的屋子里,这屋子只有一个后窗,连好好的写字地方也没有,那里能够静坐一会,想一下。伏园虽然还没有现在这样胖,但已经笑嘻嘻,善于催稿了。每星期来一回,一有机会,就是:"先生,《阿Q正传》……明天要付排了。"于是只得做,心里想着,"俗语说:'讨饭怕狗咬,秀才怕岁考。'我既非秀才,又要周考,真是为难……"然而终于又一章。但是,似乎渐渐认真起来了;伏园也觉得不很"开心",所以从第二章起,便移在"新文艺"栏里。

这样地一周一周挨下去,于是乎就不免发生阿Q可要做革命党的问题了。据我的意思,中国倘不革命,阿Q便不做,既然革命,就会做的。我的阿Q的运命,也只能如此,人格也恐怕并不是两个。民国元年已经过去,无可追踪了,但此后倘再有改革,我相信还会有阿Q似的革命党出现。我也很愿意如人们所说,我只写出了现在以前的或一时期,但我还恐怕我所看见的并非现代的前身,而是其后,或者竟是二三十年之后。其实这也不算辱没了革命党,阿Q究竟已经用竹筷盘上他的辫子了;此后十五年,长虹"走到出版界",不也就成为一个中国的"绥惠略夫"了么?

《阿Q正传》大约做了两个月,我实在很想收束了,但我已经记不大清楚,似乎伏园不赞成,或者是我疑心倘一收束,他会来抗议,所以将"大团圆"藏在心里，而阿Q却已经渐渐向死路上走。到最末的一章，伏园倘在，也许会压下，而要求放阿Q多活几星期的罢。但是"会逢其适"，他回去了，代庖的是何作霖君，于阿Q素无爱憎，我便将"大团圆"送去，他便登出来。待到伏园回京，阿Q已经枪毙了一个多月了。纵令伏园怎样善于催稿，如何笑嘻嘻，也无法再说"先生，《阿Q正传》……"从此我总算收束了一件事，可以另干别的去。另干了别的什么，现在也已经记不清，但大概还是这一类的事。

其实"大团圆"倒不是"随意"给他的；至于初写时可曾料到，那倒确乎也是一个疑问。我仿佛记得：没有料到。不过这也无法，谁能开首就料到人们的"大团圆"？不但对于阿Q，连我自己将来的"大团圆"，我就料不到究竟是怎样。终于是"学者"或"教授"乎？还是"学匪"或"学棍"呢？"官僚"乎，还是"刀笔吏"呢？"思想界之权威"乎，抑"思想界先驱者"乎，抑又"世故的老人"乎？"艺术家"？"战士"？抑又是见客不怕麻烦的特别"亚拉籍夫"乎？乎？乎？乎？乎？

但阿Q自然还可以有各种别样的结果，不过这不是我所知道的事。

先前，我觉得我很有写得"太过"的地方，近来却不这样想了。中国现在的事，即使如实描写，在别国的人们，或将来的好中国的人们看来，也都会觉得grotesk。我常常假想一件事，自以为这是想得太奇怪了；但倘遇到相类的事实，却往往更奇怪。在这事实发生以前，以我的浅见寡识，是万万想不到的。

大约一个多月以前，这里枪毙一个强盗，两个穿短衣的人各拿手枪，一共打了七枪。不知道是打了不死呢，还是死了仍然打，所以要打得这么多。当时我便对我的一群少年同学们发感慨，说：这是民国初年初枪毙的时候的情形；现在隔了十多年，应该进步些，无须给死者这么多的苦痛。北京就不然，犯人未到刑场，刑吏就从后脑一枪，结果了性命，本人还来不及知道已经死了呢。所以北京究竟是"首善之区"，便是死刑，也比外省的好得远。

但是前几天看见十一月二十三日的北京《世界日报》，又知道我的话并不的确了，那第六版上有一条新闻，题目是《杜小栓子刀铡而死》，共分五节,现在撮录一节在下面——

杜小栓子刀铡余人枪毙

　　先时,卫戍司令部因为从了毅军各兵士的请求,决定用"枭首刑",所以杜等不曾到场以前,刑场已预备好了铡草大刀一把了。刀是长形的,下边是木底,中缝有厚大而锐利的刀一把,刀下头有一孔,横嵌木上,可以上下的活动,杜等四人入刑场之后,由招抚的兵士把杜等架下刑车,就叫他们脸冲北,对着已备好的刑桌前站着。……杜并没有跪,有外右五区的某巡官去问杜:要人把着不要? 杜就笑而不答,后来就自己跑到刀前,自己睡在刀上,仰面受刑,先时行刑兵已将刀抬起,杜枕到适宜的地方后,行刑兵就合眼猛力一铡,杜的身首,就不在一处了。当时血出极多。在旁边跪等枪决的宋振山等三人,也各偷眼去看,中有赵振一名,身上还发起颤来。后由某排长拿手枪站在宋等的后面,先毙宋振山,后毙李有三赵振,每人都是一枪毙命。……先时,被害程步墀的两个儿子忠智忠信,都在场观看,放声大哭,到各人执刑之后,去大喊:爸! 妈呀! 你的仇已报了! 我们怎么办哪? 听的人都非常难过,后来由家族引导着回家去了。

　　假如有一个天才,真感着时代的心搏,在十一月二十二日发表出记叙这样情景的小说来,我想,许多读者一定以为是说着包龙图爷爷时代的事,在西历十一世纪,和我们相差将有九百年。

　　这真是怎么好……

　　至于《阿Q正传》的译本,我只看见过两种。法文的登在八月份的《欧罗巴》上,还止三分之一,是有删节的。英文的似乎译得很恳切,但我不懂英文,不能说什么。只要偶然看见还有可以商榷的两处:一是"三百大钱九二串"当译为"三百大钱,以九十二文作为一百"的意思;二是"柿油党"不如译音,因为原是"自由党",乡下人不能懂,便讹成他们能懂的"柿油党"了。

十二月三日,在厦门写

【评析:《阿 Q 正传》及其产物"阿 Q"无疑是"中国的人生"里一个挥之不去的"幽灵",不断被编织进各类意识形态的"故事"之中。无论是流行的套话、切齿的历史阵痛还是病灶之类譬喻,阿 Q 是这个时代"讲述"或"表演"不可或缺的"写作的零度"。

1928 年"革命文学"兴起之时,创造社就有人在《太阳月刊》上发动了对所谓"老年人"鲁迅的攻击。称鲁迅的创作"没有现代的意味,不是能代表现代的,他的大部分创作的时代是早已过去了,而且遥远了"。在该期编后记中,他们把这次火药味十足的批评视为"新时代的青年第一次给他的回音"。事实上,早在 1926 年的《< 阿 Q 正传 > 的成因》里,鲁迅似乎就"预言"了今日的局面:"我还恐怕我所看见的并非现代的前身,而是其后,或者竟是二三十年之后。"】

读书杂谈

《读书杂谈》初刊连载于一九二七年八月十八、十九、二十二日广州《民国日报》副刊《现代青年》第一七九、一八〇、一八一期，后收入一九二八年十月上海北新书局出版的《而已集》。

——七月十六日在广州知用中学讲

因为知用中学的先生们希望我来演讲一回，所以今天到这里和诸君相见。不过我也没有什么东西可讲。忽而想到学校是读书的所在，就随便谈谈读书。是我个人的意见，姑且供诸君的参考，其实也算不得什么演讲。

说到读书，似乎是很明白的事，只要拿书来读就是了，但是并不这样简单。至少，就有两种：一是职业的读书，一是嗜好的读书。所谓职业的读书者，譬如学生因为升学，教员因为要讲功课，不翻翻书，就有些危险的就是。我想在坐的诸君之中一定有些这样的经验，有的不喜欢算学，有的不喜欢博物，然而不得不学，否则，不能毕业，不能升学，和将来的生计便有妨碍了。我自己也这样，因为做教员，有时即非看不喜欢看的书不可，要不这样，怕不久便会于饭碗有妨。我们习惯了，一说起读书，就觉得是高尚的事情，其实这样的读书，和木匠的磨斧头，裁缝的理针线并没有什么分别，并不见得高尚，有时还很苦痛，很可怜。你爱做的事，偏不给你做，你不爱做的，倒非做不可。这是由于职业和嗜好不能合一而来的。倘能够大家去做爱做的事，而仍然各有饭吃，那是多么幸福。但现在的社会上还做不到，所以读书的人们的最大部分，大概是勉勉强强的，带着苦痛的为职业的读书。

现在再讲嗜好的读书罢。那是出于自愿，全不勉强，离开了利害关系的——我想，嗜好的读书，该如爱打牌的一样，天天打，夜夜打，连续的去打,有时被公安局捉去了,放出来之后还是打。诸君要知道真打牌的人的目的并不在赢钱,而在有趣。牌有怎样的有趣呢,我是外行,不大明白。但听得爱赌的人说,它妙在一张一张的摸起来,永远变化无穷。我想,凡嗜好的读书,能够手不释卷的原因也就是这样。他在每一叶每一叶里,都得着深厚的趣味。自然,也可以扩大精神,增加知识的,但这些倒都不计及,一计及,便等于意在赢钱的博徒了,这在博徒之中,也算是下品。

不过我的意思,并非说诸君应该都退了学,去看自己喜欢看的书去,这样的时候还没有到来;也许终于不会到,至多,将来可以设法使人们对于非做不可的事发生较多的兴味罢了。我现在是说,爱看书的青年,大可以看看本分以外的书,即课外的书,不要只将课内的书抱住。但请不要误解,我并非说,譬如在国文讲堂上,应该在抽屉里暗看《红楼梦》之类;乃是说,应做的功课已完而有余暇,大可以看看各样的书,即使和本业毫不相干的,也要泛览。譬如学理科的,偏看看文学书,学文学的,偏看看科学书,看看别个在那里研究的,究竟是怎么一回事。这样子,对于别人,别事,可以有更深的了解。现在中国有一个大毛病,就是人们大概以为自己所学的一门是最好,最妙,最要紧的学问,而别的都无用,都不足道的,弄这些不足道的东西的人,将来该当饿死。其实是,世界还没有如此简单,学问都各有用处,要定什么是头等还很难。也幸而有各式各样的人,假如世界上全是文学家,到处所讲的不是"文学的分类"便是"诗之构造",那倒反而无聊得很了。

不过以上所说的,是附带而得的效果,嗜好的读书,本人自然并不计及那些,就如游公园似的,随随便便去,因为随随便便,所以不吃力,因为不吃力,所以会觉得有趣。如果一本书拿到手,就满心想道,"我在读书了!""我在用功了!"那就容易疲劳,因而减掉兴味,或者变成苦事了。

我看现在的青年,为兴味的读书的是有的,我也常常遇到各样的询问。此刻就将我所想到的说一点,但是只限于文学方面,因为我不明白其他的。

第一,是往往分不清文学和文章。甚至于已经来动手做批评文章的,也免不了这毛病。其实粗粗的说,这是容易分别的。研究文章的历史或理论的,是文学家,是学者;做做诗,或戏曲小说的,是做文章的人,就是古时候所谓文人,此刻所谓创作家。创作家不妨毫不理会文学史或理论,文学家也不妨做不出一句诗。然而中国社会上还很误解,你做几篇小说,便以为你一定懂得小说概论,做几句新诗,就要你讲诗之原理。我也尝见想做小说的青年,先买小说法程和文学史来看。据我看来,是即使将这些书看烂了,和创作也没有什么关系的。

事实上,现在有几个做文章的人,有时也确去做教授。但这是因为中国创作不值钱,养不活自己的缘故。听说美国小名家的一篇中篇小说,时价是二千美金;中国呢,别人我不知道,我自己的短篇寄给大书铺,每篇卖过二十元。当然要寻别的事,例如教书,讲文学。研究是要用理智,要冷静的,而创作须情感,至少总得发点热,于是忽冷忽热,弄得头昏——这也是职业和嗜好不能合一的苦处。苦倒也罢了,结果还是什么都弄不好。那证据,是试翻世界文学史,那里面的人,几乎没有兼做教授的。

还有一种坏处,是一做教员,未免有顾忌;教授有教授的架子,不能畅所欲言。这或者有人要反驳:那么,你畅所欲言就是了,何必如此小心。然而这是事前的风凉话,一到有事,不知不觉地他也要从众来攻击的。而教授自身,纵使自以为怎样放达,下意识里总不免有架子在。所以在外国,称为"教授小说"的东西倒并不少,但是不大有人说好,至少,是总难免有令人发烦的炫学的地方。

所以我想,研究文学是一件事,做文章又是一件事。

第二,我常被询问:要弄文学,应该看什么书? 这实在是一个极难回答的问题。先前也曾有几位先生给青年开过一大篇书目。但从我看来,这是没有什么用处的,因为我觉得那都是开书目的先生自己想要看或者未必想要看的书目。我以为倘要弄旧的呢,倒不如姑且靠着张之洞的《书目答问》去摸门径去。倘是新的,研究文学,则自己先看看各种的小本子,如本间久雄的《新文学概论》,厨川白村的《苦闷的象征》,瓦浪斯基们的《苏俄的文艺论战》之类,然后自己再想想,再博览下去。因为文学的理论不像算学,二二一定得四,所以议论很分歧。如第三种,便是俄国的两派的争论——我附带说一句,近来听说连俄国的小说也不大有人看了，似乎一看见"俄"字就吃惊，其实苏俄的新创作何尝有人绍介，此刻译出的几本，都是革命前的作品，作者在那边都已经被看作反革命的了。倘要看看文艺作品呢，则先看几种名家的选本，从中觉得谁的作品自己最爱看，然后再看这一个作者的专集，然后再从文学史上看看他在史上的位置；倘要知道得更详细，就看一两本这人的传记，那便可以大略了解了。如果专是请教别人，则各人的嗜好不同，总是格不相入的。

　　第三，说几句关于批评的事。现在因为出版物太多了——其实有什么呢，而读者因为不胜其纷纭，便渴望批评，于是批评家也便应运而生。批评这东西，对于读者，至少对于和这批评家趣旨相近的读者，是有用的。但中国现在，似乎应该暂作别论。往往有人误以为批评家对于创作是操生杀之权，占文坛的最高位的，就忽而变成批评家；他的灵魂上挂了刀。但是怕自己的立论不周密，便主张主观，有时怕自己的观察别人不看重，又主张客观；有时说自己的作文的根柢全是同情，有时将校对者骂得一文不值。凡中国的批评文字，我总是越看越糊涂，如果当真，就要无路可走。印度人是早知道的，有一个很普通的比喻。他们说：一个老翁和一个孩子用一匹驴子驮着货物去出卖，货卖去了，孩子骑驴回来，老翁跟着走。但路人责备他了，说是不晓事，叫老年人徒步。他们便换了一个地位，而旁人又说老人忍心；老人忙将孩子抱到鞍鞒上，后来看见的人却说他们残酷；于是都下来，走了不久，可又有人笑他们了，说他们是呆子，空着现成的驴子却不骑。于是老人对孩子叹息道，我们只剩了一个办法了，是我们两人抬着驴子走。无论读，无论做，倘若旁征博访，结果是往往会弄到抬驴子走的。

　　不过我并非要大家不看批评，不过说看了之后，仍要看看本书，自己思索，自己做主。看别的书也一样，仍要自己思索，自己观察。倘只看书，便变成书橱，即使自己觉得有趣，而那趣味其实是已在逐渐硬化，逐渐死去了。我先前反对青年躲进研究室，也就是这意思，至今有些学者，还将这话算作我的一条罪状哩。

　　听说英国的培那特萧（Bernard Shaw），有过这样意思的话：世间最不行的是读书者。因为他只能看别人的思想艺术，不用自己。这也就是勖本华尔(Schopenhauer)之所谓脑子里给别人跑马。较好的是思索者。因为能用自己的生活力了,但还不免是空想,所以更好的是观察者,他用自己的眼睛去读世间这一部活书。

这是的确的,实地经验总比看,听,空想确凿。我先前吃过干荔枝,罐头荔枝,陈年荔枝,并且由这些推想过新鲜的好荔枝。这回吃过了,和我所猜想的不同,非到广东来吃就永不会知道。但我对于萧的所说,还要加一点骑墙的议论。萧是爱尔兰人,立论也不免有些偏激的。我以为假如从广东乡下找一个没有历练的人,叫他从上海到北京或者什么地方,然后问他观察所得,我恐怕是很有限的,因为他没有练习过观察力。所以要观察,还是先要经过思索和读书。

总之,我的意思是很简单的:我们自动的读书,即嗜好的读书,请教别人是大抵无用,只好先行泛览,然后抉择而入于自己所爱的较专的一门或几门;但专读书也有弊病,所以必须和实社会接触,使所读的书活起来。

【评析:1927 年 7 月 16 日,鲁迅应邀到广州知用中学演讲,谈了谈他个人关于读书的意见。

鲁迅的这篇演讲,名为《读书杂谈》,不像他的一些名篇那样常被人提起;就是专门谈读书的人与文,也很少提及此文。为什么呢? 我想一个原因,是鲁迅谈得太朴实了,他没有告诉人读书的妙法和捷径,也没有令人眼花缭乱的观念和理论,他谈得实实在在。

而很多人是不喜欢实话的,他们更愿意相信花哨的说法,相信省心省力的窍门,实话呢,不仅过于平淡,而且不给偷懒投机取巧之心以鼓励和希望。但实话的好处是不会让人上当受骗。】

怎么写

《怎么写》一九二七年十月十日初刊于《莽原》半月刊第十八、十九期合刊，后收入一九三二年九月上海北新书局出版的《三闲集》。

——夜记之一

写什么是一个问题，怎么写又是一个问题。

今年不大写东西，而写给《莽原》的尤其少。我自己明白这原因。说起来是极可笑的，就因为它纸张好。有时有一点杂感，仔细一看，觉得没有什么大意思，不要去填黑了那么洁白的纸张，便废然而止了。好的又没有。我的头里是如此的荒芜，浅陋，空虚。

可谈的问题自然多得很，自宇宙以至社会国家，高超的还有文明，文艺。古来许多人谈过了，将来要谈的人也将无穷无尽。但我都不会谈。记得还是去年躲在厦门岛上的时候，因为太讨人厌了，终于得到"敬鬼神而远之"式的待遇，被供在图书馆楼上的一间屋子里。白天还有馆员，钉书匠，阅书的学生，夜九时后，一切星散，一所很大的洋楼里，除我以外，没有别人。我沉静下去了。寂静浓到如酒，令人微醺。望后窗外骨立的乱山中许多白点，是丛冢；一粒深黄色火，是南普陀寺的琉璃灯。前面则海天微茫，黑絮一般的夜色简直似乎要扑到心坎里。我靠了石栏远眺，听得自己的心音，四远还仿佛有无量悲哀，苦恼，零落，死灭，都杂入这寂静中，使它变成药酒，加色，加味，加香。这时，我曾经想要写，但是不能写，无从写。这也就是我所谓"当我沉默着的时候，我觉得充实，我将开口，同时感到空虚"。

莫非这就是一点"世界苦恼"么？我有时想。然而大约又不是的，这不过是淡淡的哀愁，中间还带些愉快。我想接近它，但我愈想，它却愈渺茫了，几乎就要发见仅只我独自倚着石栏，此外一无所有。必须待到我忘了努力，才又感到淡淡的哀愁。

那结果却大抵不很高明。腿上钢针似的一刺，我便不假思索地用手掌向痛处直拍下去，同时只知道蚊子在咬我。什么哀愁，什么夜色，都飞到九霄云外去了，连靠过的石栏也不再放在心里。而且这还是现在的话，那时呢，回想起来，是连不将石栏放在心里的事也没有想到的。仍是不假思索地走进房里去，坐在一把唯一的半躺椅——躺不直的藤椅子——上，抚摩着蚊喙的伤，直到它由痛转痒，渐渐肿成一个小疙瘩。我也就从抚摩转成搔，掐，直到它由痒转痛，比较地能够打熬。

此后的结果就更不高明了，往往是坐在电灯下吃柚子。

虽然不过是蚊子的一叮，总是本身上的事来得切实。能不写自然更快活，倘非写不可，我想，也只能写一些这类小事情，而还万不能写得正如那一天所身受的显明深切。而况千叮万叮，而况一刀一枪，那是写不出来的。

尼采爱看血写的书。但我想，血写的文章，怕未必有罢。文章总是墨写的，血写的倒不过是血迹。它比文章自然更惊心动魄，更直接分明，然而容易变色，容易消磨。这一点，就要任凭文学逞能，恰如冢中的白骨，往古来今，总要以它的永久来傲视少女颊上的轻红似的。

能不写自然更快活，倘非写不可，我想，就是随便写写罢，横竖也只能如此。这些都应该和时光一同消逝，假使会比血迹永远鲜活，也只足证明文人是侥幸者，是乖角儿。但真的血写的书，当然不在此例。

当我这样想的时候，便觉得"写什么"倒也不成什么问题了。

"怎样写"的问题，我是一向未曾想到的。初知道世界上有着这么一个问题，还不过两星期之前。那时偶然上街，偶然走进丁卜书店去，偶然看见一叠《这样做》，便买取了一本。这是一种期刊，封面上画着一个骑马的少年兵士。我一向有一种偏见，凡书面上画着这样的兵士和手捏铁锄的农工的刊物，是不大去涉略的，因为我总疑心它是宣传品。发抒自己的意见，结果弄成带些宣传气味了的伊孛生等辈的作品，我看了倒并不发烦。但对于先有了"宣传"两个大字的题目，然后发出议论来的文艺作品，却总有些格格不入，那不能直吞下去的模样，就和雒诵教训文学的时候相同。但这《这样做》却又有些特别，因为我还记得日报上曾经说过,是和我有关系的。也是凡事切己,则格外关心的一例罢,我便再不怕书面上的骑马的英雄,将它买来了。回来后一检查剪存的旧报,还在的,日子是三月七日,可惜没有注明报纸的名目,但不是《民国日报》,便是《国民新闻》,因为我那时所看的只有这两种。下面抄一点报上的话:

"自鲁迅先生南来后,一扫广州文学之寂寞,先后创办者有《做什么》《这样做》两刊物。闻《这样做》为革命文学社定期出版物之一,内容注重革命文艺及本党主义之宣传……"

开首的两句话有些含混,说我都与闻其事的也可以,说因我"南来"了而别人创办的也通。但我是全不知情。当初将日报剪存,大概是想调查一下的,后来却又忘却,搁下了。现在还记得《做什么》出版后,曾经送给我五本。我觉得这团体是共产青年主持的,因为其中有"坚如","三石"等署名,该是毕磊,通信处也是他。他还曾将十来本《少年先锋》送给我,而这刊物里面则分明是共产青年所作的东西。果然,毕磊君大约确是共产党,于四月十八日从中山大学被捕。据我的推测,他一定早已不在这世上了,这看去很是瘦小精干的湖南的青年。

《这样做》却在两星期以前才见面,已经出到七八期合册了。第六期没有,或者说被禁止,或者说未刊,莫衷一是,我便买了一本七八合册和第五期。看日报的记事便知道,这该是和《做什么》反对,或对立的。我拿回来,倒看上去,通讯栏里就这样说:"在一般 CP 气焰盛张之时……而你们一觉悟起来,马上退出 CP,不只是光退出便了事,尤其值得 CP 气死的,就是破天荒的接二连三的退出共产党登报声明……"那么,确是如此了。

这里又即刻出了一个问题。为什么这么大相反对的两种刊物,都因我"南来"而"先后创办"呢?这在我自己,是容易解答的:因为我新来而且灰色。但要讲起来,怕又有些话长,现在姑且保留,待有相当的机会时再说罢。

这回且说我看《这样做》。看过通讯,懒得倒翻上去了,于是看目录。忽而看见一个题目道:《郁达夫先生休矣》,便又起了好奇心,立刻看文章。这还是切己的琐事总比世界的哀愁关心的老例,达夫先生是我所认识的,怎么要他"休矣"了呢?急于要知道。假使说的是张龙赵虎,或是我素昧平生的伟人,老实说罢,我决不会如此留心。

原来是达夫先生在《洪水》上有一篇《在方向转换的途中》,说这一次的革命是阶级斗争的理论的实现,而记者则以为是民族革命的理论的实现。大约还有英雄主义不适宜于今日等类的话罢,所以便被认为"中伤"和"挑拨离间",非"休矣"不可了。

我在电灯下回想,达夫先生我见过好几面,谈过好几回,只觉他稳健和平,不至于得罪于人,更何况得罪于国。怎么一下子就这么流于"偏激"了?我倒要看看《洪水》。

这期刊,听说在广西是被禁止的了,广东倒还有。我得到的是第三卷第二十九至三十二期。照例的坏脾气,从三十二期倒看上去,不久便翻到第一篇《日记文学》,也是达夫先生做的,于是便不再去寻《在方向转换的途中》,变成看谈文学了。我这种模模糊糊的看法,自己也明知道是不对的,但"怎么写"的问题,却就出在那里面。

作者的意思,大略是说凡文学家的作品,多少总带点自叙传的色彩的,若以第三人称来写出,则时常有误成第一人称的地方。而且叙述这第三人称的主人公的心理状态过于详细时,读者会疑心这别人的心思,作者何以会晓得得这样精细?于是那一种幻灭之感,就使文学的真实性消失了。所以散文作品中最便当的体裁,是日记体,其次是书简体。

这诚然也值得讨论的。但我想,体裁似乎不关重要。上文的第一缺点,是读者的粗心。但只要知道作品大抵是作者借别人以叙自己,或以自己推测别人的东西,便不至于感到幻灭,即使有时不合事实,然而还是真实。其真实,正与用第三人称时或误用第一人称时毫无不同。倘有读者只执滞于体裁,只求没有破绽,那就以看新闻记事为宜,对于文艺,活该幻灭。而其幻灭也不足惜,因为这不是真的幻灭,正如查不出大观园的遗迹,而不满于《红楼梦》者相同。倘作者如此牺牲了抒写的自由,即使极小部分,也无异于削足适履的。

第二种缺陷,在中国也已经是颇古的问题。纪晓岚攻击蒲留仙的《聊斋志异》,就在这一点。两人密语,决不肯泄,又不为第三人所闻,作者何从知之？所以他的《阅微草堂笔记》，竭力只写事状，而避去心思和密语。但有时又落了自设的陷阱，于是只得以《春秋左氏传》的"浑良夫梦中之噪"来解嘲。他的支绌的原因，是在要使读者信一切所写为事实，靠事实来取得真实性，所以一与事实相左，那真实性也随即灭亡。如果他先意识到这一切是创作，即是他个人的造作，便自然没有一切挂碍了。

一般的幻灭的悲哀，我以为不在假，而在以假为真。记得年幼时，很喜欢看变戏法，猢狲骑羊，石子变白鸽，最末是将一个孩子刺死，盖上被单，一个江北口音的人向观众装出撒钱模样道：Huazaa！Huazaa！大概是谁都知道，孩子并没有死，喷出来的是装在刀柄里的苏木汁，Huazaa 一够，他便会跳起来的。但还是出神地看着，明明意识着这是戏法，而全心沉浸在这戏法中。万一变戏法的定要做得真实，买了小棺材，装进孩子去，哭着抬走，倒反索然无味了。这时候，连戏法的真实也消失了。

我宁看《红楼梦》，却不愿看新出的《林黛玉日记》，它一页能够使我不舒服小半天。《板桥家书》我也不喜欢看，不如读他的《道情》。我所不喜欢的是他题了家书两个字。那么，为什么刻了出来给许多人看的呢？不免有些装腔。幻灭之来，多不在假中见真，而在真中见假。日记体，书简体，写起来也许便当得多罢，但也极容易起幻灭之感；而一起则大抵很厉害，因为它起先模样装得真。

《越缦堂日记》近来已极风行了，我看了却总觉得他每次要留给我一点很不舒服的东西。为什么呢？一是钞上谕。大概是受了何焯的故事的影响的，他提防有一天要蒙"御览"。二是许多墨涂。写了尚且涂去，该有许多不写的罢？三是早给人家看，钞，自以为一部著作了。我觉得从中看不见李慈铭的心，却时时看到一些做作，仿佛受了欺骗。翻翻一部小说，虽是很荒唐，浅陋，不合理，倒从来不起这样的感觉的。

听说后来胡适之先生也在做日记，并且给人传观了。照文学进化的理论讲起来，一定该好得多。我希望他提前陆续的印出。

但我想，散文的体裁，其实是大可以随便的，有破绽也不妨。做作的写信和日记，恐怕也还不免有破绽，而一有破绽，便破灭到不可收拾了。与其防破绽,不如忘破绽。

【评析:本篇最初发表于一九二七年十月十日北京《莽原》半月刊第十八、十九期合刊。《莽原》文艺刊物,一九二五年四月二十四日在北京创刊,初为周刊,附《京报》发行,鲁迅编辑。一九二六年一月改为半月刊,由未名社出版发行。同年八月鲁迅离开北京后,由韦素园编辑,出至一九二七年十二月停刊。】

答北斗杂志社问

——创作要怎样才会好？

《答北斗杂志社问》一九三二年一月二十日初刊于《北斗》第二卷第一期，后收入一九三二年十月上海合众书店出版的《二心集》。

编辑先生：

来信的问题，是要请美国作家和中国上海教授们做的，他们满肚子是"小说法程"和"小说作法"。我虽然做过二十来篇短篇小说，但一向没有"宿见"，正如我虽然会说中国话，却不会写"中国语法入门"一样。不过高情难却，所以只得将自己所经验的琐事写一点在下面——

一，留心各样的事情，多看看，不看到一点就写。

二，写不出的时候不硬写。

三，模特儿不用一个一定的人，看得多了，凑合起来的。

四，写完后至少看两遍，竭力将可有可无的字、句、段删去，毫不可惜。宁可将可作小说的材料缩成 Sketch，决不将 Sketch 材料拉成小说。

五，看外国的短篇小说，几乎全是东欧及北欧作品，也看日本作品。

六，不生造除自己之外，谁也不懂的形容词之类。

七，不相信"小说作法"之类的话。

八，不相信中国的所谓"批评家"之类的话，而看看可靠的外国批评家的评论。

现在所能说的，如此而已。此复，即请编安！

十二月二十七日

【评析:本篇最初发表于一九三二年一月二十日《北斗》第二卷第一期。《北斗》,文艺月刊,“左联”的机关刊物之一,丁玲主编。一九三一年九月在上海创刊,一九三二年七月出至第二卷第三、四期合刊后停刊,共出八期。一九三一年十二月,该刊以“创作不振之原因及其出路”为题向许多作家征询意见。本文是作者所作的答复。】

我怎么做起小说来

《我怎么做起小说来》初刊于一九三三年六月上海天马书店出版的《创作的经验》一书,后收入一九三四年三月上海同文书店出版的《南腔北调集》。

我怎么做起小说来?——这来由,已经在《呐喊》的序文上,约略说过了。这里还应该补叙一点的,是当我留心文学的时候,情形和现在很不同:在中国,小说不算文学,做小说的也决不能称为文学家,所以并没有人想在这一条道路上出世。我也并没有要将小说抬进"文苑"里的意思,不过想利用他的力量,来改良社会。

但也不是自己想创作,注重的倒是在绍介,在翻译,而尤其注重于短篇,特别是被压迫的民族中的作者的作品。因为那时正盛行着排满论,有些青年,都引那叫喊和反抗的作者为同调的。所以"小说作法"之类,我一部都没有看过,看短篇小说却不少,小半是自己也爱看,大半则因了搜寻绍介的材料。也看文学史和批评,这是因为想知道作者的为人和思想,以便决定应否介绍给中国。和学问之类,是绝不相干的。

因为所求的作品是叫喊和反抗,势必至于倾向了东欧,因此所看的俄国,波兰以及巴尔干诸小国作家的东西就特别多。也曾热心的搜求印度埃及的作品,但是得不到。记得当时最爱看的作者,是俄国的果戈理(N. Gogol)和波兰的显克微支(H. Sienkiewitz)。日本的,是夏目漱石和森鸥外。

回国以后,就办学校,再没有看小说的工夫了,这样的有五六年。为什么又开手了呢?——这也已经写在《呐喊》的序文里,不必说了。但我的来做小说,也并非自以为有做小说的才能,只因为那时是住在北京的会馆里的,要做论文罢,没有参考书,要翻译罢,没有底本,就只好做一点小说模样的东西塞责,这就是《狂人日记》。大约所仰仗的全在先前看过的百来篇外国作品和一点医学上的知识，此外的准备，一点也没有。

但是《新青年》的编辑者，却一回一回的来催，催几回，我就做一篇，这里我必得记念陈独秀先生，他是催促我做小说最着力的一个。

自然，做起小说来，总不免自己有些主见的。例如，说到"为什么"做小说罢，我仍抱着十多年前的"启蒙主义"，以为必须是"为人生"，而且要改良这人生。我深恶先前的称小说为"闲书"，而且将"为艺术的艺术"，看作不过是"消闲"的新式的别号。所以我的取材，多采自病态社会的不幸的人们中，意思是在揭出病苦，引起疗救的注意。所以我力避行文的唠叨，只要觉得够将意思传给别人了，就宁可什么陪衬拖带也没有。中国旧戏上，没有背景，新年卖给孩子看的花纸上，只有主要的几个人（但现在的花纸却多有背景了），我深信对于我的目的，这方法是适宜的，所以我不去描写风月，对话也决不说到一大篇。

我做完之后，总要看两遍，自己觉得拗口的，就增删几个字，一定要它读得顺口；没有相宜的白话，宁可引古语，希望总有人会懂，只有自己懂得或连自己也不懂的生造出来的字句，是不大用的。这一节，许多批评家之中，只有一个人看出来了，但他称我为 Stylist。

所写的事迹，大抵有一点见过或听到过的缘由，但决不全用这事实，只是采取一端，加以改造，或生发开去，到足以几乎完全发表我的意思为止。人物的模特儿也一样，没有专用过一个人，往往嘴在浙江，脸在北京，衣服在山西，是一个拼凑起来的角色。有人说，我的那一篇是骂谁，某一篇又是骂谁，那是完全胡说的。

不过这样的写法，有一种困难，就是令人难以放下笔。一气写下去，这人物就逐渐活动起来，尽了他的任务。但倘有什么分心的事情来一打岔，放下许久之后再来写，性格也许就变了样，情景也会和先前所预想的不同起来。例如我做的《不周山》，原意是在描写性的发动和创造，以至衰亡的，而中途去看报章，见一位道学的批评家攻击情诗的文章，心里很不以为然，于是小说里就有一个小人物跑到女娲的两腿之间来，不但不必有，且将结构的宏大毁坏了。但这些处所，除了自己，大概没有人会觉到的，我们的批评大家成仿吾先生，还说这一篇做得最出色。

我想，如果专用一个人做骨干，就可以没有这弊病的，但自己没有

210

试验过。

忘记是谁说的了,总之是,要极省俭的画出一个人的特点,最好是画他的眼睛。我以为这话是极对的,倘若画了全副的头发,即使细得逼真,也毫无意思。我常在学学这一种方法,可惜学不好。

可省的处所,我决不硬添,做不出的时候,我也决不硬做,但这是因为我那时别有收入,不靠卖文为活的缘故,不能作为通例的。

还有一层,是我每当写作,一律抹杀各种的批评。因为那时中国的创作界固然幼稚,批评界更幼稚,不是举之上天,就是按之入地,倘将这些放在眼里,就要自命不凡,或觉得非自杀不足以谢天下的。批评必须坏处说坏,好处说好,才于作者有益。

但我常看外国的批评文章,因为他于我没有恩怨嫉恨,虽然所评的是别人的作品,却很有可以借镜之处。但自然,我也同时一定留心这批评家的派别。

以上,是十年前的事了,此后并无所作,也没有长进,编辑先生要我做一点这类的文章,怎么能呢。拉杂写来,不过如此而已。

三月五日灯下

【评析:鲁迅在文中说:"自然,做起小说来,总不免自己有些主见的。例如,说到'为什么'做小说罢,我仍抱着十多年前的'启蒙主义',以为必须是'为人生'。而且要改良这人生。……所以我的取材,多采自病态社会的不幸的人们中,意思是揭出病苦,引起疗救的注意。"他又在《〈呐喊〉自序》中说:"凡是愚弱的国民,即使体格如何健全,如何茁壮,也只能做毫无意义的示众的材料和看客,病死多少是不必以为不幸的。所以我们的第一要著,是在改变他们的精神。"他在谈到《阿Q正传》的成因时,说他要"写出一个现代的我们国人的魂灵来",又说:"我虽然竭力想摸索人们的魂灵,但时时总自憾有些隔膜。在将来,围在高墙里面的一切人众,该会自己觉醒,走出,都来开口的罢,而现在还少见,所以我也只依了自己的觉察,孤寂地姑且将这些写出,作为在我的眼里所经过的中国的人生。"】

论"旧形式的采用"

《论"旧形式的采用"》一九三四年五月四日初刊于上海《中华日报·动向》,署名常庚;后收入一九三七年七月上海三味书屋出版的《且介亭杂文》。

"旧形式的采用"的问题,如果平心静气的讨论起来,在现在,我想是很有意义的,但开首便遭到了耳耶先生的笔伐。"类乎投降","机会主义",这是近十年来"新形式的探求"的结果,是克敌的咒文,至少先使你惹一身不干不净。但耳耶先生是正直的,因为他同时也在译《艺术底内容和形式》,一经登完,便会洗净他激烈的责罚;而且有几句话也正确的,是他说新形式的探求不能和旧形式的采用机械的地分开。

不过这几句话已经可以说是常识;就是说内容和形式不能机械的地分开,也已经是常识;还有,知道作品和大众不能机械的地分开,也当然是常识。旧形式为什么只是"采用"——但耳耶先生却指为"为整个(!)旧艺术捧场"——就是为了新形式的探求。采取若干,和"整个"捧来是不同的,前进的艺术家不能有这思想(内容)。然而他会想到采取旧艺术,因为他明白了作品和大众不能机械的地分开。以为艺术是艺术家的"灵感"的爆发,像鼻子发痒的人,只要打出喷嚏来就浑身舒服,一了百了的时候已经过去了,现在想到,而且关心了大众。这是一个新思想(内容),由此而在探求新形式,首先提出的是旧形式的采取,这采取的主张,正是新形式的发端,也就是旧形式的蜕变,在我看来,是既没有将内容和形式机械的地分开,更没有看得《姊妹花》叫座,于是也来学一套的投机主义的罪案的。

自然,旧形式的采取,或者必须说新形式的探求,都必须艺术学徒的努力的实践,但理论家或批评家是同有指导,评论,商量的责任的,不能只斥他交代未清之后,便可逍遥事外。我们有艺术史,而且生在中国,即必须翻开中国的艺术史来。采取什么呢? 我想,唐以前的真迹,我们无从目睹了,但还能知道大抵以故事为题材,这是可以取法的;在唐,可取佛画的灿烂,线画的空实和明快,宋的院画,萎靡柔媚之处当舍,周密不苟之处是可取的,米点山水,则毫无用处。后来的写意画(文人画)有无用处,我此刻不敢确说,恐怕也许还有可用之点的罢。这些采取,并非断片的古董的杂陈,必须溶化于新作品中,那是不必赘说的事,恰如吃用牛羊,弃去蹄毛,留其精粹,以滋养及发达新的生体,决不因此就会"类乎"牛羊的。

只是上文所举的,亦即我们现在所能看见的,都是消费的艺术。它一向独得有力者的宠爱,所以还有许多存留。但既有消费者,必有生产者,所以一面有消费者的艺术,一面也必有生产者的艺术。古代的东西,因为无人保护,除小说的插画以外,我们几乎什么也看不见了。至于现在,却还有市上新年的花纸,和猛克先生所指出的连环图画。这些虽未必是真正的生产者的艺术,但和高等有闲者的艺术对立,是无疑的。但虽然如此,它还是大受着消费者艺术的影响,例如在文学上,则民歌大抵脱不开七言的范围,在图画上,则题材多是士大夫的故事,然而已经加以提炼,成为明快,简捷的东西了。这也就是蜕变,一向则谓之"俗"。注意于大众的艺术家,来注意于这些东西,大约也未必错,至于仍要加以提炼,那也是无须赘说的。

但中国的两者的艺术,也有形似而实不同的地方,例如佛画的满幅云烟,是豪华的装潢,花纸也有一种硬填到几乎不见白纸的,却是惜纸的节俭;唐伯虎画的细腰纤手的美人,是他一类人们的欲得之物,花纸上也有这一种,在赏玩者却只以为世间有这一类人物,聊资博识,或满足好奇心而已。为大众的画家,都无须避忌。

至于谓连环图画不过图画的种类之一,与文学中之有诗歌、戏曲、小说相同,那自然是不错的。但这种类之别,也仍然与社会条件相关联,则我们只要看有时盛行诗歌,有时大出小说,有时独多短篇的史实便可以知道。因此,也可以知道即与内容相关联。现在社会上的流行连环图画,即因为它有流行的可能,且有流行的必要,着眼于此,因而加以导引,正是前进的艺术家的正确的任务;为了大众,力求易懂,也

正是前进的艺术家正确的努力。旧形式是采取,必有所删除,既有删除,必有所增益,这结果是新形式的出现,也就是变革。而且,这工作是决不如旁观者所想的容易的。

　　但就是立有了新形式罢,当然不会就是很高的艺术。艺术的前进,还要别的文化工作的协助,某一文化部门,要某一专家唱独角戏来提得特别高,是不妨空谈,却难做到的事,所以专责个人,那立论的偏颇和偏重环境的是一样的。

五月二日

　　【评析:本文是鲁迅 30 年代参加"文艺大众化"问题讨论的重要文章之一。文章对新文艺如何利用旧有民族与民间形式、如何看待群众通俗艺术、以及新形式探求如何满足大众审美需要等问题发表了精辟见解,对文艺继承与创新的辩证关系做出了科学阐释。文中涉及的问题及其所体现的辩证唯物主义与历史唯物主义精神,在今天仍然具有重要现实意义。】

什么是"讽刺"?

《什么是"讽刺"?》一九三五年九月初刊于日本东京《杂文》月刊第三号;后收入一九三五年末由作者亲自编定,一九三七年上海三味书屋出版的《且介亭杂文二集》。

——答文学社问

我想:一个作者,用了精炼的,或者简直有些夸张的笔墨——但自然也必须是艺术的地——写出或一群人的或一面的真实来,这被写的一群人,就称这作品为"讽刺"。

"讽刺"的生命是真实;不必是曾有的实事,但必须是会有的实情。所以它不是"捏造",也不是"诬蔑";既不是"揭发阴私",又不是专记骇人听闻的所谓"奇闻"或"怪现状"。它所写的事情是公然的,也是常见的,平时是谁都不以为奇的,而且自然是谁都毫不注意的。不过这事情在那时却已经是不合理,可笑,可鄙,甚而至于可恶。但这么行下来了,习惯了,虽在大庭广众之间,谁也不觉得奇怪;现在给它特别一提,就动人。譬如罢,洋服青年拜佛,现在是平常事,道学先生发怒,更是平常事,只消几分钟,这事迹就过去,消灭了。但"讽刺"却是正在这时候照下来的一张相,一个撅着屁股,一个皱着眉心,不但自己和别人看起来有些不很雅观,连自己看见也觉得不很雅观;而且流传开去,对于后日的大讲科学和高谈养性,也不免有些妨害。倘说,所照的并非真实,是不行的,因为这时有目共睹,谁也会觉得确有这等事;但又不好意思承认这是真实,失了自己的尊严。于是挖空心思,给起了一个名目,叫作"讽刺"。其意若曰:它偏要提出这等事,可见也不是好货。

有意的偏要提出这等事,而且加以精炼,甚至于夸张,却确是"讽刺"的本领。同一事件,在拉杂的非艺术的记录中,是不成为讽刺,谁

216

也不大会受感动的。例如新闻记事,就记忆所及,今年就见过两件事。其一,是一个青年,冒充了军官,向各处招摇撞骗,后来破获了,他就写忏悔书,说是不过借此谋生,并无他意。其二,是一个窃贼招引学生,教授偷窃之法,家长知道,把自己的子弟禁在家里了,他还上门来逞凶。较可注意的事件,报上是往往有些特别的批评文字的,但对于这两件,却至今没有说过什么话,可见是看得很平常,以为不足介意的了。然而这材料,假如到了斯惠夫德(J. Swift)或果戈理(N. Gogol)的手里,我看是准可以成为出色的讽刺作品的。在或一时代的社会里,事情越平常,就越普遍,也就愈合于作讽刺。

讽刺作者虽然大抵为被讽刺者所憎恨,但他却常常是善意的,他的讽刺,在希望他们改善,并非要捺这一群到水底里。然而待到同群中有讽刺作者出现的时候,这一群却已是不可收拾,更非笔墨所能救了,所以这努力大抵是徒劳的,而且还适得其反,实际上不过表现了这一群的缺点以至恶德,而对于敌对的另一群,倒反成为有益。我想:从另一群看来,感受是和被讽刺的那一群不同的,他们会觉得"暴露"更多于"讽刺"。

如果貌似讽刺的作品,而毫无善意,也毫无热情,只使读者觉得一切世事,一无足取,也一无可为,那就并非讽刺了,这便是所谓"冷嘲"。

五月三日

【评析:鲁迅是中国现代最伟大的讽刺艺术家和讽刺家,他不但写了大量的讽刺性杂文,还创作了很多杰出的讽刺小说以及关于讽刺艺术的专论。鲁迅创作的特色主要是现实主义,也就是用精炼和夸张的艺术手法写出现实生活的真实来。鲁迅关于现实主义讽刺小说的理论,是在批判继承了世界讽刺艺术理论,特别是在批判地总结了我国讽刺小说和清末谴责小说的艺术经验、教训的基础上形成的,其核心内容是强调讽刺的真实性和重视讽刺艺术的社会功利价值,并特别重视讽刺的含蓄美,是富有民族特色的讽刺小说理论。他对于发展繁荣我国的现实主义讽刺小说,有重要的知道意义,对于丰富世界的讽刺理论,也做出了重要的贡献。】

萧红作《生死场》序

《萧红作〈生死场〉序》初刊于一九三五年十二月上海容光书局出版的《生死场》；后收入一九三五年末由作者亲自编定，一九三七年七月上海三味书屋出版的《且介亭杂文二集》。

记得已是四年前的事了，时维二月，我和妇孺正陷在上海闸北的火线中，眼见中国人的因为逃走或死亡而绝迹。后来仗着几个朋友的帮助，这才得进平和的英租界，难民虽然满路，居人却很安闲。和闸北相距不过四五里罢，就是一个这么不同的世界，——我们又怎么会想到哈尔滨。

这本稿子的到了我的桌上，已是今年的春天，我早重回闸北，周围又复熙熙攘攘的时候了。但却看见了五年以前，以及更早的哈尔滨。这自然还不过是略图，叙事和写景，胜于人物的描写，然而北方人民的对于生的坚强，对于死的挣扎，却往往已经力透纸背；女性作者的细致的观察和越轨的笔致，又增加了不少明丽和新鲜。精神是健全的，就是深恶文艺和功利有关的人，如果看起来，他不幸得很，他也难免不能毫无所得。

听说文学社曾经愿意给她付印，稿子呈到中央宣传部书报检查委员会那里去，搁了半年，结果是不许可。人常常会事后才聪明，回想起来，这正是当然的事：对于生的坚强和死的挣扎，恐怕也确是大背"训政"之道的。今年五月，只为了《略谈皇帝》这一篇文章，这一个气焰万丈的委员会就忽然烟消火灭，便是"以身作则"的实地大教训。

奴隶社以汗血换来的几文钱，想为这本书出版，却又在我们的上司"以身作则"的半年之后了，还要我写几句序。然而这几天，却又谣言蜂起，闸北的熙熙攘攘的居民，又在抱头鼠窜了，路上是络绎不绝的行李车和人，路旁是黄白两色的外人，含笑在赏鉴这礼让之邦的盛况。

自以为居于安全地带的报馆的报纸,则称这些逃命者为"庸人"或"愚民"。我却以为他们也许是聪明的,至少,是已经凭着经验知道了煌煌的官样文章之不可信。他们还有些记性。

现在是一九三五年十一月十四的夜里,我在灯下再看完了《生死场》。周围像死一般寂静,听惯的邻人的谈话声没有了,食物的叫卖声也没有了,不过偶有远远的几声犬吠。想起来,英法租界当不是这情形,哈尔滨也不是这情形;我和那里的居人,彼此都怀着不同的心情,住在不同的世界。然而我的心现在却好像古井中水,不生微波,麻木的写了以上那些字。这正是奴隶的心! ——但是,如果还是搅乱了读者的心呢? 那么,我们还绝不是奴才。

不过与其听我还在安坐中的牢骚话,不如快看下面的《生死场》,她才会给你们以坚强和挣扎的力气。

鲁迅

【评析:民国作家萧红,被鲁迅称之为"当今中国最有前途的女作家",短暂而漂泊的一生留下近百万字经典作品,终成大器未曾有负鲁迅的期许。他们之间有师生之谊也有传承之道;鲁迅的欣赏、奖掖与扶持,萧红的早慧、勤勉与感恩,构筑成现代文学史上的一段感人佳话。】

清之人情小说

　　《清之人情小说》为《中国小说史略》的第二十四篇。《中国小说史略》原为鲁迅在北京大学授课时的讲义,后经修订增补,于一九二三年十二月由北京大学新潮社出版上册(第一至第十五篇),一九二四年六月出版下册(第十六至第二十八篇)。

　　乾隆中(一七六五年顷),有小说曰《石头记》者忽出于北京,历五六年而盛行,然皆写本,以数十金鬻于庙市。其本止八十回,开篇即叙本书之由来,谓女娲补天,独留一石未用,石甚自悼叹,俄见一僧一道,以为"形体到也是个宝物了,还只没有实在好处,须得再镌上数字,使人一见便知是奇物方妙。然后好携你到隆盛昌明之邦,诗礼簪缨之族,花柳繁华之地,温柔富贵之乡,去安身乐业"。于是袖之而去。不知更历几劫,有空空道人见此大石,上镌文词,从石之请,钞以问世。道人亦"因空见色,由色生情,传情入色,自色悟空,遂易名为情僧,改《石头记》为《情僧录》;东鲁孔梅溪则题曰《风月宝鉴》;后因曹雪芹于悼红轩中披阅十载,增删五次,纂成目录,分出章回,则题曰《金陵十二钗》,并题一绝云:'满纸荒唐言,一把辛酸泪。都云作者痴,谁解其中味?'"(戚蓼生所序八十回本之第一回)
　　本文所叙事则在石头城(非即金陵)之贾府,为宁国荣国二公后。宁公长孙曰敷,早死;次敬袭爵,而性好道,又让爵于子珍,弃家学仙;珍遂纵恣,有子蓉,娶秦可卿。荣公长孙曰赦,子琏,娶王熙凤;次曰政;女曰敏,适林海,中年而亡,仅遗一女曰黛玉。贾政娶于王,生子珠,早卒;次生女曰元春,后选为妃;次复得子,则衔玉而生,玉又有字,因名宝玉,人皆以为"来历不小",而政母史太君尤钟爱之。宝玉既七八岁,聪明绝人,然性爱女子,常说:"女儿是水作的骨肉,男人是泥作的骨肉。"人于是又以为将来且为"色鬼";贾政亦不甚爱惜,驭之极严,盖缘"不知道这人来历……若非多读书识字,加以致知格物之功,悟道参玄之力者,不能知也"(戚本第二回贾雨村云)。而贾氏实亦"闺阁中历历有人",主从之外,相连亦众,如黛玉宝钗,皆来寄寓,史湘云亦时至,尼妙玉则习静于后园。右即贾氏谱大要,用虚线者其相连,著 X 者夫妇,著 X 者在"金陵十二钗"之数者也。

事即始于林夫人(贾敏)之死,黛玉失恃,又善病,遂来依外家,时与宝玉同年,为十一岁。已而王夫人女弟所生女亦至,即薛宝钗,较长一年,颇极端丽。宝玉纯朴,并爱二人无偏心,宝钗浑然不觉,而黛玉稍忮。一日,宝玉倦卧秦可卿室,遽梦入太虚境,遇警幻仙,阅《金陵十二钗正册》及《副册》,有图有诗,然不解。警幻命奏新制《红楼梦》十二支,其末阕为《飞鸟各投林》,词有云:

"为官的,家业凋零;富贵的,金银散尽。有恩的,死里逃生;无情的,分明报应。欠命的命已还,欠泪的泪已尽!……看破的,遁入空门;痴迷的,枉送了性命。好一似,食尽鸟投林:落了片白茫茫大地真干净!"

然宝玉又不解,更历他梦而寤。迨元春被选为妃,荣公府愈贵盛,及其归省,则辟大观园以宴之,情亲毕至,极天伦之乐。宝玉亦渐长,于外昵秦钟蒋玉函,归则周旋于姊妹中表以及侍儿如袭人晴雯平儿紫鹃辈之间,昵而敬之,恐拂其意,爱博而心劳,而忧患亦日甚矣。

这日,宝玉因见湘云渐愈,然后云看黛玉。正值黛玉才歇午觉,宝玉不敢惊动。因紫鹃正在回廊上手里做针线,便上来问他,"昨日夜里咳嗽的可好些?"紫鹃道,"好些了。"(宝玉道,"阿弥陀佛,宁可好了罢。"紫鹃笑道,"你也念起佛来,真是新闻。")宝玉笑道,"所谓'病笃乱投医'了。"一面说,一面见他穿着弹墨绫子薄绵袄,外面只穿着青缎子夹背心,宝玉便伸手向他身上抹了一抹,说,"穿的这样单薄,还在风口里坐着。春风才至,时气最不好。你再病了,越发难了。"紫鹃便说道,"从此咱们只可说话,别动手动脚的。一年大二年小的,叫人看着不尊重;又打着那起混账行子们背地里说你。你总不留心,还只管合小时一般行为,如何使得? 姑娘常常吩咐我们,不叫合你说笑。你近来瞧他,远着你,还恐远不及呢。"说着,便起身,携了针线,进别房去了。宝玉见了这般景况，心中忽觉浇了一盆冷水一般，只看着竹子发了回呆。因祝妈正来挖笋修竿，便忙忙走了出来，一时魂魄失守，心无所知，随便坐在一块石上出神，不觉滴下泪来。直呆了五六顿饭工夫，千思万想，总不知如何是好。偶值雪雁从王夫人房中取了人参来，从此经过……便走过来，蹲下笑道，"你在这里作什么呢？"宝玉忽见了雪雁，便说道，"你又作什么来招我？你难道不是女儿？他既防嫌，总不许你们理我，你又来寻我，倘被人看见，岂不又生口舌？你快家去罢。"雪雁听了，只当他又受了黛玉的委屈，只得回至房中，黛玉未醒，将人参交与紫鹃……雪雁道，"姑娘还没醒呢，是谁给了宝玉气受？坐在那里哭呢。"……紫鹃听说，忙放下针线……一直来寻宝玉。走到宝玉跟前，含笑说道，"我不过说了两句话，为的是大家好。你就赌气，跑了这风地里来哭，作出病来唬我。"宝玉忙笑道，"谁赌气了？我因为听你说得有理，我想你们既这样说，自然别人也是这样说，将来渐渐的都不理我了。我所以想着自己伤心。"（戚本第五十七回括弧中据程本改。）

　　然荣公府虽煊赫，而"生齿日繁，事务日盛，主仆上下，安富尊荣者尽多，运筹谋划者无一，其日用排场，又不能将就省俭"，故"外面的架子虽未甚倒，内囊却也尽上来了"（第二回）。颓运方至，变故渐多；宝玉在繁华丰厚中，且亦屡与"无常"觌面，先有可卿自经；秦钟夭逝；自又中父妾厌胜之术，几死；继以金钏投井；尤二姐吞金，而所爱之侍儿晴雯又被遣，随殁。悲凉之雾，遍被华林，然呼吸而领会之者，独宝玉而已。

　　……他便带了两个小丫头到一石后，也不怎么样，只问他二人道，"自我去了，你袭人姐姐可打发人瞧晴雯姐姐去了不曾？"这一个答道，"打发宋妈妈瞧去了。"宝玉道，"回来说什么？"小丫头道，"回来说晴雯姐姐直着脖子叫了一夜，今儿早起就闭了眼，住了口，人事不知，也出不得一声儿了，只有倒气的分儿了。"宝玉忙问道，"一夜叫的是谁？"小丫头子道（"一夜叫的是娘。"宝玉拭泪道，"还叫谁？"小丫头说，）"没有听见叫别人。"宝玉道，"你糊涂，想必没听真。"（……因又想：）"虽然临终未见，如今且去灵前一拜，也算尽这五六年的情肠。"……遂一径出园，往前日之处来，意为停枢在内。谁知他哥嫂见他一咽气，便

222

回了进去，希图得几两发送例银。王夫人闻知，便赏了十两银子；又命"即刻送到外头焚化了罢。'女儿痨'死的，断不可留！"他哥嫂听了这话，一面就雇了人来入殓，抬往城外化人厂去了……宝玉走来扑了个空……自立了半天，别没法儿，只得翻身进入园中，待回自房，甚觉无趣，因乃顺路来找黛玉，偏他不在房中……又到蘅芜院中，只见寂静无人……仍往潇湘馆来，偏黛玉尚未回来……正在不知所以之际，忽见王夫人的丫头进来找他，说，"老爷回来了，找你呢。又得了好题目来了，快走快走！"宝玉听了，只得跟了出来……彼时贾政正与众幕友谈论寻秋之胜；又说，"临散时忽然谈及一事，最是千古佳谈，'风流俊逸忠义慷慨'八字皆备。倒是个好题目，大家都要作一首挽词。"众人听了，都忙请教是何等妙题。贾政乃说"近日有一位恒王，出镇青州。这恒王最喜女色，且公余好武，因选了许多美女，日习武事……其姬中有一姓林行四者，姿色既冠，且武艺更精，皆呼为林四娘。恒王最得意，遂超拔林四娘统辖诸姬，又呼为姽婳将军。"众清客都称"妙极神奇！竟以'姽婳'下加'将军'二字，更觉妩媚风流，真绝世奇文！想这恒王也是第一风流人物了。"……（戚本第七十八回，括弧中句据程本补。）

《石头记》结局，虽早隐现于宝玉幻梦中，而八十回仅露"悲音"，殊难必其究竟。比乾隆五十七年（一七九二），乃有百二十回之排印本出，改名《红楼梦》，字句亦时有不同，程伟元序其前云，"……然原本目录百二十卷……爰为竭力搜罗，自藏书家甚至故纸堆中，无不留心。数年以来，仅积有二十余卷。一日，偶于鼓担上得十余卷，遂重价购之……然漶漫不可收拾，乃同友人细加厘剔，截长补短，钞成全部，复为镌板以公同好。《石头记》全书至是始告成矣。"友人盖谓高鹗，亦有序，末题"乾隆辛亥冬至后一日"，先于程序者一年。

后四十回虽数量止初本之半，而大故迭起，破败死亡相继，与所谓"食尽鸟飞独存白地"者颇符，惟结末又稍振。宝玉先失其通灵玉，状类失神。会贾政将赴外任，欲于宝玉娶妇后始就道，以黛玉羸弱，乃迎宝钗。姻事由王熙凤谋划，运行甚密，而卒为黛玉所知，咯血，病日甚，至宝玉成婚之日遂卒。宝玉知将婚，自以为必黛玉，欣然临席，比见新妇为宝钗,乃悲叹复病。时元妃先薨;贾赦以"交通外官倚势凌弱"革职查抄,累及荣府;史太君又寻亡;妙玉则遭盗劫,不知所终;王熙凤既失势,亦郁郁死。宝玉病亦加,一日垂绝,忽有一僧持玉来,遂苏,见僧复气绝,历噩梦而觉;乃忽改行,发愤欲振家声,次年应乡试,以第七名中式。宝钗亦有孕,而宝玉忽亡去。贾政既葬母于金陵,将归京师,雪夜泊舟毗陵驿,见一人光头赤足,披大红猩猩毡斗篷,向之下拜,审视知为宝玉。方欲就语,忽来一僧一道,挟以俱去,且不知何人作歌,云"归大荒",追之无有,"只见白茫茫一片旷野"而已。"后人见了这本传奇,亦曾题过四句,为作者缘起之言更进一竿云:'说到酸辛事,荒唐愈可悲,由来同一梦,休笑世人痴。'"(第一百二十回)

全书所写,虽不外悲喜之情,聚散之迹,而人物事故,则摆脱旧套,与在先之人情小说甚不同。如开篇所说:

空空道人遂向石头说道,"石兄,你这一段故事……据我看来:第一件,无朝代年纪可考;第二件,并无大贤大忠,理朝廷治风俗的善政。其中只不过几个异样女子——或情,或痴,或小才微善——亦无班姑蔡女之德能。我纵钞去,恐世人不爱看呢。"

石头笑曰,"我师何太痴也!若云无朝代可考,今我师竟假借汉唐等年纪添缀,又有何难?但我想历来野史,皆蹈一辙;莫如我不借此套,反到新鲜别致,不过只取其事体情理罢了……历来野史,或讪谤君相,或贬人妻女,奸淫凶恶,不可胜数……至若才子佳人等书,则又千部共出一套,且其中终不能不涉于淫滥,以致满纸'潘安子建','西子文君';……且环婢开口,即'者也之乎',非文即理,故逐一看去,悉皆自相矛盾,大不近情理之说。竟不如我半世亲睹亲闻的这几个女子,虽不敢说强似前代所有书中之人,但事迹原委,亦可以消愁破闷也……至若离合悲欢,兴衰际遇,则又追踪蹑迹,不敢稍加穿凿,徒为哄人之目,而反失其真传者……"(戚本第一回)

盖叙述皆存本真,闻见悉所亲历,正因写实,转成新鲜。而世人忽略此言,每欲别求深义,揣测之说,久而遂多。今汰去悠谬不足辩,如谓是刺和珅(《谭瀛室笔记》)藏谶纬(《寄蜗残赘》)明易象(《金玉缘》评语)之类,而著其世所广传者于下:

一，纳兰成德家事说。自来信此者甚多。陈康祺(《燕下乡脞录》五)记姜宸英典康熙己卯顺天乡试获咎事，因及其师徐时栋(号柳泉)之说云，"小说《红楼梦》一书，即记故相明珠家事，金钗十二，皆纳兰侍御所奉为上客者也，宝钗影高澹人；妙玉即影西溟先生：'妙'为'少女'，'姜'亦妇人之美称；'如玉''如英'，义可通假……"侍御谓明珠之子成德，后改名性德，字容若。张维屏(《诗人征略》)云，"贾宝玉盖即容若也；《红楼梦》所云，乃其髫龄时事。"俞樾(《小浮梅闲话》)亦谓其"中举人止十五岁，于书中所述颇合"。然其他事迹，乃皆不符；胡适作《红楼梦考证》(《文存》三)，已历正其失。最有力者，一为姜宸英有《祭纳兰成德文》，相契之深，非妙玉于宝玉可比；一为成德死时年三十一，时明珠方贵盛也。

二，清世祖与董鄂妃故事说。王梦阮沈瓶庵合著之《红楼梦索隐》为此说。其提要有云，"盖尝闻之京师故老云，是书全为清世祖与董鄂妃而作，兼及当时诸名王奇女也……"而又指董鄂妃为即秦淮旧妓嫁为冒襄妾之董小宛，清兵下江南，掠以北，有宠于清世祖，封贵妃，已而夭逝；世祖哀痛，乃遁迹五台山为僧云。孟森作《董小宛考》(《心史丛刊》三集)，则历摘此说之谬，最有力者为小宛生于明天启甲子，若以顺治七年入宫，已二十八岁矣，而其时清世祖方十四岁。

三，康熙朝政治状态说。此说即发端于徐时栋，而大备于蔡元培之《石头记索隐》。开卷即云，"《石头记》者，清康熙朝政治小说也。作者持民族主义甚挚，书中本事，在吊明之亡，揭清之失，而尤于汉族名士仕清者寓痛惜之意……"于是比拟引申，以求其合，以"红"为影"朱"字；以"石头"为指金陵；以"贾"为斥伪朝；以"金陵十二钗"为拟清初江南之名士：如林黛玉影朱彝尊，王熙凤影余国柱，史湘云影陈维崧，宝钗妙玉则从徐说，旁征博引，用力甚勤。然胡适既考得作者生平，而此说遂不立，最有力者即曹雪芹为汉军，而《石头记》实其自叙也。

然谓《红楼梦》乃作者自叙，与本书开篇契合者，其说之出实最先，而确定反最后。嘉庆初，袁枚(《随园诗话》二)已云，"康熙中，曹练亭为江宁织造……其子雪芹撰《红楼梦》一书，备记风月繁华之盛。中有所谓大观园者,即余之随园也。"末二语盖夸,余亦有小误(如以栋为练,以孙为子),但已明言雪芹之书,所记者其闻见矣。而世间信者特少,王国维(《静庵文集》)且诘难此类,以为"所谓'亲见亲闻'者,亦可自旁观者之口言之,未必躬为剧中之人物"也,迨胡适作考证,乃较然彰明,知曹雪芹实生于荣华,终于苓落,半生经历,绝似"石头",著书西郊,未就而没;晚出全书,乃高鹗续成之者矣。

雪芹名霑,字芹溪,一字芹圃,正白旗汉军。祖寅,字子清,号楝亭,康熙中为江宁织造。清圣祖南巡时,五次以织造署为行宫,后四次皆寅在任。然颇嗜风雅,尝刻古书十余种,为时所称;亦能文,所著有《楝亭诗钞》五卷、《词钞》一卷(《四库书目》),传奇二种(《在园杂志》)。寅子,即雪芹父,亦为江宁织造,故雪芹生于南京。时盖康熙末。雍正六年,卸任,雪芹亦归北京,时约十岁。然不知何因,是后曹氏似遭巨变,家顿落,雪芹至中年,乃至贫居西郊,啜粥,但犹傲兀,时复纵酒赋诗,而作《石头记》盖亦此际。乾隆二十七年,子殇,雪芹伤感成疾,至除夕,卒,年四十余(一七一九?—一七六三)。其《石头记》尚未就,今所传者止八十回(详见《胡适文选》)。

言后四十回为高鹗作者,俞樾(《小浮梅闲话》)云,"《船山诗草》有《赠高兰墅鹗同年》一首云,'艳情人自说《红楼》。'注云,'《红楼梦》八十回以后,俱兰墅所补。'然则此书非出一手。按乡会试增五言八韵诗,始乾隆朝,而书中叙科场事已有诗,则其为高君所补可证矣。"然鹗所作序,仅言"友人程子小泉过予,以其所购全书见示,且曰,'此仆数年铢积寸累之苦心,将付剞劂,公同好。子闲且惫矣,盍分任之。'于以是书……尚不背于名教……遂襄其役。"盖不欲明言己出,而寮友则颇有知之者。鹗即字兰墅,镶黄旗汉军,乾隆戊申举人,乙卯进士,旋入翰林,官侍读,又尝为嘉庆辛酉顺天乡试同考官。其补《红楼梦》当在乾隆辛亥时,未成进士,"闲且惫矣",故于雪芹萧条之感,偶或相通。然心志未灰,则与所谓"暮年之人,贫病交攻,渐渐地露出那下世光景来"(戚本第一回)者又绝异。是以续书虽亦悲凉,而贾氏终于"兰桂齐芳",家业复起,殊不类茫茫白地,真成干净者矣。

续《红楼梦》八十回本者,尚不止一高鹗。俞平伯从戚蓼生所序之八十回本旧评中抉剔，知先有续书三十回，似叙贾氏子孙流散，宝玉贫寒不堪，"悬崖撒手"，终于为僧；然其详不可考(《红楼梦辨》下有专论)。或谓"戴君诚夫见一旧时真本，八十回之后，皆与今本不同，荣宁籍没后，皆极萧条；宝钗亦早卒，宝玉无以作家，至沦于击柝之流。史湘云则为乞丐，后乃与宝玉仍成夫妇……闻吴润生中丞家尚藏有其本。"(蒋瑞藻《小说考证》七引《续阅微草堂笔记》)此又一本，盖亦续书。二书所补，或俱未契于作者本怀，然长夜无晨，则与前书之伏线亦不背。

此他续作，纷纭尚多，如《后红楼梦》，《红楼后梦》，《续红楼梦》，《红楼复梦》，《红楼梦补》，《红楼补梦》，《红楼重梦》，《红楼再梦》，《红楼幻梦》，《红楼圆梦》，《增补红楼》，《鬼红楼》，《红楼梦影》等。大率承高鹗续书而更补其缺陷，结以"团圆"；其或谓作者本以为书中无一好人，因而钻刺吹求，大加笔伐。但据本书自说，则仅乃如实抒写，绝无讥弹，独于自身，深所忏悔。此固常情所嘉，故《红楼梦》至今为人爱重，然亦常情所怪，故复有人不满，奋起而补订圆满之。此足见人之度量相去之远，亦曹雪芹之所以不可及也。仍录彼语，以结此篇：

……作者自云：因曾历过一番梦幻之后，故将真事隐去，而借"通灵"之说，撰此《石头记》一书也……自又云：今风尘碌碌，一事无成，忽念及当日所有之女子，一一细考校去，觉其行止见识，皆出于我之上。何我堂堂须眉，诚不若彼裙钗女子？实愧则有余，悔又无益，是大无可如何之日也。当此，则自欲将已往所赖天恩祖德，锦衣纨袴之时，饫甘餍肥之日，背父兄教育之恩，负师友规训之德，以致今日一技无成，半生潦倒之罪，编述一集，以告天下人。我之罪固不免，然闺阁中本自历历有人，万不可因我之不肖，自己护短，一并使其泯灭。虽今日之茅椽蓬牖，瓦灶绳床，其晨夕风露，阶柳庭花，亦未有妨我之襟怀，束笔阁墨；虽我未学，下笔无文，又何妨用俚语村言，敷衍出一段故事来，亦可使闺阁照传，复可悦世之目，破人愁闷，不亦宜乎？……(戚本第一回)

【评析：人情小说，是中国小说艺术世界中的一大家族。为人情小说确立文艺学概念的是鲁迅。他说：当神魔小说盛行时，记人事者亦突起，其取材犹宋市人小说之"银字儿"，大率为离合悲欢及发迹变态之事,间杂因果报应,而不甚言灵怪,又缘描摹世态,见其炎凉,故或亦谓之"世情书"也（清人情小说就是红楼梦）。

　　明代人情小说则以家庭生活为题材,描写现实生活中的平凡人物,反映广泛的社会生活问题。也称"世情小说"。首开其端的是《金瓶梅》。它标志着长篇小说的创作,由民间发展到了文人创作为主流的时期,促进了我国小说创作的现实主义手法的日趋成熟。之后,到了崇祯年间,描写人情的小说多起来,大抵是一些才子佳人的恋爱故事】

唐之传奇文

《唐之传奇文》为《中国小说的历史变迁》的第三讲。《中国小说的历史变迁》是鲁迅一九二四年七月应西北大学和陕西教育厅之邀，在西安讲学时的记录稿，经本人修订后，收入一九二五年三月西北大学出版部印行的《国立西北大学、陕西教育厅合办暑期学校讲演集》(二)。

小说到了唐时，却起了一个大变迁。我前次说过：六朝时之志怪与志人的文章，都很简短，而且当作记事实；及到唐时，则为有意识的作小说，这在小说史上可算是一大进步。而且文章很长，并能描写得曲折，和前之简古的文体，大不相同了，这在文体上也算是一大进步。但那时作古文底人，见了很不满意，叫它做"传奇体"。"传奇"二字，当时实是訾贬的意思，并非现代人意中的所谓"传奇"。可是这种传奇小说，现在多没有了，只有宋初底《太平广记》——这书可算是小说的大类书，是搜集六朝以至宋初底小说而成的——我们于其中还可以看见唐时传奇小说底大概：唐之初年，有王度做的《古镜记》，是自述得一神镜底异事，文章虽很长，但仅缀许多异事而成，还不脱六朝志怪底流风。此外又有无名氏做的《白猿传》，说的是梁将欧阳纥至长乐，深入溪洞，其妻为白猿掠去，后来得救回去，生一子，"厥状肖焉"。纥后为陈武帝所杀，他的儿子欧阳询，在唐初很有名望，而貌像猕猴，忌者因作此传；后来假小说以攻击人的风气，可见那时也就流行了。

到了武则天时，有张鷟做的《游仙窟》，是自叙他从长安走河湟去，在路上天晚，投宿一家，这家有两个女人，叫十娘、五嫂，和他饮酒作乐等情。事实不很繁复，而是用骈体文做的。这种以骈体做小说，是从前所没有的，所以也可以算一种特别的作品。到后来清之陈球所做的

《燕山外史》，是骈体的，而作者自以为用骈体做小说是由他别开生面的，殊不知实已开端于张了。但《游仙窟》中国久已遗失；惟在日本，现尚留存，因为张在当时很有文名，外国人到中国来，每以重金买他的文章，这或者还是那时带去的一种。其实他的文章很是侻巧，也不见得好，不过笔调活泼些罢了。

　　唐至开元、天宝以后，作者蔚起，和以前大不同了。从前看不起小说的，此时也来做小说了，这是和当时底环境有关系的，因为唐时考试的时候，甚重所谓“行卷”；就是举子初到京，先把自己得意的诗钞成卷子，拿去拜谒当时的名人，若得称赞，则“声价十倍”，后来便有及第的希望，所以行卷在当时看得很重要。到开元、天宝以后，渐渐对于诗，有些厌气了，于是就有人把小说也放在行卷里去，而且竟也可以得名。所以从前不满意小说的，到此时也多做起小说来，因之传奇小说，就盛极一时了。大历中，先有沈既济做的《枕中记》——这书在社会上很普通，差不多没有人不知道的——内容大略说：有个卢生，行邯郸道中，自叹失意，乃遇吕翁，给他一个枕头，生睡去，就梦娶清河崔氏——清河崔属大姓，所以得娶清河崔氏，也是极荣耀的——并由举进士，一直升官到尚书兼御史大夫。后为时宰所忌，害他贬到端州。过数年，又追他为中书令，封燕国公。后来衰老有病，呻吟床次，至气断而死。梦中死去，他便醒来，却尚不到煮熟一锅饭的时候——这是劝人不要躁进，把功名富贵，看淡些的意思。到后来明人汤显祖做的《邯郸记》，清人蒲松龄所做《聊斋》中的《续黄粱》，都是本这《枕中记》的。

　　此外还有一个名人叫陈鸿的，他和他的朋友白居易经过安史之乱以后，杨贵妃死了，美人已入黄土，凭吊古事，不胜伤情，于是白居易作了《长恨歌》；而他便做了《长恨歌传》。此传影响到后来，有清人洪昇所做的《长生殿》传奇，是根据它的。当时还有一个著名的，是白居易之弟白行简，做了一篇《李娃传》，说的是：荥阳巨族之子，到长安来，溺于声色，贫病困顿，竟流落为挽郎——挽郎是人家出殡时，挽棺材者，并须唱挽歌——后为李娃所救，并勉他读书，遂得擢第，官至参军。行简的文章本好，叙李娃的情节，又很是缠绵可观。此篇对于后来的小说，也很有影响，如元人的《曲江池》，明人薛近兖的《绣襦记》，都是以它为本的。

再唐人底小说，不甚讲鬼怪，间或有之，也不过点缀点缀而已。但也有一部分短篇集，仍多讲鬼怪的事情，这还是受了六朝人的影响，如牛僧孺的《玄怪录》，段成式的《酉阳杂俎》，李复言的《续玄怪录》，张读的《宣室志》，苏鹗的《杜阳杂编》，裴铏的《传奇》等，都是的。然而毕竟是唐人做的，所以较六朝人做的曲折美妙得多了。

唐之传奇作者，除上述以外，于后来影响最大而特可注意者，又有二人：其一著作不多，而影响很大，又很著名者，便是元微之；其一著作多，影响也很大，而后来不甚著名者，便是李公佐。现在我把他两人分开来说一说：

一，元微之的著作。元微之名稹，是诗人，与白居易齐名。他做的小说，只有一篇《莺莺传》，是讲张生与莺莺之事，这大概大家都是知道的，我可不必细说。微之的诗文，本是非常有名的，但这篇传奇，却并不怎样杰出，况且其篇末叙张生之弃绝莺莺，又说什么"……德不足以胜妖，是用忍情"。文过饰非，差不多是一篇辩解文字。可是后来许多曲子，却都由此而出，如金人董解元的《弦索西厢》——现在的《西厢》，是扮演；而此则弹唱——元人王实甫的《西厢记》，关汉卿的《续西厢记》，明人李日华的《南西厢记》，陆采的《南西厢记》……等等，非常之多，全导源于这一篇《莺莺传》。但和《莺莺传》原本所叙的事情，又略有不同，就是：叙张生和莺莺到后来终于团圆了。这因为中国人底心理，是很喜欢团圆的，所以必至于如此，大概人生现实底缺陷，中国人也很知道，但不愿意说出来；因为一说出来，就要发生"怎样补救这缺点"的问题，或者免不了要烦闷，要改良，事情就麻烦了。而中国人不大喜欢麻烦和烦闷，现在倘在小说里叙了人生底缺陷，便要使读者感着不快。所以凡是历史上不团圆的，在小说里往往给他团圆；没有报应的，给他报应，互相骗骗——这实在是关于国民性底问题。

二，李公佐的著作。李公佐向来很少人知道，他做的小说很多，现在只存四种：（一）《南柯太守传》：此传最有名，是叙东平淳于棼的宅南，有一棵大槐树，有一天棼因醉卧东庑下，梦见两个穿紫色衣服的人，来请他到了大槐安国，招了驸马，出为南柯太守；因有政绩，又累升大官。后领兵与檀萝国战争,被打败,而公主又死了,于是仍送他回来。及醒来则刹那之梦,如度一世;而去看大槐树,则有一蚂蚁洞,蚂蚁正出入乱走着,所谓大槐安国,南柯郡,就在此地。这篇立意,和《枕中记》差不多,但其结穴,余韵悠然,非《枕中记》所能及。后来明人汤显祖作《南柯记》,也就是从这传演出来的。(二)《谢小娥传》:此篇叙谢小娥的父亲,和她的丈夫,皆往来江湖间,做买卖,为盗所杀。小娥梦父告以仇人为"车中猴东门草";又梦夫告以仇人为"禾中走一日夫";人多不能解,后来李公佐乃为之解说:"車中猴,東門草"是"申蘭"二字;"禾中走,一日夫"是"申春"二字。后果然因之得盗。这虽是解谜获贼,无大理致,但其思想影响于后来之小说者甚大:如李复言演其文入《续玄怪录》,题曰《妙寂尼》,明人则本之作平话。他若《包公案》中所叙,亦多有类此者。(三)《李汤》:此篇叙的是楚州刺史李汤,闻渔人见龟山下,水中有大铁锁,以人、牛之力拉出,则风涛大作;并有一像猿猴之怪兽,雪牙金爪,闯上岸来,观者奔走,怪兽仍拉铁锁入水,不再出来。李公佐为之解说:怪兽是淮涡水神无支祁。"力逾九象,搏击腾踔疾奔,轻利倏忽。"大禹使庚辰制之,颈锁大索,徙到淮阴的龟山下,使淮水得以安流。这篇影响也很大,我以为《西游记》中的孙悟空正类无支祁。但北大教授胡适之先生则以为是由印度传来的;俄国人钢和泰教授也曾说印度也有这样的故事。可是由我看去:1. 作《西游记》的人,并未看过佛经;2. 中国所译的印度经论中,没有和这相类的话;3. 作者——吴承恩——熟于唐人小说,《西游记》中受唐人小说的影响的地方也不少。所以我还以为孙悟空是袭取无支祁的。但胡适之先生仿佛并以为李公佐就受了印度传说的影响,这是我现在还不能说然否的话。(四)《庐江冯媪》:此篇叙事很简单,文章也不大好,我们现在可以不讲它。

唐人小说中的事情,后来都移到曲子里。如"红线""红拂""虬髯"……等,皆出于唐之传奇,因此间接传遍了社会,现在的人还知道。至于传奇本身,则到唐亡就随之而绝了。

【评析:唐之前的小说,在笔法上并未脱离史家著史的藩篱,情节上则缺少曲折和有意识的虚构,在人物刻画上也未能做到细腻生动。

而随着唐传奇的出现，以上的缺陷都得到了弥补。

　　唐传奇一变此前小说"粗陈梗概"的粗陋，使古代文言小说的面貌焕然一新了。鲁迅先生还说过："小说亦如诗，至唐代而一变，虽尚不离搜奇记逸，然叙述宛转，文辞华艳，与六朝粗陈梗概者较，演进之迹甚明。"唐传奇中不仅大胆的虚构故事情节，还对人物进行了细致入微的刻画。创作者不仅仅局限于"记录"，而且萌发了更加独立的创作意识，从而使得叙事文学在唐代焕发出辉煌的光彩。】

司马相如与司马迁

《司马相如与司马迁》为《汉文学史纲要》的第十篇。《汉文学史纲要》原为鲁迅一九二六年在厦门大学授课时的讲义,曾分篇陆续刻印。一九三八年八月收入鲁迅先生纪念委员会编、鲁迅全集出版社出版的《鲁迅全集》。

武帝时文人,赋莫若司马相如,文莫若司马迁,而一则寂寥,一则被刑。盖雄于文者,常桀骜不欲迎雄主之意,故遇合常不及凡文人。

司马相如字长卿,蜀郡成都人。少时好读书,学击剑,故其亲名之曰犬子;既学,慕蔺相如之为人,更名相如。以訾为郎,事景帝。帝不好辞赋,时梁孝王来朝,游说之士邹阳枚乘严忌等皆从,相如见而悦之,因病免,游梁,与诸侯游士居,数岁,作《子虚赋》。武帝立,读而善之,曰:"朕独不得与此人同时哉?"蜀人杨得意为狗监侍帝,因言是其邑人司马相如作,乃召问相如。相如曰:有是。然此乃诸侯之事,未足观,请为天子游猎之赋。帝令尚书给笔札。相如以"子虚",虚言也,为楚称;"乌有先生"者,乌有此事也,为齐难;"亡是公"者,亡是人也,欲明天子之义。故虚借此三人为辞,以推天子诸侯之苑囿。其卒章归之于节俭,因以讽谏。其文具存《史记》及《汉书》本传中;《文选》则以后半为《上林赋》,或召问后之所续欤?

相如既奏赋,武帝大悦,以为郎;数岁,作《谕巴蜀檄》,旋拜中郎将,赴蜀,通西南夷,以蜀父老多言此事无益,大臣亦以为然,乃作《难蜀父老》文。其后,人有上书言相如使时受金,遂失官,岁余,复召为郎。然常闲居,不慕官爵,亦往往托辞讽谏,于游猎信谗之事,皆有微辞。拜孝文园令。武帝既以《子虚赋》为善,相如察其好神仙,乃曰:"上林之事,未足美也,尚有靡者。臣尝为《大人赋》,未就;请具而奏之。"意以为列仙之儒,居山泽间,形容甚臞,非帝王之仙意。惟彼大人,居于中州,悲世迫

234

隘,于是轻举,乘虚无,超无友,亦忘天地,而乃独存也。中有云:

"……屯余车而万乘兮,粹云盖而树华旗。使句芒其将行兮,吾欲往乎南嬉……纷湛湛其差错兮,杂遝胶葛以方驰。骚扰冲苁其相纷拏兮,滂濞泱轧洒以林离。攒罗列聚丛以茏茸兮,衍曼流烂坛以陆离。径入雷室之砰磷郁律兮,洞出鬼谷之掘礨嵬磈……时若薆薆将混浊兮,召屏翳,诛风伯而刑雨师。西望昆仑之轧沕洸忽兮,直径驰乎三危。排阊阖而入帝宫兮,载玉女而与之俱归。登阆风而遥集兮,亢乌腾而壹止。低徊阴山翔以纡曲兮,吾乃今目睹西王母,曤然白首戴胜而穴处兮,亦幸有三足乌为之使。必长生若此而不死兮,虽济万世不足以喜……"

既奏,武帝大悦,飘飘有凌云之气,似游天地之间意。盖汉兴好楚声,武帝左右亲信,如朱买臣等,多以楚辞进,而相如独变其体,益以玮奇之意,饰以绮丽之辞,句之短长,亦不拘成法,与当时甚不同。故扬雄以为使孔门用赋,则贾谊升堂,相如入室。班固以为西蜀自相如游宦京师,而文章冠天下。盖后之扬雄、王褒、李尤,固皆蜀人也。然相如亦作短赋,则繁丽之词较少,如《哀二世赋》《长门赋》。独《美人赋》颇靡丽,殆即扬雄所谓"劝百而讽一,犹骋郑卫之音,曲终而奏雅"者乎?

"……途出郑卫,道由桑中,朝发溱洧,暮宿上宫。上宫闲馆,寂寥空虚,门阁昼掩,暧若神居。臣排其户而造其堂,芳香芬烈,黼帐高张;有女独处,婉然在床,奇葩逸丽,淑质艳光,睹臣迁延,微笑而言曰:'上客何国之公子,所从来无乃远乎?'遂设旨酒,进鸣琴。臣遂抚弦,为《幽兰》《白雪》之曲。女乃歌曰:'独处室兮廓无依,思佳人兮情伤悲。有美人兮来何迟?日既暮兮华色衰,敢托身兮长自私。'玉钗挂臣冠,罗袖拂臣衣。时日西夕,玄阴晦冥,流风惨冽,素雪飘零,闲房寂谧,不闻人声……臣乃脉定于内,心正于怀,信誓旦旦,秉志不回,翻然高举,与彼长辞。"

相如既病免,居茂陵,武帝闻其病甚,使所忠往取书,至则已死(前一一七)。仅得一卷书,言封禅事。盖相如尝从胡安受经。故少以文词游宦,而晚年终奏封禅之礼矣。于小学,则有《凡将篇》,今不存。然其专长,终在辞赋,制作虽甚迟缓,而不师故辙,自摅妙才,广博闳丽,卓绝汉代,明王世贞评《子虚》《上林》,以为材极富,辞极丽,运笔极古雅,精神极流动,长沙有其意而无其材,班张潘有其材而无其笔,子云有其笔而不得其精神流动之处云云，其为历代评骘家所倾倒，可谓至矣。

司马迁字子长，河内人，生于龙门，年十岁诵古文，二十而南游吴会，北涉汶泗，游邹鲁，过梁楚以归，仕为郎中。父谈，为太史令，元封初卒。迁继其业，天汉中李陵降匈奴，迁明陵无罪，遂下吏，指为诬上，家贫不能自赎，交游莫救，卒坐宫刑。被刑后为中书令，因益发愤，据《左氏》《国语》；采《世本》《战国策》；述《楚汉春秋》，终成《史记》一百三十篇，始于黄帝，中述陶唐，而至武帝获白麟止，盖自谓其书所以继《春秋》也。其友益州刺史任安，尝责以古贤臣之义，迁报书有云：

"……所以隐忍苟活，函粪土之中而不辞者，恨私心有所不尽，鄙没世而文采不表于后也。古者富贵而名摩灭不可胜记，惟倜傥非常之人称焉。盖西伯拘而演《周易》；仲尼厄而作《春秋》；屈原放逐，乃赋《离骚》；左丘失明，厥有《国语》；孙子膑脚，《兵法》修列；……《诗》三百篇，大抵贤圣发愤之所为作也。此人皆意有所郁结，不得通其道，故述往事，思来者。及如左丘明无目，孙子断足，终不可用，退论书策，以舒其愤，思垂空文以自见。仆窃不逊，近自托于无能之辞，网罗天下放佚旧闻，考之行事，稽其成败兴衰之理，凡百三十篇。亦欲以究天人之际，通古今之变，成一家之言。草创未就，适会此祸，惜其不成，是以就极刑而无愠色。仆诚已著此书，藏之名山，传之其人，通邑大都，则仆偿前辱之责，虽万被戮，岂有悔哉？然此可为智者道，难为俗人言也！……"

迁死后，书乃渐出；宣帝时，其外孙杨恽祖述其书，遂宣布焉。班彪颇不满，以为"采经摭传，分散数家之事，甚多疏略，或有抵梧。亦其涉略者广博，贯穿经传，驰骋古今上下数千载间，斯以勤矣。又其是非颇缪于圣人：论大道则先黄老而后六经，序游侠则退处士而进奸雄，述货殖则崇势利而羞贫贱，此其所蔽也。"汉兴，陆贾作《楚汉春秋》，是非虽多本于儒者，而太史职守，原出道家，其父谈亦崇尚黄老，则《史记》虽缪于儒术，固亦能远绍其旧业者矣。况发愤著书，意旨自激，其与任安书有云："仆之先人，非有剖符丹书之功，文史星历，近乎卜祝之间，固主上所戏弄，倡优畜之，流俗之所轻也。假令仆伏法受诛，若九牛亡一毛，与蝼蚁何异。"恨为弄臣，寄心楮墨，感身世之戮辱，传畸人于千秋，虽背《春秋》之义，固不失为史家之绝唱，无韵之《离骚》矣。惟不拘于史法，不囿于字句，发于情，肆于心而为文，故能如茅坤所言"读游侠传即欲轻生，读屈原、贾谊传即欲流涕，读庄周、鲁仲连传即欲遗世，读李广传即欲立斗，读石建传即欲俯躬，读信陵、平原君传即欲养士"也。

然《汉书》已言《史记》有缺，于是续者纷起，如褚先生、冯商、刘歆等。《汉书》亦有出自刘歆者，故崔适以为《史记》之文有与全书乖，与《汉书》合者，亦歆所续也；至若年代悬隔，章句割裂，则当是后世妄人所赠与钞胥所脱云。

迁雄于文，而亦爱赋，颇喜纳之列传中。于《贾谊传》录其《吊屈原赋》及《鵩赋》，而《汉书》则全载《治安策》，赋无一也。《司马相如传》上下篇，收赋尤多，为《子虚》（合《上林》），《哀二世》，《大人》等。自亦造赋，《汉志》云八篇，今仅传《士不遇赋》一篇，明胡应麟以为伪作。

至宣帝时，仍修武帝故事，讲论六艺群书，博尽奇异之好；征能为楚辞者，于是刘向、张子侨、华龙、柳褒等皆被召，待诏金马门。又得蜀人王褒字子渊，诏之作《圣主得贤臣颂》，与张子侨等并待诏。褒能为赋颂，亦作俳文，后方士言益州有金马碧鸡之宝，宣帝诏褒往祀，于道病死。

参考书：

《史记》（卷一百十七，一百三十）

《汉书》（卷五十七，六十二，六十四）

《史记探源》（崔适）

《中国大文学史》（第三编第四及第五章）

《支那文学史纲》（第三篇第六章）

《支那文学之研究》（日本铃木虎雄）第一卷

【评析：鲁迅在《汉文学史纲要》中将司马相如和司马迁放在一起作专节介绍，并指出："武帝时文人，赋莫若司马相如，文莫若司马迁。"

在整个《史记》中，专为文学家立的传只有两篇：一篇是《屈原贾生列传》，另一篇就是《司马相如列传》，仅此即可看出相如在太史公心目中的重要地位。并且在《司马相如列传》中，司马迁全文收录了他的三篇赋、四篇散文，以致《司马相如列传》的篇幅大约相当于《贾生列传》的六倍。这就表明，司马迁认为司马相如的文学成就是超过贾谊的。】

魏晋风度及文章与药及酒之关系

《魏晋风度及文章与药及酒之关系》初刊连载于一九二七年八月十一、十二、十三、十五、十六、十七日广州《民国日报》副刊《现代青年》第一七三至一七八期，后收入一九二八年十月上海北新书局出版的《而已集》。

——九月间在广州夏期学术演讲会讲

我今天所讲的，就是黑板上写着的这样一个题目。

中国文学史，研究起来，可真不容易，研究古的，恨材料太少，研究今的，材料又太多，所以到现在，中国较完全的文学史尚未出现。今天讲的题目是文学史上的一部分，也是材料太少，研究起来很有困难的地方。因为我们想研究某一时代的文学，至少要知道作者的环境，经历和著作。

汉末魏初这个时代是很重要的时代，在文学方面起一个重大的变化，因当时正在黄巾和董卓大乱之后，而且又是党锢的纠纷之后，这时曹操出来了——不过我们讲到曹操，很容易就联想起《三国志演义》，更而想起戏台上那一位花面的奸臣，但这不是观察曹操的真正方法。现在我们再看历史，在历史上的记载和论断有时也是极靠不住的，不能相信的地方很多，因为通常我们晓得，某朝的年代长一点，其中必定好人多；某朝的年代短一点，其中差不多没有好人。为什么呢？因为年代长了，做史的是本朝人，当然恭维本朝的人物，年代短了，做史的是别朝人，便很自由地贬斥其异朝的人物，所以在秦朝，差不多在史的记载上半个好人也没有。曹操在史上年代也是颇短的，自然也逃不了被后一朝人说坏话的公例。其实，曹操是一个很有本事的人，至少是一个英雄，我虽不是曹操一党，但无论如何，总是非常佩服他。

研究那时的文学,现在较为容易了,因为已经有人做过工作:在文集一方面有清严可均辑的《全上古三代秦汉三国晋南北朝文》。其中于此有用的,是《全汉文》《全三国文》《全晋文》。

在诗一方面有丁福保辑的《全汉三国晋南北朝诗》——丁福保是做医生的,现在还在。

辑录关于这时代的文学评论有刘师培编的《中国中古文学史》。这本书是北大的讲义,刘先生已死,此书由北大出版。

上面三种书对于我们的研究有很大的帮助。能使我们看出这时代的文学的确有点异彩。

我今天所讲,倘若刘先生的书里已详的,我就略一点;反之,刘先生所略的,我就较详一点。

董卓之后,曹操专权。在他的统治之下,第一个特色便是尚刑名。他的立法是很严的,因为当大乱之后,大家都想做皇帝,大家都想叛乱,故曹操不能不如此。曹操曾自己说过:"倘无我,不知有多少人称王称帝!"这句话他倒并没有说谎。因此之故,影响到文章方面,成了清峻的风格——就是文章要简约严明的意思。

此外还有一个特点,就是尚通脱。他为什么要尚通脱呢? 自然也与当时的风气有莫大的关系。因为在党锢之祸以前,凡党中人都自命清流,不过讲"清"讲得太过,便成固执,所以在汉末,清流的举动有时便非常可笑了。

比方有一个有名的人,普通的人去拜访他,先要说几句话,倘这几句话说得不对,往往会遭倨傲的待遇,叫他坐到屋外去,甚而至于拒绝不见。

又如有一个人,他和他的姊夫是不对的,有一回他到姊姊那里去吃饭之后,便要将饭钱算回给姊姊。她不肯要,他就于出门之后,把那些钱扔在街上,算是付过了。

个人这样闹闹脾气还不要紧,若治国平天下也这样闹起执拗的脾气来,那还成什么话? 所以深知此弊的曹操要起来反对这种习气,力倡通脱。通脱即随便之意。此种提倡影响到文坛,便产生多量想说什么便说什么的文章。

更因思想通脱之后，废除固执，遂能充分容纳异端和外来的思想，故孔教以外的思想源源引入。

总括起来，我们可以说汉末魏初的文章是清峻，通脱。在曹操本身，也是一个改造文章的祖师，可惜他的文章传的很少。他胆子很大，文章从通脱得力不少，做文章时又没有顾忌，想写的便写出来。

所以曹操征求人才时也是这样说，不忠不孝不要紧，只要有才便可以。这又是别人所不敢说的。曹操做诗，竟说是"郑康成行酒伏地气绝"，他引出离当时不久的事实，这也是别人所不敢用的。还有一样，比方人死时，常常写点遗令，这是名人的一件极时髦的事。当时的遗令本有一定的格式，且多言身后当葬于何处何处，或葬于某某名人的墓旁；操独不然，他的遗令不但没有依着格式，内容竟讲到遗下的衣服和妓女怎样处置等问题。

陆机虽然评曰"贻尘谤于后王"，然而我想他无论如何是一个精明人，他自己能做文章，又有手段，把天下的方士文士统统搜罗起来，省得他们跑在外面给他捣乱。所以他帷幄里面，方士文士就特别地多。

魏文帝曹丕，以长子而承父业，篡汉而即帝位。他也是喜欢文章的。其弟曹植，还有明帝曹叡，都是喜欢文章的。不过到那个时候，于通脱之外，更加上华丽。丕著有《典论》，现已失散无全本，那里面说："诗赋欲丽"，"文以气为主"。《典论》的零零碎碎，在唐宋类书中；一篇整的《论文》，在《文选》中可以看见。

后来有一般人很不以他的见解为然。他说诗赋不必寓教训，反对当时那些寓训勉于诗赋的见解，用近代的文学眼光看来，曹丕的一个时代可说是"文学的自觉时代"，或如近代所说是为艺术而艺术（Artfor Art's Sake）的一派。所以曹丕做的诗赋很好，更因他以"气"为主，故于华丽以外，加上壮大。归纳起来，汉末、魏初的文章，可说是："清峻，通脱，华丽，壮大。"在文学的意见上，曹丕和曹植表面上似乎是不同的。曹丕说文章事可以留名声于千载；但子建却说文章小道，不足论的。据我的意见，子建大概是违心之论。这里有两个原因，第一，子建的文章做得好，一个人大概总是不满意自己所做而羡慕他人所为的,他的文章已经做得好,于是他便敢说文章是小道;第二,子建活动的目标在于政治方面,政治方面不甚得志,遂说文章是无用了。

曹操曹丕以外,还有下面的七个人:孔融,陈琳,王粲,徐干,阮瑀,应玚,刘桢,都很能做文章,后来称为"建安七子"。七人的文章很少流传,现在我们很难判断;但,大概都不外是"慷慨","华丽"罢。华丽即曹丕所主张,慷慨就因当天下大乱之际,亲戚朋友死于乱者特多,于是为文就不免带着悲凉,激昂和"慷慨"了。

七子之中,特别的是孔融,他专喜和曹操捣乱。曹丕《典论》里有论孔融的,因此他也被拉进"建安七子"一块儿去。其实不对,很两样的。不过在当时,他的名声可非常之大。孔融作文,喜用讥嘲的笔调,曹丕很不满意他。孔融的文章现在传的也很少,就他所有的看起来,我们可以瞧出他并不大对别人讥讽,只对曹操。比方操破袁氏兄弟,曹丕把袁熙的妻甄氏拿来,归了自己,孔融就写信给曹操,说当初武王伐纣,将妲己给了周公了。操问他的出典,他说,以今例古,大概那时也是这样的。又比方曹操要禁酒,说酒可以亡国,非禁不可,孔融又反对他,说也有以女人亡国的,何以不禁婚姻?

其实曹操也是喝酒的。我们看他的"何以解忧?惟有杜康"的诗句,就可以知道。为什么他的行为会和议论矛盾呢?此无他,因曹操是个办事人,所以不得不这样做;孔融是旁观的人,所以容易说些自由话。曹操见他屡屡反对自己,后来借故把他杀了。他杀孔融的罪状大概是不孝。因为孔融有下列的两个主张:

第一,孔融主张母亲和儿子的关系是如瓶之盛物一样,只要在瓶内把东西倒了出来,母亲和儿子的关系便算完了。第二,假使有天下饥荒的一个时候,有点食物,给父亲不给呢?孔融的答案是:倘若父亲是不好的,宁可给别人——曹操想杀他,便不惜以这种主张为他不忠不孝的根据,把他杀了。倘若曹操在世,我们可以问他,当初求才时就说不忠不孝也不要紧,为何又以不孝之名杀人呢?然而事实上纵使曹操再生,也没人敢问他,我们倘若去问他,恐怕他把我们也杀了!

与孔融一同反对曹操的尚有一个祢衡,后来给黄祖杀掉的。祢衡的文章也不错,而且他和孔融早是"以气为主"来写文章的了。故在此我们又可知道,汉文慢慢壮大起来,是时代使然,非专靠曹操父子之功的。但华丽好看,却是曹丕提倡的功劳。

这样下去一直到明帝的时候,文章上起了个重大的变化,因为出了一个何晏。

何晏的名声很大,位置也很高,他喜欢研究《老子》和《易经》。至于他是怎样的一个人呢?那真相现在可很难知道,很难调查。因为他是曹氏一派的人,司马氏很讨厌他,所以他们的记载对何晏大不满。因此产生许多传说,有人说何晏的脸上是搽粉的,又有人说他本来生得白,不是搽粉的。但究竟何晏搽粉不搽粉呢?我也不知道。

但何晏有两件事我们是知道的。第一,他喜欢空谈,是空谈的祖师;第二,他喜欢吃药,是吃药的祖师。

此外,他也喜欢谈名理。他身子不好,因此不能不服药。他吃的不是寻常的药,是一种名叫"五石散"的药。

"五石散"是一种毒药,是何晏吃开头的。汉时,大家还不敢吃,何晏或者将药方略加改变,便吃开头了。五石散的基本,大概是五样药:石钟乳,石硫黄,白石英,紫石英,赤石脂;另外怕还配点别样的药。但现在也不必细细研究它,我想各位都是不想吃它的。

从书上看起来,这种药是很好的,人吃了能转弱为强。因此之故,何晏有钱,他吃起来了;大家也跟着吃。那时五石散的流毒就同清末的鸦片的流毒差不多,看吃药与否以分阔气与否的。现在由隋巢元方做的《诸病源候论》的里面可以看到一些。据此书,可知吃这药是非常麻烦的,穷人不能吃,假使吃了之后,一不小心,就会毒死。先吃下去的时候,倒不怎样的,后来药的效验既显,名曰"散发"。倘若没有"散发",就有弊而无利。因此吃了之后不能休息,非走路不可,因走路才能"散发",所以走路名曰"行散"。比方我们看六朝人的诗,有云:"至城东行散",就是此意。后来做诗的人不知其故,以为"行散"即步行之意,所以不服药也以"行散"二字入诗,这是很笑话的。

走了之后,全身发烧,发烧之后又发冷。普通发冷宜多穿衣,吃热的东西。但吃药后的发冷刚刚要相反:衣少,冷食,以冷水浇身。倘穿衣多而食热物,那就非死不可。因此五石散一名寒食散。只有一样不必冷吃的,就是酒。

吃了散之后,衣服要脱掉,用冷水浇身;吃冷东西;饮热酒。这样看起来,五石散吃的人多,穿厚衣的人就少;比方在广东提倡,一年以后,穿西装的人就没有了。因为皮肉发烧之故,不能穿窄衣。为预防皮肤被衣服擦伤,就非穿宽大的衣服不可。现在有许多人以为晋人轻裘缓带,宽衣,在当时是人们高逸的表现,其实不知他们是吃药的缘故。一班名人都吃药,穿的衣都宽大,于是不吃药的也跟着名人,把衣服宽大起来了!

还有,吃药之后,因皮肤易于磨破,穿鞋也不方便,故不穿鞋袜而穿屐。所以我们看晋人的画像或那时的文章,见他衣服宽大,不鞋而屐,以为他一定是很舒服,很飘逸的了,其实他心里都是很苦的。

更因皮肤易破,不能穿新的而宜于穿旧的,衣服便不能常洗。因不洗,便多虱。所以在文章上,虱子的地位很高,"扪虱而谈",当时竟传为美事。比方我今天在这里演讲的时候,扪起虱来,那是不大好的。但在那时不要紧,因为习惯不同之故。这正如清朝是提倡抽大烟的,我们看见两肩高耸的人,不觉得奇怪。现在就不行了,倘若多数学生,他的肩成为一字样,我们就觉得很奇怪了。

此外可见服散的情形及其他种种的书,还有葛洪的《抱朴子》。

到东晋以后,作假的人就很多,在街旁睡倒,说是"散发"以示阔气。就像清时尊读书,就有人以墨涂唇,表示他是刚才写了许多字的样子。故我想,衣大,穿屐,散发等等,后来效之,不吃也学起来,与理论的提倡实在是无关的。

又因"散发"之时,不能肚饿,所以吃冷物,而且要赶快吃,不论时候,一日数次也不可定。因此影响到晋时"居丧无礼"——本来魏晋时,对于父母之礼是很繁多的。比方想去访一个人,那么,在未访之前,必先打听他父母及其祖父母的名字,以便避讳。否则,嘴上一说出这个字音,假如他的父母是死了的,主人便会大哭起来——他记得父母了——给你一个大大的没趣。晋礼居丧之时,也要瘦,不多吃饭,不准喝酒。但在吃药之后,为生命计,不能管得许多,只好大嚼,所以就变成"居丧无礼"了。

抱朴子內篇

己卯年五月校
刊於冶城山館

居丧之际,饮酒食肉,由阔人名流倡之,万民皆从之,因为这个缘故,社会上遂尊称这样的人叫作名士派。

吃散发源于何晏,和他同志的,有王弼和夏侯玄两个人,与晏同为服药的祖师。有他三人提倡,有多人跟着走。他们三人多是会做文章,除了夏侯玄的作品流传不多外,王何二人现在我们尚能看到他们的文章。他们都是生于正始的,所以又名曰"正始名士"。但这种习惯的末流,是只会吃药,或竟假装吃药,而不会做文章。

东晋以后,不做文章而流为清谈,由《世说新语》一书里可以看到。此中空论多而文章少,比较他们三个差得远了。三人中王弼二十余岁便死了,夏侯何二人皆为司马懿所杀。因为他二人同曹操有关系,非死不可,犹曹操之杀孔融,也是借不孝做罪名的。

二人死后,论者多因其与魏有关而骂他,其实何晏值得骂的就是因为他是吃药的发起人。这种服散的风气,魏、晋,直到隋、唐,还存在着,因为唐时还有"解散方",即解五石散的药方,可以证明还有人吃,不过少点罢了。唐以后就没有人吃,其原因尚未详,大概因其弊多利少,和鸦片一样罢?

晋名人皇甫谧作一书曰《高士传》,我们以为他很高超。但他是服散的,曾有一篇文章,自说吃散之苦。因为药性一发,稍不留心,即会丧命,至少也会受非常的苦痛,或要发狂;本来聪明的人,因此也会变成痴呆。所以非深知药性,会解救,而且家里的人多深知药性不可。晋朝人多是脾气很坏,高傲,发狂,性暴如火的,大约便是服药的缘故。比方有苍蝇扰他,竟至拔剑追赶;就是说话,也要糊糊涂涂地才好,有时简直是近于发疯。但在晋朝更有以痴为好的,这大概也是服药的缘故。

魏末,何晏他们以外,又有一个团体新起,叫做"竹林名士",也是七个,所以又称"竹林七贤"。正始名士服药,竹林名士饮酒。竹林的代表是嵇康和阮籍。但究竟竹林名士不纯粹是喝酒的,嵇康也兼服药,而阮籍则是专喝酒的代表。但嵇康也饮酒,刘伶也是这里面的一个。他们七人中差不多都是反抗旧礼教的。

这七人中,脾气各有不同。嵇阮二人的脾气都很大;阮籍老年时改得很好,嵇康就始终都是极坏的。

阮年轻时,对于访他的人有加以青眼和白眼的分别。白眼大概是全然看不见眸子的,恐怕要练习很久才能够。青眼我会装,白眼我却装不好。

后来阮籍竟做到"口不臧否人物"的地步,嵇康却全不改变。结果阮得终其天年,而嵇竟丧于司马氏之手,与孔融何晏等一样,遭了不幸的杀害。这大概是因为吃药和吃酒之分的缘故:吃药可以成仙,仙是可以骄视俗人的;饮酒不会成仙,所以敷衍了事。

他们的态度,大抵是饮酒时衣服不穿,帽也不带。若在平时,有这种状态,我们就说无礼,但他们就不同。居丧时不一定按例哭泣;子之于父,是不能提父的名,但在竹林名士一流人中,子都会叫父的名号。旧传下来的礼教,竹林名士是不承认的。即如刘伶——他曾做过一篇《酒德颂》,谁都知道——他是不承认世界上从前规定的道理的,曾经有这样的事,有一次有客见他,他不穿衣服。人责问他;他答人说,天地是我的房屋,房屋就是我的衣服,你们为什么进我的裤子中来? 至于阮籍,就更甚了,他连上下古今也不承认,在《大人先生传》里有说:"天地解兮六合开,星辰陨兮日月颓,我腾而上将何怀?"他的意思是天地神仙,都是无意义,一切都不要,所以他觉得世上的道理不必争,神仙也不足信,既然一切都是虚无,所以他便沉湎于酒了。然而他还有一个原因,就是他的饮酒不独由于他的思想,大半倒在环境。其时司马氏已想篡位,而阮籍名声很大,所以他讲话就极难,只好多饮酒,少讲话,而且即使讲话讲错了,也可以借醉得到人的原谅。只要看有一次司马懿求和阮籍结亲,而阮籍一醉就是两个月,没有提出的机会,就可以知道了。

阮籍作文章和诗都很好,他的诗文虽然也慷慨激昂,但许多意思都是隐而不显的。宋的颜延之已经说不大能懂,我们现在自然更很难看得懂他的诗了。他诗里也说神仙,但他其实是不相信的。嵇康的论文,比阮籍更好,思想新颖,往往与古时旧说反对。孔子说:"学而时习之,不亦说乎?"嵇康做的《难自然好学论》,却道,人是并不好学的,假如一个人可以不做事而又有饭吃,就随便闲游不喜欢读书了,所以现在人之好学,是由于习惯和不得已。还有管叔蔡叔,是疑心周公,率殷民叛,因而被诛,一向公认为坏人的。而嵇康做的《管蔡论》,就也反对历代传下来的意思,说这两个人是忠臣,他们的怀疑周公,是因为地方相距太远,消息不灵通。

但最引起许多人的注意,而且于生命有危险的,是《与山巨源绝交书》中的"非汤武而薄周孔"。司马懿因这篇文章,就将嵇康杀了。非薄了汤武周孔,在现时代是不要紧的,但在当时却关系非小。汤武是以武定天下的;周公是辅成王的;孔子是祖述尧舜,而尧舜是禅让天下的。嵇康都说不好,那么,教司马懿篡位的时候,怎么办才是好呢? 没有办法。在这一点上,嵇康于司马氏的办事上有了直接的影响,因此就非死不可了。嵇康的见杀,是因为他的朋友吕安不孝,连及嵇康,罪案和曹操的杀孔融差不多。魏晋,是以孝治天下的,不孝,故不能不杀。为什么要以孝治天下呢? 因为天位从禅让,即巧取豪夺而来,若主张以忠治天下,他们的立脚点便不稳,办事便棘手,立论也难了,所以一定要以孝治天下。但倘只是实行不孝,其实那时倒不很要紧的,嵇康的害处是在发议论;阮籍不同,不大说关于伦理上的话,所以结局也不同。

但魏晋也不全是这样的情形,宽袍大袖,大家饮酒。反对的也很多。在文章上我们还可以看见裴頠的《崇有论》,孙盛的《老子非大贤论》,这些都是反对王何们的。在史实上,则何曾劝司马懿杀阮籍有好几回,司马懿不听他的话,这是因为阮籍的饮酒,与时局的关系少些的缘故。

然而后人就将嵇康阮籍骂起来,人云亦云,一直到现在,一千六百多年。季札说:"中国之君子,明于礼义而陋于知人心。"这是确的,大凡明于礼义,就一定要陋于知人心的,所以古代有许多人受了很大的冤枉。例如嵇阮的罪名,一向说他们毁坏礼教。但据我个人的意见,这判断是错的。魏晋时代,崇奉礼教的看来似乎很不错,而实在是毁坏礼教,不信礼教的。表面上毁坏礼教者,实则倒是承认礼教,太相信礼教。因为魏晋时所谓崇奉礼教,是用以自利,那崇奉也不过偶然崇奉,如曹操杀孔融,司马懿杀嵇康,都是因为他们和不孝有关,但实在曹操司马懿何尝是著名的孝子,不过将这个名义,加罪于反对自己的人罢了。于是老实人以为如此利用,亵渎了礼教,不平之极,无计可施,激而变成不谈礼教,不信礼教,甚至于反对礼教——但其实不过是

247

态度,至于他们的本心,恐怕倒是相信礼教,当作宝贝,比曹操司马懿们要迂执得多。现在说一个容易明白的比喻罢,譬如有一个军阀,在北方——在广东的人所谓北方和我常说的北方的界限有些不同,我常称山东山西直隶河南之类为北方——那军阀从前是压迫民党的,后来北伐军势力一大,他便挂起了青天白日旗,说自己已经信仰三民主义了,是总理的信徒。这样还不够,他还要做总理的纪念周。这时候,真的三民主义的信徒,去呢,不去呢?不去,他那里就可以说你反对三民主义,定罪,杀人。但既然在他的势力之下,没有别法,真的总理的信徒,倒会不谈三民主义,或者听人假惺惺的谈起来就皱眉,好像反对三民主义模样。所以我想,魏晋时所谓反对礼教的人,有许多大约也如此。他们倒是迂夫子,将礼教当作宝贝看待的。

还有一个实证,凡人们的言论,思想,行为,倘若自己以为不错的,就愿意天下的别人,自己的朋友都这样做。但嵇康阮籍不这样,不愿意别人来模仿他。竹林七贤中有阮咸,是阮籍的侄子,一样的饮酒。阮籍的儿子阮浑也愿加入时,阮籍却道不必加入,吾家已有阿咸在,够了。假若阮籍自以为行为是对的,就不当拒绝他的儿子,而阮籍却拒绝自己的儿子,可知阮籍并不以他自己的办法为然。至于嵇康,一看他的《绝交书》,就知道他的态度很骄傲的;有一次,他在家打铁——他的性情是很喜欢打铁的——钟会来看他了,他只打铁,不理钟会。钟会没有意味,只得走了。其时嵇康就问他:"何所闻而来,何所见而去?"钟会答道:"闻所闻而来,见所见而去。"这也是嵇康杀身的一条祸根。但我看他做给他的儿子看的《家诫》——当嵇康被杀时,其子方十岁,算来当他做这篇文章的时候,他的儿子是未满十岁的——就觉得宛然是两个人。他在《家诫》中教他的儿子做人要小心,还有一条一条的教训。有一条是说长官处不可常去,亦不可住宿;官长送人们出来时,你不要在后面,因为恐怕将来官长惩办坏人时,你有暗中密告的嫌疑。又有一条是说宴饮时候有人争论,你可立刻走开,免得在旁批评,因为两者之间必有对与不对,不批评则不像样,一批评就总要是甲非乙,不免受一方见怪。还有人要你饮酒,即使不愿饮也不要坚决地推辞,必须和和气气的拿着杯子。我们就此看来,实在觉得很希奇:嵇康是那样高傲的人，而他教子就要他这样庸碌。因此我们知道，嵇康自己对于他自己的举动也是不满足的。所以批评一个人的言行实在难，社会上对于儿子不像父亲，称为"不肖"，以为是坏事，殊不知世上正有不愿意他的儿子像自己的父亲哩。试看阮籍嵇康，就是如此。这是，因为他们生于乱世，不得已，才有这样的行为，并非他们的本态。但又于此可见魏晋的破坏礼教者，实在是相信礼教到固执之极的。

不过何晏王弼阮籍嵇康之流，因为他们的名位大，一般的人们就学起来，而所学无非是表面，他们实在的内心，却不知道。因为只学他们的皮毛，于是社会上便很多了没意思的空谈和饮酒。许多人只会无端的空谈和饮酒，无力办事，也就影响到政治上，弄得玩"空城计"，毫无实际了。在文学上也这样，嵇康阮籍的纵酒，是也能做文章的，后来到东晋，空谈和饮酒的遗风还在，而万言的大文如嵇阮之作，却没有了。刘勰说："嵇康师心以遣论，阮籍使气以命诗。"这"师心"和"使气"，便是魏末晋初的文章的特色。正始名士和竹林名士的精神灭后，敢于师心使气的作家也没有了。

到东晋，风气变了。社会思想平静得多，各处都夹入了佛教的思想。再至晋末，乱也看惯了，篡也看惯了，文章便更和平。代表平和的文章的人有陶潜。他的态度是随便饮酒，乞食，高兴的时候就谈论和做文章，无尤无怨。所以现在有人称他为"田园诗人"，是个非常和平的田园诗人。他的态度是不容易学的，他非常之穷，而心里很平静。家常无米，就去向人门口求乞。他穷到有客来见，连鞋也没有，那客人给他从家丁取鞋给他，他便伸了足穿上了。虽然如此，他却毫不为意，还是"采菊东篱下，悠然见南山"。这样的自然状态，实在不易模仿。他穷到衣服也破烂不堪，而还在东篱下采菊，偶然抬起头来，悠然的见了南山，这是何等自然。现在有钱的人住在租界里，雇花匠种数十盆菊花，便做诗，叫作"秋日赏菊效陶彭泽体"，自以为合于渊明的高致，我觉得不大像。

陶潜之在晋末，是和孔融于汉末与嵇康于魏末略同，又是将近易代的时候。但他没有什么慷慨激昂的表示，于是便博得"田园诗人"的名称。但《陶集》里有《述酒》一篇，是说当时政治的。这样看来，可见他于世事也并没有遗忘和冷淡，不过他的态度比嵇康阮籍自然得多，不至于招人注意罢了。还有一个原因，先已说过，是习惯。因为当时饮酒的风气相沿下来，人见了也不觉得奇怪，而且汉魏晋相沿，时代不远，变迁极多，既经见惯，就没有大感触，陶潜之比孔融嵇康和平，是当然的。例如看北朝的墓志，官位升进，往往详细写着，再仔细一看，他是已经经历过两三个朝代了，但当时似乎并不为奇。

据我的意思，即使是从前的人，那诗文完全超于政治的所谓"田园诗人"，"山林诗人"，是没有的。完全超出于人间世的，也是没有的。既然是超出于世，则当然连诗文也没有。诗文也是人事，既有诗，就可以知道于世事未能忘情。譬如墨子兼爱，杨子为我。墨子当然要著书；杨子就一定不著，这才是"为我"。因为若做出书来给别人看，便变成"为人"了。

由此可知陶潜总不能超于尘世，而且，于朝政还是留心，也不能忘掉"死"，这是他诗文中时时提起的。用另一种看法研究起来，恐怕也会成一个和旧说不同的人物罢。

自汉末至晋末文章的一部分的变化与药及酒之关系，据我所知的大概是这样。但我学识太少，没有详细的研究，在这样的热天和雨天费去了诸位这许多时光，是很抱歉的。现在这个题目总算是讲完了。

【评析：1927 年 7 月，鲁迅先生应国民党政府广州市教育局的邀请，在学者云集的"广州夏期学术演讲会"上，作了题为《魏晋风度及文章与药及酒之关系》的演讲，在文艺界引起了强烈的反响。在当时国民党的黑暗统治下，文艺思想受到禁锢，文学研究气氛沉闷，观点杂乱。鲁迅先生在演讲中，依据中国文学史上魏晋时期文学的发展变化，深刻阐述了文学与社会政治、时代风尚、作家个性三者之间的相互关系，明确指出，文学产生于社会现实，是社会现实的综合反映；而社会现实又制约着文学的内容和形式，影响着文学的发展。鲁迅先生一方面借古讽今，另一方面又对当时思维混乱的文艺界发出了振聋发聩的呐喊，使人耳目一新。鲁迅先生的理论观点，对今天的文学研究，仍有着极高的借鉴价值。】